浙江少年文学新星丛书·第六辑

海飞　主编

朱砂

任曼星　著

吉林文史出版社
JILIN WENSHI CHUBANSHE

图书在版编目（CIP）数据

朱砂 / 任曼星著. -- 长春 : 吉林文史出版社，2020.4（2023.1重印）

ISBN 978-7-5472-6804-9

Ⅰ. ①朱… Ⅱ. ①任… Ⅲ. ①长篇小说—中国—当代 Ⅳ. ① I247.5

中国版本图书馆 CIP 数据核字（2020）第 048393 号

朱砂

ZHUSHA

著　　者：任曼星
责任编辑：钟　杉　王　新
封面设计：四川悟阅文化传播有限公司
出版发行：吉林文史出版社有限责任公司
地　　址：长春市净月区福祉大路 5788 号　　邮编：130118
电　　话：0431-81629363（总编室）　0431-81629372（发行科）
网　　址：www.jlws.com.cn
印　　刷：三河市嵩川印刷有限公司
经　　销：全国新华书店
开　　本：210mm×145mm　1/32
印　　张：9
字　　数：188 千字
版　　次：2020 年 4 月第 1 版　2023 年 1 月第 2 次印刷
定　　价：49.80 元
书　　号：ISBN 978-7-5472-6804-9

著名艺术家陈佩秋先生题写朱砂

2002年生于浙江杭州西子湖畔。
现就读于浙江富阳中学国际部。
时间收集者，虽年少，不忍将韶华倾负。
未有圣才异能，丰功伟绩。
闲文几行，用以将思成形入画。
描画几笔，用以将象入心作戏。
红台几场，用以将情化忆成文。
望尘中人，川上风骨。
2019由中国美术学院出版社出版《源化象物》任曼星作品集。

咏《朱砂》/七律

曼倩天涯触眼新，
星槎欲转立沙滨。
望云飞棹蓬莱事，
川雨飘篱寂寞人。
朱箔影依三叹恨，
砂池花醉一怀辛。
雪林初下五行在，
鸾镜乍回槛外身。

附注：少年学子望川新著《朱砂》出版，朱砂、雪鸾是主人公的一身二名。故以“曼星、望川、朱砂、雪鸾”八字，作藏头七律一首，以表贺忱。

——中国楚辞研究会会长、南通大学原校长　周建忠

代序

胸中自有惊鸿曲

朱砂是一个人名。这个人，经历了三生三世的漫长年月，经历了洛和年间、归元年间、天澜年间、玄安年间的种种人事，都不负相思不负信仰。或者说，这个人，无论是化身为莫念还是盼兮或者无烬，“那六合八荒千般盛世奇景，无一是她，无一不似她”，令人萌生“生命只是一场执念拼凑的幻觉”的感念。

望川的长篇玄幻小说《朱砂》，就是写了这样一位奇女子，主要写了这位奇女子和析木的爱情。小说写三生三世的爱情，写命运的无奈和轮回的坚执，写青春和生命里的温暖与寒冷，种种件件，都可以大肆铺写，但作者只用十余万字来写，我认为，这样的字数不算多。但望川居然做到了，这就显出她的表达功底了。

文学是什么？文学是心有千千结而不得不发的一种表达欲望。当然，这种表达是完整的、独立的，愤而能够自启，悱而能够自发，因此，文学才是一种创造。任望川创造了一个奇异世界，她设置了一个“结界”。在这个世界里，长风城、北岭城、天岁城，一城一故事；巨蚺、藤妖、阿芙蓉、韶华逝，一物一幻境。人物在其间的活动，添加了读者的情感体验和生命思考，时时刻刻推促读者对断舍离的体验。

要强调的是，阅读《朱砂》后产生的这种体验，是具体的、感性的、诗意的，更是抽象的、升华的、辩证的。小说里面纠缠的种种，无疑不是我们现实生活中会遇到的或需要思考的：得失、存亡、爱恨、聚散、喜惧、执放……这对一位高中生来说，对一部以娱乐为主的玄幻小说来说，都是具有挑战性的。而望川做到了。

《朱砂》的奇异，不仅仅是故事、人物、场景，还有一点，我不得不提及——语言。《朱砂》的语言，时而缀藻阻奥，时而典雅清丽，既有"董率丞体，勖勷国政，必殄衙蠹，擢用贤士，鸣琴而治，揆厥所由，龙节蜿旋"的高密度瑰奇之语，更有"遇见一个人需要三天，喜欢一个人需要三个月，爱上一个人需要三年，等待一个人需要三十年，而忘记一个人，需要三生"的疏朗直白。小说一开篇就是238行的排律《朱砂笺》，展开了小说情意绵绵的画卷。这样的语言表达，体现出作者很高的语言素养，也利于故事节奏的呈递。

《朱砂》的叙事基本按照时间来写，但因为涉及了三生三世，人物之间的牵涉就比较多，实沈和雪鸾、析木和莫念、顾晚和嫄眥、曼荼罗和阑珊、无烬和星纪、巫婴和星纪、玄楞和宣洛、盼兮和白夜……读来让人应接不暇。尤其是，此生此世与彼生彼世的人物言行容易交错重叠，刚刚还以为是朱砂，结果却是雪鸾。所以，建议读者阅读的时候，在纸上做个摘要以备忘，这一步做好了，会对小说更感兴趣。

人有本心，也有妄念，唯求繁华落幕，岁月安然——这几句话，摘录自望川的《朱砂》，至于这些句子在何处，读者不妨打开小说搜寻一番，这也是读书的一大乐趣。是为序。

边建松

内容简介

风从他的唇畔带走声音，她听不清他说了什么，只知那是她意识中他的最后一言。

人总是在将要坠地的那一刹那，才清醒。

本该无情到底的他，竟生生挡不住那份执念。

然而，如今她凉薄一生，终是被他亲手祭成了烬。

她却一直清醒，清醒地看着自己的沉沦，正如一个优伶，在别人的故事里流着自己的泪。

台上那折子戏，总是截了那一瞬圆满的翩然惊鸿，却忽略了总被辜负的多情与念之入骨的薄情。才总是圆满得倾心而惊心。

那份用以对抗虚无的情，似罂粟，似鸩酒，明知有毒，却令人深陷其中再难回头，直至万劫不复。

光芒悉数湮灭，生命不过是一场执念拼凑的幻觉。他在别人的故事里演绎着自身的悲喜，却不小心入了戏。

她是他的天堂，却亲手将他拉入无边炼狱。那情深不藏、情真不荒，究竟是赎了当年的罪，还是圆了当年的愿。

如今时光罅隙中，早已隔了一道以执念为名的波澜，无论哪一边，都是再也回不去了。

我陪你，一起忘。

我陪你，一起忆。

终是一点朱砂，乱我生世心曲。

主角人物小传

1. 朱砂：第一世的她是灵犀阁阁主盼兮，后弃了阁主的身份地位追随白夜而去。第二世的她生在众渺仙山之侧，因灵犀阁之故自幼身具星月石之异能，被众人视为灾兆而追杀、厌弃，后在以己身献祭化解灾象之时被第二世白夜（长生）所救，因其施用禁术被神祇责罚，与其一同入轮回。第三世的她是天若国的妃子莫念，也是沧溟国的无烬皇后，更是那个执迷于权与欲的巫婴，在不经意的回望之间，她却依然是当年那个人心中惊鸿一瞥的一抹嫣然软红，如今竟成了他生世心曲之中，最后一根将断未断的弦。

2. 雪鸾：第一世的她原是那灵犀阁阁主盼兮以三分仙元所化之人偶，却生生逆天改命转出一番造化。第二世的她与实沈有过一段无关风月的惺惺相惜，然而她的一生、她的情真意切皆不过是他人生命中的一段红尘劫罢了。

3. 星纪：第一世的他是盼兮的师父白夜，为救她不惜施以换境之术破双星凌空之兆。第二世的他为众渺仙山长生，与盼兮的第二世新夷有过一段夙缘。是长生魂魄受天神责罚散为两半之后的其中一半，自幼平凡而渐有异能，在十二岁时以长卷《天岁倾歌图》闻名于世，而后为朱砂作画像时将那份情愫默默埋在心底，后以画师身份入宫协助其夺权篡位反被其利用，两度随其跃下忘川，终发现自己不过被她当作了曦帝析木的替身后两个人展开了一段爱恨纠葛，后亲手将她杀死，才惊觉心底多年前早已深种的那份情，为她夺取那些她曾想要的，渐渐失去理智，后被刺死王座之上，因她永生诅咒而不伤不灭，觉悟后建无念寺（是为莫念之意），行善赎罪千年，却终是再难赎回那段缱绻与亏欠。

4. 析木：长生受天神责罚后散魂的其中一半，生父为昭帝玄邈，生母为鲛人族锦姝。他出生时被割鲛尾，目睹生母因被迫害惨死而性格黑暗残忍，后被儿时朱砂感化。其冒用了真太子的身份并杀死了他，后凭借机关算尽登上王位，与朱砂有一个未出世的孩子惜诺，被实沈害死。在天若倾覆之时愿以天下换朱砂一命，却敌不过命定星象，后黑化之时以最后一念爱意战胜了因她而起的心魔，终成了她命中一抹艳烈夕暮，消散在了那心海作苍穹的无尽夙夜里。

5. 实沈：年少之时亲人遭迫害致死，一心起义平乱政，是前世的那执人偶老者，这一世登上沧溟帝位后残暴、狷狂而嗜血，却仅仅是为了掩饰面具之下那温柔的一面，他是朱砂一生的恩赐与劫数，在化名沈念之时一盏天灯得其心，而风雨飘摇之夜却万顷江山难换她回头。他爱过她，更伤过她，害死她的孩子，让她永远失去了生育能力，将她深爱、眷念的一切夺，走只是为了以恨让她有一个存活世间的理由，他知她再也无法爱他，那便以让她至少在她心底最柔软的地方烙上一道永不磨灭的伤痕。他从城楼之上衬着天光跃下的那一刻终是殉了她，一如当年她殉了天下。奈何这世间大多数因果轮回，终抵不过这“奈何”二字。

6. 玄枵：冥洛国国君，曾是宣洛的师父，在他眼中只有利用与计谋，一步步太过竭力尽心，却赢不了那些真正有意义的东西，终苦守王位承名负重过此生，他将宣洛、莱蓁的一片痴心做了折子戏，却不想自己的人生早已被自己过成了一出戏中戏，他所求的，从始至终究竟是什么？

7.宣洛：前世的她是至高无上的洗梧神子，这一世历情劫对玄椤不惜倾心相待，舍命相救，却终究错付情衷，然现时早已陷入情海无处逃避，本有倾世美貌绝代芳华，却甘愿为他化成稚童模样，最后被其亲手抱上万丈高台，临死前唇畔挂着一丝捉摸不透的笑意。

8.音鎏：与析木有婚约，对朱砂千般利用，在看着青梅竹马的青岚被处死在自己面前后，终其一生追寻着唯有权与势才能护住所爱的信条，却一错再错，最后疯癫，四处奔走落入秋水潭，与青岚葬身一处。

9.莱蓁：从小身世凄凉，被西域国缪华所救，心思单纯，向往人间一切美好的情感，坚忍而执着，但太过于轻信他人，被缪华保护得太好，最后死在了玄椤亲手编织的那个属于她的残忍童话中。

10.缪华：生于西域神秘国度之乡，于画舫之上救下献艺遇险的莱蓁，策划操纵了真假帝姬事件并指使莱蓁杀害真帝姬，多年以来默默守护着她，终在画舫沉没之时，殉船于苍茫水底。

11.顾晚：长风城守夜人，暗中倾慕娵訾，奈何自己身份卑微，终在其将死之时互通心意得偿所愿却为时已晚。他的一生便是一场苍茫的夜色，一直未能守到天明之时，后在幻境之中看见曾经的娵訾，意乱情迷之下那灵鸢台消散在漆黑垂死的夜里。

12.娵訾：自幼善武艺，因殿前武试第一请任长风守将，后实沈率大梁等人破城之时，擂鼓于城上不降而死，她那一抹凄艳红衣，坚毅而决绝地点染了那个人心中最后的夜色与温存。

13.鹑首：玄衣白发，身怀异能的国师，前世为曼荼罗，曾救了一只桃妖，取名为阑珊，后利用其，在帝王面前亲手将其杀死，背负绝望愧疚终生孤独与王位为伴，这一世他布雨起天堑塔，阑珊成了他的小师妹，后以一人之力于城外阻乱军三日，力竭而死。

14.鹑火：前世的她只是一只小小桃妖，却偏生誓死守护着为她取名字的人类，这一世的她活泼而善良、明朗而单纯，有一种不食人间烟火的疏离的美。她孤身一人手执雾灯为心上人送魂，终是在他的墓旁跳出了自己生命中最后的那支《安歌》。

15.月凉：她的身世捉摸不透，身为凉妃的她，为何突然遁入空门，她放下的是那份情与执念，放不下的也是那份情与执念，状似洒脱，却一生孤哀凄迷。

朱砂笺

若我九天揽月遥，
睥睨之姿能夭矫。
千顷雷霆万里潮，
共我凌云堪长啸。
生于世间所雍容，
云巅惯看天霓虹。
金胄峥嵘降穹窿，
惜乎岁月奈枯荣。
穿行豆蔻心茫茫，
海上明月没眉头。
繁华过眼匆一梦，
世间何事能动容？
巨木朽作地为牢，
日月徒令我目眇。
满身金鳞戏潜蛟，
于渊不得跃何道？
困顿之处寂火渺，
焚出沧海滔天潮。
暮霭沉沉天羽阔，
日月昭昭绝尘嚣。
愿我非龙跃为龙，
彻悟锉鳞锥心痛。
腾入云天空苍茫，
掀万里浪霞巅涌。
天命惶惶求何用，
人心悠悠辨无从。
弦上心事何须懂？
胸中自有曲惊鸿。
无边天灯且作盏，
地远山高逆水寒。
过眼繁华奈何匆，
十里流云念此生。
春风三百成榴火，
看痴风光怎着墨，
鸦鬓簪花林间过，
十年王城语脉脉。
朱砂终美至零落，
踌躇赤云留执着。
千里奔赴一笑过，
几杯青罗世人说。
我醉上宫楼独卧，
眼中辉光掌烛火。
天堑塔高影寂寞，
一缕故人思看破。
天地此夜雪婆娑，
案上残红风吹落。
一壶清茗任蹉跎，
日月泛舟看烟波。
夜深梦念堪漂泊，
命签一支因缘错。
提笔王座还斟酌，
稗宫野吏谁猜度。
前尘旧事青屏末，
系发挽袖纸研墨。
画得那年林间过，
七重纱幕罗衾破。
林中翩跹二十载，
犹换一眼花开落。
日月星河无颜色，
绝笔终难述史册。
锦绣成灰染山河，
千载尘封谁记得。
画卷辰光守一刻，
满目仓皇闻悲歌。
高台废墟凄鸣间，
陨落凯旋成齑片。
市井遗泉语只言，
荒冢无名葬白骨。
谁家青春曾笑言，

岁月洞悉炊烟远。
硝烟千万奈一眼，
十里缟素不忌歌。
冬雪春风空辜负，
故人成故难留住。
执笔终年至绯雾，
涅槃转瞬失颜色。
举旗堪比火炽热，
山河已换眼中客。
尘土飞扬天惊蛰，
白虎随行黑鸦侧。
暗月辉下逆旅者，
北斗星知路曲折。
万人阵前说奈何，
还得乡人能几个？
苍龙负图山巍峨，
九十九曲水清澈。
荣耀翳影荆棘路，
乱世慷慨我行歌。
千万人中有相和，
人间烟火欢离合。
日月星辰且记得，
指间渐冷难誓约。
紧握殷切辰星火，
醉十二夜堪圆缺。
青烟隔了阴阳界，
那年初见惊鸿瞥。
长夜将尽笙未歇，
黎明凛冽去孤绝。

动如参商无须别，
永安钟清空长街。
昔日年华思无邪，
回望犹负山千叠。
九十九音永难歇，
朝阳万里唱城阙。
远大时节雁成雪，
舟中温存海上月。
人间最好辉月夜，
梦里失约歌里借。
城破凄厉现昙花，
风昭如血旗乍裂。
关外浮光怎高悬，
焚寂成灰作蛱蝶。
眸中虽结真悲切，
耳畔长街戮不歇。
城阙呜咽史笺页，
长阶染尽生离别。
颠倒毁灭天谴劫，
柔念终绝落曾曳。
冥夜褪淡破晓前，
倾盆霪雨涤罪孽。
谁泣君名声力竭，
魂魄知觉泉忘却。
堪记阴晴与圆缺，
化茧成蝶道轮回。
长天灼破星辰泻，
马蹄踏枝不绝血。
陨落尘土瞬艳烈，

回忆尽头风凛冽。
骨血皆埋没绝夜，
逝冰零愿未了却。
蝉鸣声息夜飞雪，
廊庑细雨初时节。
只言淡语掩旧约，
春花柳叶笑无邪。
逆风越野山千叠，
无尽城夜旧时节。
上下弦月白衣影，
夜色如水覆清冽。
借我一刻韶光阴，
身后花开犹似雪。
月光幽冥不凋谢，
归路遥遥到天涯。
铜铃声声客还家，
荒野风开尘与沙。
杳渺身后无声答，
黑袍蜿蜒符上砂。
断发作笔心血化，
倾歌画卷盛世花。
年年今日满京华，
千里万里指尖沙。
梦中水月与镜花，
天堑永镇筑成塔。
高台月下魂沙哑，
铭心刻骨照年华。
一顾摧城再万甲，
日月凌空青丝发。

河山摇落阴阳错，
天涯宫阙便倾颓。
星坠一刹谁参透，
新泽日久时湮没。
霞落占尽皆远望，
月缺又满海卷浪。
羌管悠悠延惆怅，
青鸟且乘来入梦。
黄沙茫茫埋胡杨，
朔风里人鬓苍苍。
经年残愿隽成荒，
城阙磊落成终章。
手中浊酒照暮光，
战鼓擂破透长枪。
铁甲刺穿遥流淌，
饮下遗忘茫掌灯。
迢迢潇潇陌上花，
年年春朝颜色好。
见春来迟花开早，
庭树郁葱知旧时。
般般立扇记今朝，
星辰晦朔如此夜。
君逍逍兮立中宵，
风起天澜烟波渺。
地阔心宇堪天高，
余生南柯梦曲调。
长路傀杀多萧萧，
因缘却道如芥草。
若得同心一人老，
聚散逐波随浪潮。
月色露重犹轻悄，
舟上摇落一江笑。
星光酿作天荒老，
平陵春日雨潇潇。
广汀半夏莲子熟，
北岭壶纱雪如烧。
音容杳杳溯流光，
岁月如潮泪千行。
刀戟共丝竹沙哑，
谁与看城外厮杀？
七重纱衣血染衫，
兵临城下军不发。
再见却已生无话，
过往红线缠千匝。
一语成谶一念差，
踏碎一场盛世花。
血染江山眉间砂，
碧烟沁泪如雨下。
刀剑喑哑奄倾塌，
无暇不假弹琵琶。
颠倒容华相照蜡，
明月天涯得蒹葭。
江山嘶鸣啸战马，
衣袂寂静犹喧哗。
风过天地成肃杀，
山河谢后临天下。
天堑塔星流飒沓，
岁月无声觅枝桠。
时光翩然却轻擦，
梦中楼上皎月下。
拂去衣间霏雪花，
并肩天地且浩大。
经年天岁还惆怅，
河灯燃愿初韶光。
盟誓余生再往复，
征尘葬月枯白骨。
春来锦簇花再开，
长路人山天作海。
夜色微凉旧模样，
桑田呼啸路匆忙。
相忘无名作牵强，
安详夜露逝晨光。
斩断时辰歇画面，
宣读胜负知同途。
彼方终归成陌路，
浮生未歇步如初。
半壶染殇莫谢幕，
血凝朱砂犹荣枯。
我本人间逍遥客，
君行何复苦匆匆？
世间无限丹青手，
一片诛心绘不成。

目录

CONTENTS

第一章　彼岸流年

听说啊，遇见一个人需要三天，喜欢一个人需要三个月，爱上一个人需要三年，等待一个人需要三十年，而忘记一个人，需要三生。

那一夜的星辰绚烂灼伤了半边天涯，他独自在塔上等了很久，很久，久到七重纱幕下的画卷都被岁月浸染得有些泛黄。直到画中人施施然向他走来，记忆的水路开始随着她的步伐断裂、封锁、改变，他才方知世间大多数的缘分，越是褪色便越鲜活，无悔至一错到底，消亡也如饴，多少芸芸众生也是执着到绝无可依，逆天命至巍峨殿阙皆作孤烛流离。

华琚在雪地上曳出一道纯净如流星的长痕，点染了一望无际的苍茫天涯，模糊了地平线。

他抬眼，看清了淋漓挥洒的月光下她的眼睛。夜空在那一刻疯狂地落雪，塔下那沾满似泪露珠的十里曼殊沙华盛开得忽然宛若回忆，相顾恍若隔世，眸底泛万千烟波，盏中归雪和热泪酌下，情怀在松间石上泼落，化得平生为墨，执笔染谁眼角珠泪落。

待至雪沸时，
故人循约来。
眸底泛十里烟波，
染长天双鹤。
卧冰河，
寂寥色。

帝宫之外，有钟声远远响起。隔着黎明前最寂寥的黑暗与凝固的光阴，他在她耳边轻声说出了只有他们二人知晓的余下诗篇，气息轻轻吹拂在她耳畔，在她心上印出了一道如雪浅痕。

晨昏转，
蜃景改。
行歌越几载，
不见身后沧澜。
青鸟寄梦来，
越荒壑，
霜天色。
披风雪一蓑，
倏忽入眼天光，
依稀梦外涌成海。
未逢故人别后，

心绪成霭，

不言经年。

她兀自硬撑的坚强竟瞬间变得如此不堪一击，月光与破晓之间，她极安心地慢慢倒了下去，唇畔一抹鲜血缓缓流出，她惆怅过、失落过，这一瞬才惊觉谜底竟然是眼前人。

从碧落黄泉寻觅，到陌路扶择瞬息。

这一路太过寒冷，她只想与他共享温暖，好挨过人生永夜。

世说长生不熄，从歧途误入迷局，到尽处真相浮起。

晨曦的疏落光影中，此身生根或漂泊，是不舍消磨了我颜色，青桑映成金箔，荒芜消作笙歌。一触即逝的温暖沁入了她的心田，岁月夭折在身侧，绫罗化成烟霞。前身颓圮的流火，在几个百年后终被烧成了漠，今世山有木兮卿有意，昨夜星辰恰似你。

他任口中的腥甜与苦涩缓缓流逝，浩雪江山，他看着她似不谙世事又似历尽沧桑的眸子，极轻地笑了一下，浅浅道：

我连那一念残魄都是黑的，唯独心尖上一点血还是红的。用它护着你，我愿意。

身无双翼，却心有一点灵犀。愿世间，春秋与天地，眼中唯有一个你。苦乐悲喜，余几段朝夕续承诺。

温暖消逝之际，她轻轻颤了一下。千树梅香逐飞雪，行迹深浅，光阴几笺共过往深埋，一抹笑，缓缓自唇角勾勒而起。

永诀阔契何为天意，若我问你，今生缘，如何予你。

时光抬眼，扯断宇宙的经络，岁月低头，握紧银河的伏涌，我穿经越纬，沉入季节，落进天气。

风是地球的摆钟，摇晃人间朝暮，嘀嗒声恰好叫醒雨，氤氲泉自此落在了透明的水雾里。

归元十六年五月，天下大旱，饿殍遍野。市井繁华不再，空落落的楼阁映着空落落的风景，千里竟无鸡鸣。

昭帝玄邈身为天若国君，当然须得平定灾乱，安抚民心，他身着祭袍，黼黻华丽映着光影斑驳，那权与欲迷乱在揉碎的光晕里。一身红、黑、白交错的纹饰与腰间二龙戏珠的玉佩更显出其身份的尊贵。

他郑重地走上天堑台，挥动手中的祈雨杖：

远古的神明，吾召唤汝。来自长空的甘霖，如吾所愿。现将命汝，听吾号令，雨从天降!

云层甚至都不曾移动半分，人群中渐渐开始骚动起来。

玄邈一挥手，两个士兵装束、头戴铜质盔帽的人架着一个囚笼走上前来。笼中有一个少女，一袭红衣被血迹浸透，发丝凌乱地贴在脸上，干涸的血将她身上的伤口牢牢地与笼壁黏在一起，稍微挪动哪怕半分，便是钻心地痛。

她只不过是个替罪羊，一个平息民愤的替罪羊罢了。

杀了她！用她的血祭天!

身怀星月石的人，她注定会带来一场灾难!

她的星月石，可以开启祈雨之阵!

不要被她的外表迷惑了！她才是一切祸乱之源!

随着祈雨之阵的开启，少女的生命，正从胸前的灵石中缓缓流逝着。她觉得眼前忽明忽暗了起来，自己似乎正一点点化形为雨。恍然中不知来自何处的气泽使这术法不致噬去她的元神，然而自己的指尖还是在逐渐变得透明。

那一缕气泽阻断了祈雨阵对她元神的侵蚀，随即渐渐代替她的元神化形成雨。有些微破碎的元神在这股力量下向着反方向聚合，透明的指尖也渐渐恢复了血色。那气泽似温暖的云层一样将她紧紧包围，生命不再继续抽离，苍白的脸颊泛起一丝桃色，她凝神试图调息，却发现神识已几乎被这祈雨之阵侵蚀殆尽，少顷，剧烈的痛楚袭来，似乎五脏六腑都已然被这术法搅碎，她凭借着本能尽可能依靠着那一丝温暖，却一次次坠入无尽的寒夜，一次次陷入万劫不复的梦魇。

渐渐模糊的意识中，似有点点星辰挟着阵阵暖意，抚平了那些剥筋蚀骨的伤痕，忽然不那么难受了，她灵台中半分清明不再。最后一缕神识逐着光开始涣散，她沉沉地昏睡过去。

不知过了多久，久得像一个世纪那么长。

民众与昭帝玄邈皆散去，偌大的天堑台陷入几乎凝滞的沉寂，一抹红衣如血灼伤了天涯，点染出一片幽黑的天堑台上最后一抹颜色。

失去了大半仙元，口中的鲜血似决堤般从唇角缝隙中涌出，沿着天堑台上沟壑蜿蜒而下，少顷，竟蔓延开丈余。那睡得沉沉的人儿自然不会意识到，任由它在梦魇中一点点抽离着自己的生命。

忽然之间，一层结界倏地罩了下来，阻断了不断扩散的血迹。玄衣身影步履匆忙赶到，设界之人自可以畅通无阻地进入结界，幽邃目光似孤云出岫逐清风越万岱，在表面的波澜不惊下，却已是心痛如狂、樯倾楫摧。

红衣少女睡得酣然，竟了无鼻息。脸色苍白如纸，一抹血迹与惨白的唇对比得鲜明而刺目。

玄色身影将一颗丸丹送至她唇边，她艰难地张开嘴，却引得更多的血迹由嘴角蜿蜒而下。他有些不知所措，忽然想到了一个办法。

自己调制出这药，自然最熟悉药性，而此时这最后一个办法，便是以制药之人的三合生血为引……他划破自己的指尖，将血滴在随身携带的琉璃瓶中，并将丸丹放了进去，瓶中液体竟隐隐闪烁着赤金光泽，灿若星辰。

他将琉璃瓶送至她唇边，然而看似被服下的液体却随着她微渺的呼吸再度与鲜血一并倾泻而出。

心中本已痛甚，这时见她竟成如此，更是如同伤在己身一般痛楚。他索性将瓶中之药含于口中，俯身将唇覆了上去。

邈远的歌声不知从何处轻轻响起，天地间似乎颜色尽失，永恒旋律描摹容颜燃尽了时间，晨曦惊扰了陌上新桑，风卷起天堑台上落花穿过层层雾霭。那浓墨般的迷雾追逐着情绪流淌，所有喧嚣沉默都描在了这一刻，愿记忆自此停止，随繁花褪色，尘埃散落，渐渐地搁浅。

恍惚细雨绵绵，当年水色天边，有谁将前世悲欢收殓？

少女的呼吸渐渐由微弱变得均匀，玄衣身影缓缓起身，玄色的发丝垂在她肩上，与她散开的青丝纠缠在一起。似乎结界之内清风明月、花草树木、瀚海山河皆化作了穹顶之上的漫天星辰。

她睫毛微颤，却仍是无力睁开眼。他顺势将她揽入怀中，其实早便知此法不到万不得已切勿使用，极易将神识与对方元神搅于一处，两人将永坠黑暗，绝无生还可能。

然执着至绝无可依，永诀阔契天意如斯。

流年那样无理残忍，稍有踟蹰它便偷梁换柱，叫人撕心裂肺，再难回头，直至万劫不复。

唯有信念，方得始终。

《归元天卷》曾载：上古神祇擅用禁术，魂魄散为两半，与受术之人一道入轮回。

归元二十七年，正是一年一度的月令节。

世说这月令花，正是在这个时候盛开。月令花的习性十分特别，在白天终日不曾露面，而傍晚在第一抹夕阳为天际烫上一层绯色的枫糖之时，它便悄然舒展开月白色的花瓣，奏出倾世绝响的美妙乐音，音乐所及之处，有星星点点的流萤随着音符起舞，其状甚为缤纷，然而在月色从云翳后出现的那一瞬，沾染了月光的花朵却似被腐蚀一般瞬然凋零，似乎前一秒还在烟霞中盛放，后一秒便散作星点微尘，归于永寂。

正是花开不见月，月出不见花，缘聚敌不过离分，生世难以团圆。

三五少女嬉笑于花丛间，各自举着萤火做的提灯，上面写着所念之人的名字，听说在这一天捉到七七四十九只萤火虫，放入提灯中，便能达成一个心愿，与灯上人得以团圆。

街上熙熙攘攘甚是热闹，有小贩正叫卖着会吐火的龙糖画，会飘下花瓣的兰花发簪，还有九孔的莲蓬，每个孔里有一只髭着胡子的爹毛大老鼠，与拨浪鼓配套出售，一摇拨浪鼓，它们便用爪子直捂着耳朵，其状甚令人捧腹。

推着小车的妇人卖着菱角，突然一个菱角从筐子里跳了出来，紧接着又是两个，它们拖出一些菱角充当麻将牌，在车架上坐定，挥动着角大声吵嚷：三缺一！

一个拿着拼错了会哼哼的八卦锁，梳着童花头的小孩由妈妈带着，吵着要买菱角，那卖菱角妇人拿起一个菱角剥成两半便递给她，她见状更是在地上耍赖不肯走了。

两个幸存的菱角在风中瑟瑟发抖，那个胆大的扯了嗓子喊，声音却如蚊蚋一般：二……缺二！

再望向街对面，海星、蛤蚧、当归、锁阳、黄芪、玛咖……是个药摊子。那老板正杵在自个儿的板凳上，观着一本花花绿绿的册子，口水流得三千尺，时不时露出促狭的笑容。

细看书名，教人真无法开口。几个小孩追着一朵施了法术的花，边跑边乐，嘻嘻哈哈地从摊子前掠过，仅留下些许红红绿绿的糖纸。

卖布的在渡月河河畔浆洗着布匹，那水便成红一片、紫一片，恰似天降染料一般，其状不忍直视。

不过那渡月河竟一刻钟不到便恢复如初，依然映出那一轮微光掩着的皎然月色。

一个十一二岁的少年，着一身白衣如同自那月色中走出，面庞稚嫩却带着一丝挥之不去的坚定。他信手拈了一朵枯萎的月令花，那花在他手中化作烟尘，丝丝缕缕宛如流萤一般。

凉薄微白的唇轻启。

腐草，为萤。

他继续向前走着，不知不觉，竟来到了品芳楼下。

楼边卖胭脂的大娘好心提醒道：奉劝一句，你这娃娃好生俊俏，那地方可去不得！

且说来听听。少年甚是好奇。

这月令节本有一个传统，我道你定是外乡人吧，看见这品芳楼上的女子了没，她们每年此时便在楼上抛出月令花球，用以……

话音未落，少年便被砸了一身花球，那大娘见状甚是捶胸顿足，恨自己说话为何要大喘气。

这花球怎么拿不下来了？大娘，您快告诉我，用以怎么？

唉！话说多年以前，咱这儿也出过一位生得极美的君子，因为被那月令花球砸中，便要陪抛出花球的女子共游集市的传统，所以这些女子便集众人之妙计，做出了这黏在衣服上便拿不下来的花球。据说那夜那位极美的君子，不得不陪59位佳人共游这集市……

他想象了一下场面，真可谓是浩浩荡荡，横无际涯。

后来呢？

真真可怜见，这位君子后来就被逼成了一个……话音未落，大娘向他使了个眼色，跑！

身后一片温香软玉，莺莺燕燕，一个铜子一瓶的香露味扑面而来：等等我嘛，公子啊。

谁说好要陪人家夜游集市的呢？

那少年飞速狂奔，花球纷纷曳地，他急忙隐于人群之间，看着天下人来人往，天上明月依旧，竟生出一番“古人不见今时月，今月曾经照古人”的诗韵来。

这时，随着天上星辰渐明，他竟不知不觉来到了渡月河河畔。河畔与先前浆洗衣服时不同，这会儿四周竟全是那盛放着却已然枯萎的月令花，正一点点化作漫天的流萤。

水面上一轮月影忽明忽灭，夹岸的花皆作剪影，而流萤恰如一个个被虚化的光点一般，纷然落至河畔的草丛中。花影虚，鹭影实，勾勒出一幅闲寂的画面，掩映出黑与白之间的光影狂乱。

草间隐隐有什么物什萦绕似流萤，最外一重薄纱之上所绘是海棠梨花图，盛开得恍若回忆一般——

你曾说，我若为海棠，你便为梨花，伴我一生常在，可我忘了海棠苦念，梨花空凉。

第二重纱上所绘，是鲛珠殿风景图，可谓廊腰缦回，檐牙高啄——

你曾说，我若为龙椅，你便为东宫，赠我一世繁华，可我忘了王朝易改，江山飘摇。

第三重纱和第二重恰恰相反，乃是渔村的景象，温暖而美好。

——你曾说，我若为小桥，你便为溪郊，念我生世不离，可我忘了小桥易建，覆水难留。

第四重纱所绘乃是一纸星象之图，黄道十二宫与十二星宿皆列于其上，背景如同自夜空中采撷一般，是那样纯净而深远的蓝与紫。

——你曾说，我若为寒星，你便为凄月，耀我百世光芒，可我忘了寒星非寒、凄月无芒。

第五重纱所绘的，便是那三尺红台上的傀儡戏，正所谓红尘似水，万事入歌吹，唱别离久悲不成悲。

——你曾说，我若为青稚，你便为歌姬，唱我一生长安，可我忘了青稚无义、歌姬忘情。

第六重纱上未曾绘什么事物，只余那隐在前五重纱后隐隐约约看不真切的红底与其上清隽遒劲的飘逸书法，却看不清所书何字。

——你曾说，我若为红笺，你便为烟墨，抒我残世菏泽，可我忘了红笺似血，烟墨赴越。

第七重纱极尽婉妍而臻美，却总是看不真切。不知缘何。

有风吹来，七重纱微微摇曳，少年屏息凝神，忽然发现草丛中似有人声，再细听。是谁？

渡月河上的花灯勾勒出她的轮廓，那少女缓缓转身，面色从容。她望向那少年：还好不是他们。

谁？少年似有些好奇。

那些我不知道名字的人。她微有一些警觉。见那白衣少年不似存心打探之人，便又放下心来。她转向少年，那少年才知七重纱原是她的衣服，随着她的一颦一笑一举一动，亦微微飘动着。

你是何人？缘何于此？少年正欲问，身后忽然传来一阵响动，一群戴着桧木面具的黑衣人拿着弓箭对准他们。

那少年下意识地将她挡于身后，这便是她所言的那些人罢。两方僵持不下之时，身后少女扯了扯他的衣袖，两人交换了一下眼色。彼此心中都有了一份笃定。

七重纱衣在空中宛似蝃蝀般划过一道弧线，两人旋即落入渡月河中，衣袂之间溅起星星点点的涟漪，河灯便顺水逐波地摇曳着。熄灭了的心愿随风卷向远方。

水中尚有几丝零零碎碎的光线，便是那暖黄色的河灯，盈盈烁烁影影绰绰，斑驳在两人随水飞扬如墨的衣袂之间。

那些光点似以两人身形做了幕布，正顺着水波摇曳着。

一泓青丝在水中散开，月光从间隙之中隐约落下，天地间再无其他的色彩，亦无其他的声音了。

透过些许光晕，他隐约看见水中一处亦散发着茕茕微光。原是那少女手中的萤火提灯，一些细碎的光点正缓缓逸出。

——灯上未写名字，只余一幅画像，那画像上的人竟与自己生得一般无二。待到了外界稍定，他抓住浮桥，飞身一跃，将那少女亦拉出水面。两人坐在桥上，他便问了那个方才来不及问的问题：你是何人?

人皆唤我朱砂。

“冒昧问一句，那灯上画的人可是……”

“应是我的一位故人，话说你是何人，我该唤你何名？”

“你且唤我析木罢。”

瞬时之间，朱砂斜斜向后仰去，一泓青丝在水面漾起些许涟漪，零星水珠溅起，析木将将拉住她维持着平衡，一支不从知何处飞来的暗箭擦着她的眉心掠过，一缕飞起的青丝被齐齐斩断，那箭闪着凌厉的光溅落在远处的水面。

有温热的液体滑下，朱砂才发觉那是自己眉心的伤口正在滴血，析木望向她，眼中闪过一丝担心与隐隐的似曾相识感。

析木心中忽而暖暖一酸，恰如很久以前被忘却的那一种感觉，这一世在他记忆中从未有过，在很久以后的未来他方才明白的那一种感觉。他抬手轻轻抚上朱砂眉间，却在距离仅一寸许时蓦然停住，似乎在试探着问她可不可以。

箭雨布成排山倒海之势向浮桥袭来，朱砂疾速转身，一抹纱衣掠过，那箭被它带起的气息纷纷折断沉入河底。

戴着桧木面具的黑衣人从浮桥两面向中夹击，析木将朱砂受伤的头紧紧护在胸口，纵身跃下浮桥，两人双双落入渡月河。

一缕嫣红逐渐弥漫于水中，丝丝缕缕似乎化不开。

星星点点的红光如同燎原之火般迅速弥散开来，渡月河上，是一轮赤色的明月。

水面上红光粼粼，丝丝缕缕夹杂着涟漪，从四面八方汇聚于此。少女手中的提灯缓缓浮起，四周宛若红色的水晶花，毕剥作响。

揉碎的月光掺着些许河灯的光线，纷纷然映在翩翩衣袂之上。透明的光影摇晃着人间朝暮，一抹嫣红沉入时间，溶进水中，消失不见。

这渡月河忽有异象……莫非星月石便在河中？

析木怕回去告诉父皇他不愿救朱砂，反而添更多的麻烦，于是依着自己学得比较好的那一门变化之术，勉强化出一道仙障，外界看不见障内，障内之人却能看见外界。

那仙障将朱砂从水中托起缓缓落在河畔，障后模糊的面容渐渐消失。

此岸有梦，彼岸无忧。一朵花开，一梦今生。一朵花谢，一念随风。

五年后。

那身着黑金战甲的青年，向朱砂絮絮说着什么，透过自月上倾泻出的半壶青纱，看不真切，只见朱砂唇边笑窝儿清浅，眼角眉梢都是笑，低声应着。像想起什么似的，问他要了匕首，割下了鬓边的一缕发。

看着面前双颊绯红、眼神游移的她，实沈亦割了发递给她。她低头，细心地抚顺，巧妙地绾成一个同心结，再放入随身的香囊。

这个给你，你可不要弄丢了，要不然我……

她轻咬下唇，颊边红云未退，却想不出有什么话可以出口威胁。不然我永远不会理你，必然不会。

实沈出去征战后，朱砂的生活日趋平淡。那一日，风扬起屋帘，飘来淡淡的桂花香气。湖畔的桂花开了罢，她想着，不由自主地笑了起来。然后，笑意凝结。从帘子的缝隙中，她竟然看到了一年不见音信的实沈。慌忙掀起珠帘的她，只眼睁睁地看着他拐入了旁边的巷子。

隔着绘着山水图的一重纱幕，她靠在门边隐隐听见两人的谈话声，不安像一把匕首，正缓慢刺入她的胸腔。

她？自从我那次在路边看见她，将她带回后，我便一直训练她，好让她成为我手下最得意的一颗棋子。

那她难道会愿意、会接受？

一个傀儡一个替身而已，能为我所用当然最好，若不能……大不了在她亮出獠牙的一瞬当场除掉。最荒谬的莫过于，我让这颗棋子爱上了我，从此她便如同鱼离不开水一样，再也离不开我。

实沈的声线平缓却冷得彻骨，如今北岭内忧外患，待因重赋民心终变之时，我便借势起兵，当年我母宁氏因元昭枉死于囹圄之中，如今这朱砂，便是我安插在元昭与元墨之中，最好的一把刀。

若是你大仇得报之后，定要……

那女子丹唇微敛，未曾再言。

那个傀儡，我定会物尽其用，她的星月石，便是医治你这心疾最好的良药，雪鸾。一颗黑子在棋盘上落下。

话说，她为何会爱上你，以她的性子……白子从纤纤指尖中落于棋盘。

实沈拿出香囊，将夹层中的香粉抽出。

这不是产自九天之墟，历经七七四十九天炮制而成的玉灵脂吗，我记得这只是一味安神良药，莫不是还有什么别的玄机？

你再细看看，绝不仅仅是玉灵脂。实沈捻起一缕粉末，那山水纱幕后的朱砂，将零星的血色看得分外真切，那些残忍的颜色在纱幕上放大了数倍。她死死捂住嘴，满溢的殇沉析出泪滴如雨落下。

屋内人却分外平静：这是何物？

实沈的声音冷烈却带有一丝戏谑：阿芙蓉。

黑子重重落下。

朱砂怎能不知，那阿芙蓉能控制人的心神，且毒性非常，说不定哪天便会发作，再无生还可能。

那被唤作雪鸾的女子声音娇柔：那她将这个送给你，是不是已经发现了呢？

朱砂隔着朦胧的纱幕，看见那同心结少了一半，仅余她的青丝，实沈的那一半却不见踪影。

这阿芙蓉，只要沾上受药之人的发丝，无论这发丝是否脱离其身体，都会渐渐渗入百会穴，使其心神迷乱，身不由己。他顿了顿，我从前赠她那支奇花凝雪簪，看似美玉雕成，其实每一片花瓣中，都暗藏着最上品的阿芙蓉。

“你是我的全世界，这么多年以来我唯一倾心爱过的女子，而她连一个替身都不如。”

实沈的声音，冰冷而戏谑。

替身都不如。

纱幕之外的朱砂，将簪子狠狠抽下，拗成两段，那些血红色的花瓣沾在苍白而颤抖的指尖，一泓青丝倾泻而下，簪子的碎片刺入莹白的指腹，血珠红得似阿芙蓉的花瓣一般，却更残忍、更刺目。

雪鸾圈住实沈的脖子，娇声细语：谢谢你，为我做的一切。

实沈俯身在她耳边轻声说了一句什么，雪鸾却含笑躲闪，实沈蓦然揽住了她，棋盘被拨落在地，黑子白子如大珠小珠淅淅沥沥落在玉盘。

朱砂怔怔地看着屋内灯火彷徨，醉得受伤，烛光忽明忽暗，忽暗忽明，恍然间，那纱幕上影影绰绰，两人散开的青丝纠缠在一起，她本该跑开，却不知为何仍魔怔般地怔怔站在原地，将樱唇咬到出血，哭得杜鹃啼罢声已嘶。

既不回头，何必不忘。既然无缘，何须誓言。今日种种，似水无痕。明夕何夕，君已……她终是不忍说出“陌路”二字。

北阙断肠，红袖添香，那瞥年华，潜移默化。痛彻心扉的冷寂，随着时间退化。

屋内灯烛挑落，纱幕上仅余一片漆黑，那水墨画画的本是江南烟雨，不知缘何竟蒙蒙如细针从画面下到画外。

当泪水化作雨水，那一刻，谁的誓言还能轮回？

大雨淅淅沥沥，离离渐渐，衬出她渺小如斯的绝望与无助。

一袭紫衣的身影从雨中走来，将蜷在墙角的朱砂打横抱起，转身渐渐消失在大雨扬起的水雾中。

望着怀中面色苍白如纸的朱砂，元墨暗自发誓，一定要驱散所有的阴谋与黑暗，将她的幸福找回来。

他在她榻边从夤夜星云一直守到鸡鸣破晓，然而在第一抹晨曦乍起之时，他却悄然离去。

纵然你我有一纸婚约在身，然而既然你倾心相许的那个人是实沈，那么与其让你在笼中当一只金丝雀，还不如放手给你自由。

他轻轻抚上朱砂的眉间，那本应落于她额上的一吻，却终是落在了自己的指尖。

朱砂睁开眼时，看见的人却是实沈。怀疑看错了的她发现他果真在门外。

他却未曾进入房间，只是隔着门递来一张信笺：杀死元氏家仆共七七四十九人，破了他们的守卫，待你归来便为你解去阿芙蓉之毒。

那天午后，家仆们小憩之时，朱砂悄然进入祈年府。见元墨不在，她勘察了一下地形，却始终下不去手。

身后却突然传来一个声音。

心时之术，心念须稳，方能制敌。

她一惊回头，蓦然祭出心时刃，还来不及思索，那四十九人便应声倒地，她幡然醒悟间心神一致收回心时刃，面色苍白、双手不住颤抖，面含惊恐。

那感觉分明不是自己所控，如果以四十九条鲜活的生命换我一人苟活，我宁愿被阿芙蓉早已埋藏的奇毒摄心夺魂。

然而自己却不像是自己，似有什么掷地应声粉碎在那夜海渊。

朱砂再醒来时，已是夜半时分。那阿芙蓉之毒噬心刻骨，一寸寸侵蚀着她每一分生命，漆黑垂死的夜无法容忍闪电一次次撕开它的幕布，发出一声声悲鸣，泪干肠断地号啕着。

她撑住床栏坐了起来，猛然俯身吐出一大口鲜血，眼见便要向前倾去。不知何时赶来的元墨急忙扶住她，让她靠在自己身上，他伸手接住不断涌出的鲜血，那些血却顺着指缝滑了下来，一滴滴落在脚边的棋盘上，在莹白的月光下，触目惊心。

元墨一只手扶着朱砂，另一只手拿出一个小瓷瓶，在月光下皎白明亮，隐隐有几丝冰裂纹恰如盛开的花，瓶盖上的流苏间坠着一只雕刻精美的鹍鸠，羽毛仍是栩栩如生一般，眼珠与鸟爪皆十分鲜活，却通体似雩桴玉雕成，素白中隐隐含着几丝暗绿。

透过月光，却是什么颜色都看不真切。

朱砂，你哪里难受？没事的，把它吃了就不会难受了。

元墨轻声安抚着，将小瓷瓶递至朱砂唇边。

她艰难地服下瓶中药粉，霎时间更甚的痛楚灼烧着四肢百骸，透过月光，细密的汗珠浮现在额上，鬓角的发丝竟已被汗浸透，一滴泪落于棋盘，瞬间被那些如墨的血重重围住。

就快好了，你撑一下好不好，一切都会过去的……元墨的声线依然沉静，却多了一分痛彻心扉。待到那时……

破晓之时，朱砂怀疑昨夜只是一场梦，直至她看见那干涸的血迹。

刚出门口，有风吹落她的面纱，一人帮她捡起递给她，她接过急忙感谢，却并未看清那人的脸庞。

三日之后祈年府中你和元墨的婚典之时，依着这舞谱上的舞步，刺杀元墨，否则，你和他都会死。那人将一本有些泛黄的书递给她，绝尘而去。

那一日，她身着极尽华美的七重纱衣，祈年府灯火通明，月白风清，正是廊腰缦回，檐牙高啄，高低冥迷，不知西东。歌台暖响春光融融，而在朱砂自一众舞姬中走出，东风桃花曲响起时，府中却骤然蒙上了一层凝重而荫翳的色彩。随着七重纱幕一重重被侍者拉开，朱砂身着的七重纱衣已然变作了暗红覆着玄色织锦的嫁衣，从身后一直延伸到七重纱幕之外，随着朱砂莲步轻移，七重纱幕纷纷扬扬，如天上千变万化的云翳一般。

她徐徐转身，七重纱幕似有灵性一般应声而落，散开在她的裙摆周围，似一朵盛开的异色之花。她朝着一众乐人微微做了个手势，吹箫者放下了箫，击编钟者退至一旁，天地似乎归于寂静，偌大的厅堂内，仅余众人的呼吸声此起彼伏。

元墨端坐于台前，修长而指节分明的手拂过琴弦，朱砂缓缓倾身，目光越过众宾客与元墨的目光相对，二人会心一笑，朱砂慌忙掩饰，元墨却仍是微笑着。

泛音轻幽而空灵，朱砂跣足步上台中央的鼓面。舒展手臂宛若延颈的天鹅一般。

元墨轻挑琴弦，朱砂在鼓面上旋转着，宛如一朵极尽华美的莲。

一抹清冽之音跃上指尖，朱砂身子后倾，发如绸缎一般倾泻于鼓面之上。

元墨同时钩起两弦，正是幽咽流泉冰下难，那弦却愈加爆发出空前的生命力，声如裂帛惊四座，臻美而隽永。朱砂身轻如燕跃下鼓面，裙摆在空中划出一道优美的弧线，尾端的流苏却挑落了屋顶的灯烛，鎏金红百蝶鸾凤烛跌落在地毯上，却无人察觉。正如元墨为权暗恨着元昭，亦无人察觉。

突然，弦断了。

水泉冷涩弦凝绝，凝绝不通声自歇，别有忧愁暗恨声，此时无声胜有声。朱砂轻轻落于地面，大厅内仅余衣料摩擦的声音与众人的呼吸声。

她定格在大厅正中央，姿态宛若凤舞九天，芳泽无加，铅华弗御，云髻娥娥，修眉联娟，丹唇外朗，皓齿内鲜，可谓是尽态极妍。

倏然之间，有人大喊一声：走水了！府内走水了！

宾客仓皇之间纷纷逃窜，烟雾与火焰迅速封锁了所有通道，而元墨却不慌不忙，举觞饮一口酒，以余下的六弦即兴赋曲。

他的节奏越来越快，朱砂疾速旋转，如飞花般的红衣比火还要艳烈，在步履之间她却深深感受到，元墨的每一音都是镌刻于心，注入灵魂，以生命弹就。她款步走至他面前，那同样一身喜服的青年弹出最后一声曲终之音，朝她伸出手来。

只见朱砂如同一只展翼的蝶一般，两手在空中划出柔美曲线交于背后，将袖中心时刃趁无人注意时直直从后背穿过琵琶骨。鲜血顺着纱衣蜿蜒，把那衣裳染得更沉重、更浓艳。

元墨见着血迹，眼中神色瞬变，心中痛甚，将朱砂拉入怀中，她半推半就地忍痛向前靠去，随着刀锋入肉的一声闷响，那心时刃直插元墨心脏，朱砂咬住唇，眼泪还是夺眶而出，元墨的动作定格在伸手为她擦泪的那一刻，随即如同一尊残破的雕塑般颓然倒地。

朱砂极力控制还是不住地颤抖着，她双膝一软跪倒在地，听见身后人声她便捂住自己伤口惊恐地跑开，在烟尘之后，却看见了实沈。

实沈十分厌恶地甩开她，仿佛他们从来便是陌路人一样。朱砂怔怔地站在原地，听见他的声音自殿外传来。

“北岭重赋，遂致民变，元昭无止，欲平人心，教唆刺客，戮杀元墨，其人毕生清廉，怎奈竟遭不测，如今天理何在？”

听着民众愤怒的呼应声，朱砂转身望向早已破败不堪的厅堂，而在烟尘之中，一个熟悉的身影正抚着琴，是元墨。

琴声愈加激烈急促，她惊恐得跌跌撞撞地冲出大门，随即捂住了嘴，泪珠断线般滑落。

——实沈倒在血泊中，胸口正正定着一把心时刃。

亲手杀死了负你之人，如此这般，他便灰飞烟灭再无转生，直至万劫不复。朱砂，你可满意了？正是元墨，负手立于瘫软在地的朱砂身后。朱砂，我都帮你做了那么多，可否听我讲一个故事？

朱砂没有点头也没有摇头，惊疑地瞪住了他，不断后退。

有一种珠母贝，它一生只能产出一颗价值连城的珍珠，然而这珍珠一旦被取出，便是珠母贝的生命终结之时。

元墨声线不带起伏。

朱砂连连后退，眼神有如受惊的小鹿一般。

实沈张口似要说什么，他咬牙从心口拔出那一柄心时刃，霎时血流如注。他将心时刃递与朱砂，艰难开口：那本舞谱，你还是有三分学得不甚像。心时刃稍稍偏下了那么一丝一毫，便剜破了心脏，所幸我以雪鸾替了你，而我这个稍纵即逝的残影，便是你原身仅余的一念残魄所铸而成，如此，一切便好。

他的残影竟忽明忽暗起来。

她复生便是以那名女子的性命为祭，只不过我竟不知，那女子竟是雪鸾。你可知世上本无雪鸾，不过是朱砂的一念，雪鸾一死，再加上心时刃沾了朱砂的血，加重了阿芙蓉之毒……她怕是有性命之虞啊。

元墨跪坐在朱砂身边伸手探上了她脉相，朱砂仍是不住地颤抖着，低声啜泣却紧抿住嘴唇，忽而凉凉一笑，看向元墨：杀你，他便为我解去阿芙蓉……之毒，可是……如此？

心时刃出手，闪着凌厉的光。元墨身形忽明忽暗起来，那心时刃似穿过虚空般掉落在地面。

朱砂蓦然意识到了什么，在她听见殿外的实沈说出那些话时，他已与元墨互换魂魄。她爬过去几乎拿不稳那心时刃，浑身颤抖、冷汗淋漓的她数次才将它对准自己心口，闭上眼睛，珠泪无声滑落。

元墨蓦然握住了她即将刺入心口的刀刃，随即化为齑粉，消失于无形之间。一片凛冽的沉寂中，心时刃掉落于地上，那金石撞击之声，恰如曲终弦断裂帛之音，旋即归于永寂。

她仓皇地跑向熊熊燃烧成灰化烬的祈年府，疏狂风声恰似元墨的琴声，她越是逃避，越是无路可逃，绝无可依。

越荒壑，霜天色，浮生匆忙，对错何妨，假作真，真作假，对方心中有什么，便会信什么。

祈年府中，有吟哦之声隐隐传来，似滚烫火焰中冰封的深海桎梏一般，更似一篇咏叹调：九天揽月，睥睨夭矫歇。高台废墟凄鸣间，遗泉语只言，荒冢辰光刻。蜃景改，故人叹心绪成霭。

繁华奈何匆，回首英雄梦。北岭路，千秋岁，音容溯流光，如朝泪千行。民心变，赤云来去孤灯灭。

朱砂怔然站在原地，她并未推开那扇门，而是默默一步步向后退去。

那门底似有一件物什，细看原是一只雕饰精美的鹍鸠，羽毛依然栩栩如生，十分灵动鲜活。那瓶盖却已然碎裂，借着月光，她才望见，鹍鸠周围散落着些许血红的粉末与一缕不知是谁人的青丝。

今夜月色皎然。

第二章　平湖秋月

朦胧的往昔掩映在一泓凉如水的月色之中。

那是归元十六年，是年天下久旱，饿殍遍野，放眼望去，满目疮痍，一番凄凉的景象。

偌大的宫殿中，昭帝玄邈身着嵌着银丝的玄色龙袍，正襟危坐于高台龙椅之上，匆忙的脚步声打破了寂静，原是一个侍卫，头戴似鱼鳞的银片盔，匆匆地在台前跪下，行了一个叩首之礼。

"报——有鹁首携师妹鹁火求见。"

两旁的雀屏画羽扇徐徐移开，玄邈抬了抬手，指向殿门。

"见。"

门被侍卫缓缓拉开，一玄衣白发者走了进来，他戴着厚重的雕花银质面具，那面具遮住了他的真容，仅露出棱角分明的下颌与凉薄不带一丝血色的唇，不禁让人猜测面具下方隐藏的究竟是怎样的眉眼，不染一丝尘埃的孤傲还是如山水初融般的暖煦？始终无人知晓。

他在台前屈膝行礼，此时，一个眉清目秀，面似十一二岁小童，身着五彩凤翎，披一艳色大氅，长发及腰，缀着些许刺绣与银饰，头顶覆一穿花百蝶石青八宝银线帻，周遭些许小铃毕剥作响的女子蹦蹦跳跳，念着时下正流行的调子，如旋风般闪了进来。他并未察觉，朝玄邈行完礼后便朗声道：在下众渺仙山弟子鹁首，听闻天下久旱，未有甘霖，略知一祈雨之法，故携师妹鹁火前来一述渊衷，不敢有济世之妄念，但求得以稍有化解，望昭帝准。

玄邈直起身子，挑了挑眉：敢问是何祈雨之法？

四时之色曰青、赤、白、玄。如春属木，其色青；夏属火，其色赤；秋属金，其色白；冬属水，其色玄。四时之脉曰弦、钩、毛、石。如春脉弦者肝，东方木也；冬脉石者肾，北方水也；夏脉钩者心，南方火也；秋脉毛者肺，西方金也，四季脉迟缓者脾，中央土也，人且如此，万物皆然，久旱之灾，愚以为乃气行不通也，以致此地旱而何地涝，祈雨之法乃是以天堑塔将彼方涝水引于此地，便能作甘霖也。

玄邈唇角抿起一丝笑意：好，今夜月圆时，起天堑塔，希望你莫犯下欺君之罪，否则，杀无赦。

是夜，众渺弟子齐聚于天若山顶，鹁首单手聚起一团银色的光晕，向前推去，山顶一圈日晷在月光下被映得森白，忽得此光晕，便徐徐散发出些许萤絮般的光点，当它们汇聚于一处时，整个天幕被倏然照亮，星空瞬间暗淡。

光晕之下，七层塔拔地而起，飞檐翘角笼罩在白光中，玄邈走向那塔，白光随着他的步伐渐渐隐去，他接过鹓首手中的祈雨杖，拾级而上一步步登上塔顶的天堑台，他口中念念有词，挥动着祈雨杖。

另一边，一个狱卒将一个干巴巴印着红色符印的葫芦扔给了笼中的红衣少女。

“你心中似有什么执念吧，我等费尽众渺十二般刑罚也未能将那星月石从你魂魄中剥离，与其被用来祭天受尽那抽筋剥骨之痛，不如趁昏君拖延时间之际，趁早用那葫芦中药丸自行了断。”

葫芦滚在她手边，她没有捡起也没有推开，而是艰难地起身躲开了它，好像那是一团火。

突然，一道黑影笼罩了她。她无力抬起头看向那个方向，却有一丝熟悉的气息让她感到心安。

“辛夷，跟我离开这个地方。”

来人一身玄袍，那狱卒被他用刀背掀翻在地，一时半会儿还陷入在昏厥状态中。

她蓦然抬起头，眼中一丝惊疑与疏离将她自己都吓了一跳。

“我不会走的。”

她勉力开口，请帮我把那葫芦拿走，我怕我坚持不住……如果这一桩悲剧必当以死来面对，我希望我的死亡能更有意义。

“辛夷……”他终是没有再说下去，一行清泪滚烫涌出眼眶。

“长生，你别这样好吗，让我最后一次记住你笑的样子好不好……”

却有什么冰凉的液体从自己脸颊上坠落。

辛夷蓦然推开了他，仓皇地擦去自己脸上的泪水，一张脸沾满了袖子上的血迹，她瑟缩在笼子一角，身体止不住地颤抖。

他用衣袖极小心地擦去她脸颊上的血迹，又以她额间鲜血为墨，在她额上绘出了一道护魂符咒。目光却再也不敢望进她看似风平浪静实则暗流汹涌的眼底。

她在出生时便在颈肩佩有一块灵石，上有星辰明月与一楼阁泅于蓝紫交融之间，巫师言此乃灾兆，随着她渐渐成长，她变得无处释放自己的能量，开始肆意破坏，在终被遗弃流落街头时，她遇见了那个改变她一生命运的人。

那个人一袭白衣风华万种，似是从光中走来一般。

那天，风很清，夜很寂，他们的距离很近很近，近到张口闭口间，唇瓣淡然擦过。

然而，她怕是不知，那抽筋剥骨之痛到底有多疼。

他怕是不知，那道护魂符咒却偏生护不了她。

那夜，他望见天堑台上失了大半仙力气若游丝的她，竟不惜一切代价施用禁术救活她。

他知道她必以苍生为重，他知道如若没有那瓶以他指血为引的药，她便魂飞魄散长绝于烟尘之中，他亦知那擅用禁术的惩罚——

魂魄散为两半，与受术之人一道入轮回。

那一夜，鲛珠殿中，有鲛人族宫女锦姝诞下一个孱弱的

婴儿。

他上半身是人形，下半身却是一条带着鳞片的鱼尾。

这个孩子，本就是一个微不足道的药引。

一年前，归元十五年。昭帝十分喜爱深目秀鼻、肤如凝脂、手如柔荑的锦姝，每晚必到鲛珠殿中，然而两人之间也仅仅是赏花谈天，从未有过任何非分之举，可正妃岚裳却因自己母国安阑与鲛人族之战，听从了国师之见，对锦姝是防不胜防，万般猜忌，捕风捉影，再加上她自己心中十分善妒，更是想找个机会除掉锦姝这个眼中钉。

她趁无人之时将未谙世事的锦姝带至秋水潭畔，往远处面色诡异地一瞟。便一脚踏空，几欲落入潭中，锦姝忙伸手去拉，却突然被点住了穴道，动弹不得。待她反应过来之时，那岚裳已是落入秋水潭。

锦姝怔住了，一个身着龙袍的身影飞奔而来，一把推开了她，她踉跄一下坐在了地上，少顷那身影自潭中跃起之时，怀中抱的是衣衫尽破，满身血痕和着水向下流淌，一缕湿透的鬓发贴在额上犹为楚楚可怜的岚裳。

岚裳在那人怀中缓缓开口，她月白色的襦裙打湿后几近透明，丰腴的身材使她平添了几分妩媚："王上，请你莫要责罚那锦姝，我这一身伤不甚碍事，她想必也是一时……"

锦姝百口莫辩，依旧怔怔坐在地上，昭帝抱着岚裳离开，衣袖在转身之时狠狠剐过她的脸颊，她猝不及防跌倒在他龙袍绣有银丝的拖尾上。

她才想起，那日她于亭中小坐，他怕她着凉之时为她披上的便是这件龙袍，那时她儒儒地问他这怕是僭越身份，不合礼法罢。

他却揽过她，郑重地告诉她只要为你，让我放弃王位，归田卸甲都心甘情愿。

而现在呢……

昭帝回头厌恶地看向她，一字一句刺入心扉，砭人肌骨：你以为摇尾乞怜会得到半分同情，放心吧，我不会被你纯真的表象蒙骗第二次。

锦姝怔然看向他，眼中大颗泪珠滑落，化作一颗颗珍珠四处滚动。

像这样的珠子，我殿中帷幕上便有千万颗，想收买人心？你以为我昭帝玄邈是什么人，卑田院乞儿吗？

他冷笑一声，头也不回地抱着岚裳离开了。

那岚裳自愿成为秋水潭中百种毒物的盘中餐，然而解这秋水毒须得以七七四十九种珍稀药材，其中一味便是刚出生小鲛人的鱼尾，若少一味，则此药无效，等同于废物一般。

本以为他再也不会来了，没想到他竟在子夜之时闯入自己帐中，锦姝怔然地任那瞳中血色残暴痴狂的他任意施为，她全身颤抖着死死咬住他的肩头，眼中绝望与痛楚皆随着额间冷汗一同滑落锦衾之上，她听见了一片鲛鳞掉落的声音。看着自己日渐隆起的小腹与以一种可怖速度掉落的鲛鳞，数月后，锦姝在那殿中低声啜泣着：玄邈，你可知鲛人族女子一生仅能育一子，鲛鳞失尽之时，便是她生命终结之日……

无人回应，她自嘲地勾起唇角一笑，怕是再也不会有人回应了吧。

那婴孩被送至披香殿内，玄邈看了一眼，命御医将婴孩留在殿中退下。他看着那小鲛人，眼珠黑白分明十分澄澈可爱，一双浓而直的眉竟像极了他的母亲。他朝那小鲛人笑了一下，那小鲛人也朝他咧嘴甜甜一笑，他心里徒生出几分怜悯与不忍来。

那御医颤颤巍巍地拿着一把匕首走了上来，欲割下那小鲛人的鱼尾，却三番五次迎上他澄澈而不染尘埃的目光，终是不忍下手。

玄邈接过那把匕首。

我来吧。

御医惊疑地瞪住他许久，却是半句话也说不出来，颤颤巍巍地退下了。

玄邈望了望匕首，又望了望小鲛人。他想到那两个她。

前一个她是他的正妃，安阑国的长公主；后一个她却是一个默默无闻的小宫女，鲛人族那个早已死去的侧妃诗忆的众多陪嫁媵侍之一。

前一个她若是死去，必会引起民心大变，两国之乱；后一个她却渺如尘埃，无人在意她的死活。

前一个她出入香车宝马，众人环伺，集万千宠爱于一身；后一个她却身份卑微，受人斥责，从事着浣衣洒扫的粗鄙工作。

手起刀落，那婴孩的鱼尾被齐齐斩断，他不住地挣扎着，念出些许断续的音节，一双黑白分明的眼睛直直望向他的眼底，望进他的心田，直至血液从其中涌出模糊了黑与白之间的间隙。

岚裳在玄邈的陪护下，服下了那秋水毒的解药。那被拦腰斩断的婴孩却未死去，被弃置在了后山的荒草堆中。

玄邈在鲛珠殿中抱着锦姝的尸体坐了一夜，在第二天破晓之时，他将她扔进了他想除掉却一直苦于找不到理由的一个大臣府中。

他面色一如既往的凛冽，这天下皇权，才是他想要的，他从未后悔过。

许是因那解药为克伐之剂的缘故，岚裳失去了仅有两月余的孩子，那个在此之前她从未知晓他存在的孩子，她将那孩子葬在了一株扶桑花下，并秘密处死了那个知情的小侍婢。

然而夜深人静时，披香殿红墙内却常常传来哭泣之声，岚裳对着那扶桑花出神时，常止不住地泪流。

被弃置于后山的婴儿却未死去，有一只魇兽将他带回山洞中，捉来蛇，咬断了那些蛇的颈子，将蛇血喂给他喝，不知是否由于这天地灵气，他竟生出了一双人腿。

归元十九年，他长至三岁，那些皇家子弟在一起嬉玩时发现了一只濒死的小鸟，他在众人的惊疑与恐惧之下搬起了一个小青花瓷瓶朝它头上砸了过去，望着一地染血的碎瓷，他笑了笑，冷冷道：凡夫耽恋于生，孰知佛乃以死为渡，彼岸往生，生其何苦，死方极乐。

小太子析木被吓得大哭起来，几个侍婢忙将他哄着，一转头却不见那小鲛人，她们认定太子是着凉发了烧，才犯了魔怔。

归元二十一年，五岁的他将那些扶桑花剪下置于岚裳殿中的青花瓷瓶里，岚裳见到了便自此一病不起，从此疯疯癫癫，是年天若国吞并安阑，岚裳匿于城外郊野，不知所终。

归元二十三年，七岁的他将小太子析木骗至秋水潭，他告诉他潭中有潜蛟，析木趴在潭边看时，他便将他推进潭中，小太子的黄袍却被一截树枝挂住，小鲛人拿出旁边的青花瓷瓶，对准析木头的方向，然后松开了手。

他拿出佩剑挑下析木那象征着尊贵身份的黄袍，再以佩剑将一息尚存的他挑落秋水潭，潭中数百种毒物很快将其吞噬成一堆白骨，与众多枯骨堆在潭底，不辨何人。

他穿上那黄袍，戴上人面蚕织成的面具，掩去面庞之上的三道鳃鳍，变化成析木的样子。

从此，他叫析木。

归元二十五年，他遇见了那个身着七重纱衣的少女，她趁魇兽熟睡之际，从山洞中带出了瑟瑟发抖的他，他脸上身上净是尘土，手中还抓着一条死蛇，她咬破自己的手指将血喂给他，他觉得周身不再那样寒冷，便愈加用力地吸食，他似不知那是救他命的良药，反而当那是赖以生存的养料。直至她面色苍白呼吸急促软倒在地，他扶起她让她靠在他肩头时，他才隐隐感到了一种莫名的未曾有过的情愫，此后他方知，那便是愧疚。

她教会了他以德报怨，教会了他将仇恨化为善意。

她教他以后渴了便喝山泉，饿了便吃坚果，切不可再以蛇血为食。

那一天她交予他一件白袍，让他穿上，她说她要走了，弹指一挥，他们便失去了这一段时间中关于对方的所有记忆。

归元二十七年，他出现在众人面前，为庆祝失踪太子的归来，他得以外出游玩十五日。

那时，在渡月河河畔，他们一直以为那便是初见。

而在城郊一个小村落中，亦诞生了一个婴儿。

那婴儿名唤星纪，自幼普通而平凡。却尤擅绘画。

归元二十七年，他以天岁倾歌图闻名于世，年仅十二岁。

归元三十四年，他为朱砂作画，将那份情愫默默埋在心底。

那是归元三十六年，昭帝崩，临死前对着锦姝的画像。他只下了一道遗诏，便是迁出皇陵，与锦姝衣冠冢合葬于一处。

次年六月，析木即位，改元天澜。

第三章　流荆默望

皇天在上，诸神见证，景星庆云，光风霁月，当为任恤，当为明润，董率丞体，励勤国政，必殄衙蠹，擢用贤士，鸣琴而治，揆厥所由，龙节蜺旌，且当从简，穷黎万井，必先

拊绥，当恤黎元，且豁税赋，格天垂象，以此为证！

析木握住身边七尺之钺，郑重地宣誓。这一天，他已经等了太久太久，久到直至现在都在怀疑眼前一切的真实性。

太子析木，温和明润，清远光华，能育能怀，且敬且慎，澹然若春山之云，安而能静，鹰鹯如秋江之水，流之愈清。

仪典司之人一字一句，缓慢地读出册封之辞。

两旁的侍者为他戴上象征帝位的冠冕，在众人的注视下，他将手挨上了钺的尖端，鲜血蜿蜒而下填进浮雕的沟壑，一条黑白相间的巨龙凌空飞起，冲破殿顶，纷纷扬扬的碎瓦掉落在殿中的地毯上，一抹晨曦从缺口处透了进来，历代皇帝册封皆是以当日异象为封号，析木便是曦帝。

仪典司之人说出皇后之位时，他倒是不太在意那女子是谁。

总有一个七重纱幕后的身影在心中，抹不掉，忘不了。

有女音鎏，为先帝右丞相宇文明渊之女，清若春冰，洁如秋露，纤尘莫入，片月常凝，时年十六岁，封为曦帝之后，授六宫主之印。

那仪典司人话音刚落，便有一名身着红衣的女子款步走来，竟与析木心底的那个影子重合，然而，再像她，却不是她。

六宫之名，相传是很久以前的神女之灵所起，正中披香殿，西侧鲛珠殿，东侧雅音宫，南侧笙箫殿，北侧高唐宫，而那秋水潭便在高唐宫的后山之后。

音鎏生得一双眉一波三折似微蹙含愁，一双眼如同杏核眼尾略挑，鼻子高挺略有驼峰似西域之人，丹唇饱满微厚却犹显贵态，下巴小巧而圆润，在下巴与嘴唇之间，有浅浅一道沟壑，却为她平添了几分娇俏。

是夜，她住进了空置十六年之久的披香殿。

三月之后曦帝亲自钦点秀女，在音鎏送来让他过目的二十二人之中，他却偏生看中了那队尾头戴斗笠面纱十分看不真切的少女。

你是何人？

回王上，奴婢乃蕈州人氏，自幼无姓，单名莫念。

曦帝挥一挥手：其他的人便请带下去吧。

笠日，莫念封美人，住进披香殿旁的侧殿皎月阁。

那一天，莫念于露台上浇灌花木，曦帝策马经过向她微微一笑，她回报之以一笑时，才发现自己不曾戴上面纱，望着消失在皎月阁下的曦帝与逐渐临近的脚步声，她慌乱地戴上那白底缕金百蝶纱，才发现曦帝已然站在她面前。

为何以纱覆面？

回王上，我……

莫念在脑海中飞速地寻找一个恰当的理由。

有风拂过，那缕金百蝶似有生命一般徐徐微动，竟被折至背后，她试图再一次将它拉下来，悬在半空的手却被析木握住。

他不会看错，遑论是辛夷、朱砂还是莫念，她纵然看不清面容，然而那摇曳身姿，袅娜步履以及她说话的方式，他都铭记于心，只不过给她一个自圆其说的机会罢了。

那双眸子似不谙世事又似饱经沧桑，然而从中却不难看出自渡月河河畔那一面到如今她究竟经历了什么。

她想起那一世，他是她的长生，她是他的辛夷，她眸中粼光微动，看着他眼中千般思绪流转，忽而她扯起嘴角笑了一下，随即眼泪决堤，夺眶而出。

越荒壑，
霜天色，
披风雪一蓑，
相顾便已隔世，
眸底泛十里烟波，
盏中浮生，
和热泪而酌，
岁月松石间剥落，
化得平生风沙为墨，
染长天双鹤。

她伏在他肩头，哭得像个无措的孩子。析木轻抚上她的后背，只觉肩头一片冰凉濡湿，忽然竟觉察到一丝腥甜的气息。她紧紧抓住析木的手，却仍是双膝一软跪倒在地，额上冷汗涔涔而下，似忍受着什么巨大的痛苦。

朱砂，朱砂，你怎么了？析木的声音惊惶而急迫。

我不知道，似有什么在控制我的心神……让我……但我不能……

朱砂死死咬住苍白的嘴唇，然而殷红的鲜血还是不断滑下。

析木猝不及防被她一拽，亦跪坐在地，他搀扶住她，极力掩饰住自己眼中的惊惧。朱砂的隐忍与沉静他看在眼里，也许此时任何人都可以慌乱，但他必须镇定如她，才能给予她无边黑暗最后一念希望与慰藉。

恍然间一抹晚霞撕碎了碧蓝如洗的天幕。

析木轻轻抚上身边已经熟睡的朱砂的脸颊，任凭她在睡梦或昏迷中像个孩童一样抓住他的衣袖，轻声念着他的名字。

他隐隐猜到了朱砂竟中阿芙蓉之毒，然而却不知何人阴险至此。

朱砂在昏迷的前一刻却想着，当初实沈赠予她的那支奇花凝雪簪，好像有些熟悉，像是在邈远前尘中见过的样式。

她以心时刃刺杀元墨后，元墨与实沈神魂互换，却各自元神不稳，忽此忽彼，而实沈操纵着元墨的肉身为她挡下本想用以自尽的心时刃后，消散天际，在真正的元墨以为自己全盘皆胜，于府中吟出那首《千秋岁》时，才吟罢上阕，下阕便被实沈以叠换之术驱出魂魄，湮于尘埃中。

而实沈说那阿芙蓉之毒能解，是真是假，抑或真假参半？

一株阿芙蓉，白日开墨色的大花，夜间开血红的小花，善恶无分，真假难辨。若想知道真相，去伪存真，只得将它深埋于土中的根挖出来。

以为自己全盘皆胜的元墨，实则是输得最彻底的一个人，他的可悲之处在于死到临头之时还沉浸在虚伪的成就之中。

而如今那实沈，眼见他起高楼，眼见他宴宾客，然而这座以无数阴谋与算计堆砌而成的空中楼阁，不知何时便会轰然倒塌。

元墨弥留之际，衵衫不整，执念皆作妄念，两难圆滑洒脱。

实沈风流倜傥，膂烈狷狂，如今翻手蓼烟疏淡，覆手天地落拓。

从金乌跌落，泾渭分明，到泼墨山水，无边混沌，黑白善恶，是非对错，漫无边界，飓风萧索，暴雨氤氲。明为金殿霓旌，庙堂决胜；实为权变帷幄，谋夫孔多。

这一路走来，她真的太累，太累。

此刻能有一人伴于身侧，蹀躞同守，遑论是前生颓圮如流火，还是今世她一直害怕又将是那样的结局，那又如何呢？

朱砂很想将这一刻光阴参透，跨越亘古，直至末世之终。

然而，皎月阁的花窗旁，却隐隐有一些衣衫摩擦的响动，那是一只缀着紫金南洋珠的赤色袖子。

此后，那阿芙蓉之毒时常发作，愈加频繁，一日，她在披香殿后花园中闲坐看花，突然身形不稳，险些跌倒，一只手扶住了她。

小念姐姐小心，身子可有大碍？

那人目光关切，神情焦急：快，快传御医！

朱砂失去了意识，再醒来时，发现自己躺在披香殿中的榻上，音鎏在旁边拿着一方锦帕，她身侧的侍女端了一铜盆水。

“姐姐你可算醒了，让妹妹好生担心，怎么样，好些了吗，你没事就好。”

皇后快请起，莫念怎敢劳烦皇后费心。

你我都是这披香殿中人，日后也须得常来往，便不要见外了。

音鎏看看四周：对了，曦帝还未指派奴婢到皎月阁吧，正巧她们两位近来空闲，不如让她们先跟你过去，日后你若身子不适，也好有个照应。

她招了招手，有两个生得伶俐可爱，十二三岁的女童跑了过来。

“璇姬，珠姬，以后你们便到披香殿侧的皎月阁去跟着小念姐姐吧，她身子有些弱，正好需要个人照看着。”

“是。”

两个穿戴整齐的小童齐声回应。

“你们俩先给小念姐姐介绍一下自己吧。”

音鎏笑着看向她们。

“璇姬给姐姐请安，奴婢自幼喜欢刺绣，尤擅修补衣物。”

“珠姬给姐姐请安，奴婢幼时懒惰，至十岁方学弹琴，虽未精通却也尚可，话说姐姐生得真美，此前见姐姐以纱覆面，奴婢还以为……”

朱砂着实慌了一慌，自己的面纱方才应是被音鎏摘了吧，不过既然他已然知道了，摘与不摘于她而言也无太大区别。

半个时辰后，她与璇姬、珠姬回到皎月阁时，析木竟已在阁外等候多时。

珠姬与璇姬对视一眼，知趣地退下了。

析木解下自己的狐皮大氅将朱砂围住，揽着她走向屋内。

好事的珠姬对着他们的背影做出一个甚为劲爆的表情，摆出“啧啧”的口形，璇姬一把将她拉了回去，反手就是一记爆栗。

“疼啊。”珠姬甚是委屈地撇撇嘴。

“小孩子不该看的别看，什么该看什么不该看还用姐姐我教你？”

“你不是就比我大一会儿吗，嘁。”

那珠姬牙尖嘴利，甚是不服。

“我们别吵了，赶紧去干活吧，真是没有意思。”

两个小童一左一右恹恹地托了碗盘走了。只留一片寂静。

屋内两人低声絮语，无人听清他们到底说了什么。

“这几日我研制出了阿芙蓉之毒的解药，先以宫中训练鼠戏的花枝鼠尝试，它们皆无甚大碍，但是……”

“但是什么？”

“那药乃是克伐之剂，药性极烈，不知你可否……但有我在你便不用怕，我不会让你有事的。”析木极力掩饰心中的担忧。

朱砂斜斜靠在析木身侧，那件狐皮大氅上还残余着他的温度，她觉得很安然，克伐之剂又如何，有他在便给予了她承受一切的勇气。

这药主要成分便是寒月芙蕖与白虎之牙，这两味材料必至夜晚方可得，暂且称它飧夜散吧。

析木极力展现出轻松，然而靠在他身侧的朱砂却真切地感受到了他如鼓的心跳声与那锦囊上微微颤抖的指尖。

她服下那囊中的药丸，只觉周身冰凉，几近失去知觉，许是因为这两味药皆极寒之故。她将头埋进他怀中咬了咬唇，将苍白的唇咬出些血色来，方抬头看向他。

他见她面色虽然苍白，嘴唇却还红润，便放下心来。

她以袖掩口，像只小兽一样蜷在他身侧，却始终未曾睡去，偷偷咽下涌至唇边的那一缕腥甜。

他虽是极其疲倦，却亦彻夜未眠，一直照顾着她的反应。

直至一夜寒雨后蛰声唱遍，他才方知破晓将至，为朱砂掖好锦被，盖上那件大氅，便匆匆回自己殿中批阅公文，奔赴早朝。

朱砂捂住嘴蹒跚走至厅中，身形一晃，终是撑到极致，她再也抑制不住，单手撑住地面大口吐出嫣红的鲜血，光影自花窗中倾泻，映在她身上凄迷而狂乱，屋中光线极暗，只余那花窗中的光晕照出她苍白的罗衾与脸颊，那一泓如墨的青丝披散在身上，屋内仅有黑白两色，以及一抹荒芜的嫣红。

午后。

音鎏刻意赶来与朱砂小坐，其间有夕颜呈上香茗一壶。

音鎏将她送至嘴边的茶眼疾手快地打翻在地，朱砂在案边所植兰花溅上那液体，顷刻间枯死。

她怔然看着地上的碎瓷与四溅的液体，才方知拨云未必见日，翳散未必月明，这红墙内没有错对，唯有梦里醉；流年错，自古人心难测。

翌日，德高望重的凉妃忽然宣布皈依佛门，朱砂封莫妃，由美人一跃而升至妃子，从皎月阁住进了雅音宫。

璇姬与珠姬十分激动，觉得她实在是撞了大运，朱砂却不以为然。

——事情发生得太过突然，她深知前路凶险未卜，只能兀自前行，析木不是观音菩萨，不可能事事为自己逢凶化吉。

第四章　灯红酒绿

微露点滴，沾襟落袖，夤夜浊雨，轻解莲舟。蒹葭如许，燕雀啁啾。白水初逢，斜阳犹留。

夜宴之上，音鎏身披赤色轻纱，翩然走至众人面前，她颦蹙浅笑，遥岑远目，低吟轻唱着：“青色烟雨，独步春秋。鱼雁不问，斯人难候。那时相依，人间白首。遥寄佳信，知否知否？”

那音鎏似一大红灯笼般晃悠至朱砂面前，继续唱道：何年何夕，两相执手，噬骨相思，风侵寒透。敢请东风，玉成双偶。杳渺音讯，余我孤奏。

曲起曲落之间，音鎏以梅花壶中酒敬朱砂，析木正欲拦下，迎面对上那宇文明渊凌厉的目光，只得佯装与音鎏相谈。

谈笑之际，音鎏红袖轻移，又以梅花壶中之酒为析木斟满。

析木微微放下心来，却感到身旁的朱砂身子轻轻一颤。

——她看见那梅花壶之上有两孔，音鎏谈笑之间不经意地堵住一孔，那酒便只能从其中一侧流出。两侧显然装的不是同一种液体。

他于桌子底下轻轻握住她的手，继续不动声色地与音鎏相谈。

你方才所唱，可是前朝之音《千阕辞》？

满座皆哗然，析木一挥手："无妨，正好高唐宫中排练九天祭典，你也一同去吧。"

是，王上。

音鎏正欲退下。

那宇文明渊却突然与析木说了一句什么，析木随即同他一道走了出去。

北岭重赋，已隐有民变之象，你作为一国之君，怎可耽于声色，朝中早有妄言，矛头都指向的是你啊！

一席话似剑锋般穿透心脏，直噬灵魂。

朱砂禁不住那施了药的酒，终是无力地软倒在桌畔，音鎏面色凛冽化出一木质傀儡，她望了望四下无人注意，弹指一挥那傀儡化作人形，竟与朱砂生得一般无二，趁那傀儡与众人谈笑之际，她隐于纱幕后带走了已然昏迷的朱砂。

那傀儡施施然一身纱衣掩映着月影斑驳，美得如同天女下凡一般。四周却有不少闲言碎语，认为凉妃退位与她必有关联，北岭之乱乃是她妖术所惑，王上日日伴她身侧是因她施展媚术，等等。此时析木缓缓自门外走入，众人拉了拉彼此的衣袖，清清嗓子与周遭使了个眼色，皆噤若寒蝉。

析木面色残酷而冷烈，他直直走到傀儡身前，那傀儡目光无神，面色淡然，他更加确信心中的那一念，随即沉着开口：今已稽古，朝内乱象，是有魑魅作祟，当以魇镇，明渊乃贤臣，直谏忠言，黼黻皇猷，而宫中有魑魅，实为阙事，当殛而后瘗之，以平乱象。

他拔剑出鞘，直刺傀儡心脏，那剑锋入肉的感觉十分虚浮，众人却望见筋肉被挑破，鲜血喷涌而出。

殿内一片寂静，只听见鲜血如曼殊沙华般一滴滴跌落地面，并绽开了一朵朵凄艳而刺目的血花。

那傀儡低垂眉眼，勾起一侧嘴角笑了一下，便花钿委地。析木丢下剑，冷冷地从人群中走了出去，人群为其让开一条寂静的路，大殿内只余众人的喘息声。

他出殿门只觉身后沧澜雪涌成海，自己已然心绪成霭。

大殿内不知谁人带头，竟响起一阵掌声，在他听来更是彻骨的厌恶与心寒。

与宇文明渊素来不和对立的凤相今日怎会未至宴席？他望见四周灯火尽熄，不由得加快了去凤相府的脚步，来到厩边策马直奔那处。

你虽是众人口中的妖女，然而老臣我对你却是甚是喜爱。那凤相邪邪地笑着，眼中尽是放荡的神色。

他一层层撕开朱砂的七重纱衣，那婉妍的纱宛若画卷般逶迤在锦榻之上。凤相轻声唤着朱砂的名字，眼中渐渐覆上一层朦胧的火焰。

析木至凤相府门前，那墨色的大门却死死地紧锁着，四周的守卫身披金甲，在月色中闪着凌厉的光，他冷然怒喝：开门。

一个守卫却朝他拱手一揖：府中凤相说了……

他不屑于听那守卫解释，策马撞开那扇墨色的门，直奔府内。

凤相此时望见朱砂眸中一层迷蒙水雾，颊边红云未退，一缕鬓发湿湿贴在额间，不觉那心底似种了一株莲，腾起了泼天的业火，他不禁情难自抑，俯身衔住了朱砂娇艳欲滴的唇瓣。

朱砂极为羞愤，死死咬住他的唇，两行清泪随即涌出，她只觉唇舌之间一缕腥甜，有什么赤红的液体自齿间滴落于锦榻之上。凤相吃痛地放开她，眼中仍是一抹戏谑的笑意。

朱砂用袖子狠狠擦去唇齿之间凤相的血，心中一阵翻江倒海，险些呕吐，她浑身不住地颤抖着，眼中满是绝望。

析木破门而入，那凤相见状哆哆嗦嗦地下了锦榻，伏于地上叩头如捣蒜，连声求饶。他无暇顾及那一副奴才样的凤相，掀开纱幔却看见了几乎陷入昏厥的朱砂，她始终未曾合眼，强留住一分神志，此时见到析木，她微微牵动唇角扯出一个宽慰的笑意，浅浅道出一句“你来了”的口形，便再也无力坚持，昏睡了过去。

那千层织锦上点点嫣红恰如盛放的梅花，似有什么东西自心中黯然抽离，随水远逝，他不觉痛彻心扉，脱下黄袍轻轻披在她身上，就那样极轻极轻地揽住她，下巴抵在她的头顶，眼中满溢的痛楚与愧疚随泪滴落在她一头青丝之上。

他举起墙角的剑，凌空朝那凤相的头颅劈过去，守卫闻声而来，死死拦住他：王上！王上万万不可！先帝的凤相怎能杀得？

僵持半晌，他蓦然将剑弃于地上，双唇颤抖掩面而泣，衣摆狠狠剐过凤相的面颊，抱起那陷入昏厥的朱砂便朝府外走去。

月光下，琉璃万顷，水天一色，萧疏清冷，不觉花影狂乱，夜深人静。

雅音宫中，朱砂躺在榻上，析木坐在她身侧，一只手握住她浸满冷汗的手，另一只手抚上她额间试探温度。竟是滚烫。

朱砂微微睁开眼，盈盈握住析木的手，她虚弱地用口形告诉他：没事，都过去了。

析木却将她揽得更紧，她只觉肩头一片濡湿，竟是他的泪水。

丝丝缕缕的记忆逐渐沁入他心中，自己竟将她卷入这样一场局中，而此后又有多少变数，他又怎能料到？朱砂感到析木竟微微颤抖着，她轻轻将下巴搭在他肩上蹭了蹭：那血不是我的，是……凤相……的。

他轻柔地抚上她一泓散开的青丝，指尖温度的传递让她微微有了一丝安然：莫要再提那个名字，提一遍，我便想剐他一遍。

她顺势靠在他怀中，儒儒地应着，却终是体力不支，沉沉睡去。

第二日破晓之时，她徐徐醒转，却发现析木于晨曦之中正服下锦囊中的什么东西，那抹晨曦将锦囊的金丝映出缕缕微光，显得分外夺目而耀眼。

朱砂心中一窒——她见过那个锦囊，正是飧夜散。

昨夜他竟将阿芙蓉之毒引于自己身上，再一点点以克伐之剂逐渐拔除那毒。他服下那药丸后剧烈地咳嗽起来，朱砂跣足步至他身边为他轻轻拍着后背，试图缓解那突如其来的咳嗽，她拿出一方锦帕替他掩口，却发现一缕嫣红逐渐弥散在锦帕那黑白墨荷图的花蕊上，她那持着锦帕的手不由得微微一颤。

此药甚苦，可有……糖否？析木声音沙哑，喉中似被什么滞住一般。

朱砂将随身携带的百花糖送至他唇边，他服下后却眉头微皱。

糖性虽甘，然甘遇苦，苦便愈加显苦，反倒连这糖……都是苦的了。

析木声音平缓不带起伏，却似压抑着什么巨大的痛楚。

那可有……

朱砂话未说完，话尾却已被他含住。

正是北岭轻烟蘸碧波，红墙绿瓦少经过，琐窗独自画轻娥。泪点渐同花片落，情丝长似柳条多，镜中年光付谁错。

她没有躲开，就那样直直地望向他。她的眼眸似一口无波的古井，析木却从中读出了那一重情深，二重爱恨，三分冷，七分绵与那一抹悱恻，她睫羽微颤轻轻闭上眼睛，心中已然淋漓一片。

朱砂……

析木的声音极轻却倾入她心。这一路走来，权变帷幄，谋夫孔多，一朵花开，一梦随风，一朵花谢，一念今生，唯有此刻，她才是那个真实的朱砂，才能不做一颗棋子，亦不做一颗弃子。

万物皆苦，唯有你甜。

析木放开她，他眼瞳之中墨色翻涌，似有千帆过尽后的那一泓永寂。此时，一轮红日竟已然高照于天际。

析木确认她无恙离开雅音宫后，璇姬与珠姬匆匆进来了。

何事？

音鎏姐姐重病不起，她托付您代她参加三日后新皇后的兵藏之礼。彼时您便穿上这件礼典盛装，她说，您是她在这宫内最信任的人。

兵藏之礼上，第一环节便是殿前武试。

那个一身玄衣，青丝高高绾起的女子竟在不经意间拔得了头筹。

有何所求？是宇文明渊的声音。

小女子娵訾不求富贵荣华，香车宝马，只求能任长风守将，若如愿以偿，定当黼黻皇猷，赞襄政权，承流守训，拊绥万井，殄灭强梁，蹇蹇而行，尽忠报国，至死无悔。娵訾声音明朗而泰然自若。

准，明日你便动身罢。

宇文明渊一抬手。

谢丞相大恩大德，娵訾没齿难忘。

她躬身行一礼后退下了。

有众歌舞姬上台献儛絙之技，此后又有四位身着彩绫、头戴羽冠的优伶献上了飞竿走索，踢弄藏欐之法，众人连声喝彩，析木身侧身着礼典盛装的朱砂却无心欣赏，她很是担心这又是一场局。

析木隔着衣角轻轻压住她的指尖，朱砂随之渐渐镇定起来。

她深吸一口气，手执天罡剑，一步步走上高台。

夫兵藏之礼者，穷阴阳之奥妙，参天地之灵机，何可蔑视而不诚也？当摒弃一切好恶之念，展抒五中敬畏之心，自然感格天人，万象混容矣。朱砂恭敬地将剑一迎，随即四方幻象腾起，魔物从中四下腾起。

万顷刀光剑影映着诸多魔物宛若地狱修罗场一般，朱砂却只觉手中天罡剑不听使唤，竟似普通生铁所铸一般。她勉力杀死所有魔物，好不容易挨到了藏兵器这一步，涔涔冷汗已是自头顶滑至脸颊。

她凌空化出那藏剑的剑匣，抬手擦汗间盈盈一望，却望进了析木含着千般关切与担忧的眼底。她收敛起疲惫的神色，会心一笑间有如一幅暖煦的水墨在心底铺开。

朱砂正欲将天罡剑藏于剑匣内，忽而外面传来些许嘈杂之声。

她并未理会，朝着剑匣托剑道：皇天在上，诸神见证，有女音鎏，今日……

忽而余光一瞥，望见台边竟有一个与自己穿着一模一样礼典盛装的女子正定定地望向自己。她回头看去——

竟是音鎏。

第五章 梦醒时分

望着台上台下两个衣着相同的女子，众人皆哗然。

一道道目光有如利箭一般射向音鎏和朱砂，空气几近凝固，突然，一声恐惧而又怒不可遏的斥责声打破了这沉寂。

这个妖女，明明早已死去又以妖术复生，还竟敢冒充吾女宇文音鎏？真是不知廉耻，丧心病狂！如今地狱空荡荡，魑魅在凡间，天理何在，天理何在啊！原是宇文明渊。

不知是谁带头喊了一声，众人皆拍案而起，将手中物什掷向高台上的朱砂："严惩妖女！严惩妖女！"

朱砂的目光越过众人，望向那唯一不发言的析木，他的目光温润如秋水，让她心底隐隐有一丝安定，不然她实在害怕自己会支撑不住倒下。她回报给他一个牵强的笑容，才发觉自己眼角含而不落的那滴泪，此刻竟肆意滑过她的脸颊。

送她去清水寺，给凉妃一个交代！

宇文明渊的声音愤懑而蛮横。

清水寺中，那凉妃一身素衣蓼华，她站在香烛前，虔诚地焚上一炷清香，目光漠然地望着无边的经幡遮覆天际，翻涌成画。

她抬眼望向门外的车马，示意众人先于门口处等候，她携朱砂入了寺中。

透过寺门，那无边的经幡被遮去大半，只剩眼前些许。

风吹幡动，风不动，幡亦不动。

凉妃徐徐转身："你可知，我以前还有一个名字，众人都不知道？"

说这个作什么。朱砂不解。

月凉，一轮皎月，如今空凉。今日你来，我且教与你一些道理，切不可说与旁人听。

凉妃不紧不慢地说道。

三相并济，何者般若。难续世间，悲苦喜乐。若可放过，若可解脱，方可得。自当不易，日升月落，难觅世间，欢离几多。何必识破，何以问责对错。

她顿了顿：人生本不完美，我执是苦，执念多了，便成了妄念，成了魔障，便令人生世牵绊纠缠，不得去往西方极乐世界。

但是……人生不仅是出世，更多的时候，我们还是那个入世的我们。

出世也罢，入世也好。既然众人皆说你是妖女，你敢自证清白吗？月凉一抬手，立刻过来一个眼瞳黑白分明的小和尚。

你传信给国师鹑首，让他子时再起天堑塔，这殇璃净火能焚尽一切魔物，且让那朱砂试上一试，到时真相便知。月凉将手中印有缕金祥云皎月穿花图的信笺交给了他。

是夜，天堑塔上。

朱砂面色沉定而平静，眼眸却似一口望不到尽头的古井一般，难以猜透。此番入年光阵，那阵中殇璃净火虽不致焚尽她的魂魄，但亦必会使她元神大伤，而自己的星月石本不属于这里，定会遭殇璃净火的侵蚀，彼时失了星月石的自己，安危便无从得知。一旦自己死了……她又想到析木。

自己死了，那些对他持相左意见的大臣便会归顺与他，他还能得一个攘除妖女的贤帝之名。那些别有用心的人呢，也再也没有机会利用于他。

面对着如星辰般逐渐自年光阵中心弥散出光晕的殇璃净火，她闭上眼睛，恍然间脑海中千般思绪纷飞，过往一幕幕如同走马灯般重现。

在忽然出现又忽然消散的记忆中，她似乎看见了——

蓝紫色的火焰似将要吞噬自己一般，狂舞着万千被星河碾碎的光点从四面八方将她重重围住。恍然间她似乎听见一声熟悉而亲切的呼唤，那声音却又随着火焰卷向光年之外，世界尽头。

朱砂——

她闭上眼睛，将死之人在弥留之际时，通常会对时间产生一定的错觉。她的记忆停留在哪里？是他将她的面纱捡起的那一刻？是更早的时候她以指血救活那个奄奄一息的孩子的时候？是渡月河河畔他将仙障倏然罩下托住她的时候？还是他将她从凤相的手中救出的时候？抑或是那恍若近在耳畔的喘息与彼时那一句“众生皆苦，唯有你甜”？

那殇璃净火揉碎了黑夜，那漆黑垂死的夜撕碎了银河，洒落了几乎布满整个天幕的盈烁星辰，渐渐蜿蜒在年光阵与天际线之间。

许是那殇璃净火逐渐灼至心口，烧进星月石，她只觉得口中极苦极苦，几乎无法成声，甚至无法哭泣，连维持呼吸的力气也一点点地在丧失着。

——比那“飧夜散”还要苦上不知多少倍。

——那阿芙蓉虽苦，然而性极凉，入口如冰，反而麻痹了所有的苦，但此刻她口中的苦，却是毫无掩饰，鲜活而残忍地一步步撕扯着她。

众生皆苦，唯有你甜……析木，你能不能在我阳寿将尽之时，哪怕再在我的记忆中……出现一次……

朱砂默默地想着，她的意识已几近模糊。

你便是我的糖，析木……

入光年阵——

不知是谁人的声音，残忍而又携着阵阵凉意。

原来自己只是在阵的边缘，便已如此这般……待入到阵内之时……

正当她思索之际，有一个熟悉的身影拉过她，那缕熟悉的温度沁入她微凉的掌心，游走至几近被痛楚冰封的心田。她竟觉得，苦涩与疼痛淡了些许。

众人看清来者何人时，皆十分惊诧，个别还私底下窃窃着闲言碎语。

莫要误了阵法所定的时辰。

那声音又起。

那人不理会那个声音，拉着朱砂径直向殇璃净火的最深处走去。

析木，你一旦随我进去，便再也无法同我撇清干系。朱砂维持着一丝神志，勉力说出这样一句完整的话语。

析木微微一怔："我从来都未想过与你撇清任何干系。"

他的声音极轻极轻，在殇璃净火之后，两人的形容逐渐看不真切，那蓝紫色的光晕后，两人散开的青丝正从发尾开始，一寸寸化为散落的光点，宛似蓝紫天幕中的星辰。

许久，天地间极静，极静，有几缕光晕飘落，宛似坠落的流星，凄婉而又哀凉地划过天幕，谱写出一曲长歌，沉没在天渊。

朱砂面色沉静而恬美，宛若陷入昏睡一般。析木却清晰地感到怀中之人的心跳越来越缓，越来越微弱……她的手臂无力地垂下，宛若一只残破的布偶。

析木抚上她的额间试探了一下温度，才惊觉着殇璃净火不焚肉身，焚的乃是魂魄。他俯身渡气给她，却不慎沾上她唇边绒毛上一层薄而细密的汗珠，竟然未曾带有哪怕一丝她的体温。是那样的冰冷而寒凉。

此地再久留，她此生怕是要终结于此了吧。

由不得多想，他抱起朱砂，便朝光年阵外走去。

外围的守卫一看面色凝重的曦帝，再看他怀中昏迷不醒的朱砂，心里纷纷有了主意。

昏君无止，为妖女所魅，何以勖勦国度？当诛之！

那是一个打头守卫的声音。

数十支箭朝析木这边直射过来，起初被殇璃净火所阻，此后便愈加猖狂起来。析木本可以躲开，但因元神被殇璃净火所伤，外加护着怀中的朱砂，便生生中了几箭。

鲜血蜿蜒在他一身玄袍上爬成了一道道暗红色的沟壑。

他虚弱地跪倒在地，却固执地抱着朱砂。

有一丞相打扮的人趁机拔出佩剑，刺入他的背部。剑的尖端却被他死死攥住。他怕那剑会伤到身前的她。那人的拥趸者们一拥而上，他的身上多了五六把剑穗各异的剑与五六个深可见骨的伤口。

鲜血染尽了他一身衣裳，染红了她七重纱衣，那鲜明的红色在素白料子的衬托下，宛若大朵大朵盛开的曼殊沙华，凄美而绝望。

意识渐渐模糊，他终于感到了那种接近死亡之时的苦涩：意识消逝之时的无助与绝望，面对死后世界的陌生与恐惧，脑海中却骤然转向清醒，可怕的清醒，恰如尚未断气的动物在看着自己一点点被分食一般。他拼尽全力睁眼望向前方，一片血红模糊了他的视线，随即是恍若永寂般的黑暗。

黑暗的尽头，恍然间有一道白色的，不染一丝灰尘如清泉般纯净的光。他觉得自己很轻很轻，似乎在渡月河的浮桥上微微摇曳着，随着那不时吹来的清风。他觉得自己好似变作了一滴透纸即散的墨，一粒随风远去的沙……

真好，便让这殇璃净火一直焚烧下去吧，焚尽你我，焚尽漆黑垂死的天幕，焚尽那些炫目的制造蜃影的星辰……

直到一切黑暗与恶念都被焚尽，仅余碧蓝如洗的三万里长空……

直到一切权变帷幄，谋夫孔多，一切痴缠执念，恩怨情仇皆化作星星点点的灰烬，再在碧蓝长空的照耀下消逝光影。

那剑穗之中，有一把十分别致，竟是以织锦做成。

织锦，与凤相府中锦榻、锦帘的纹路一般无二。皆是二龙戏珠图。他早就在暗中觉得自己是能够与曦帝齐头并进的王者。

如今，一条“龙”杀了另一条龙。那颗珠子，会掉下来吗？若是掉下来，又将落入谁手？

微露点滴，沾襟落袖，夤夜浊雨，轻解莲舟。蒹葭如许，燕雀啁啾。白水初逢，斜阳犹留。

音鎏在凤相的晚宴之上，唱的依然是如初那一曲《千阕辞》。

前朝之音，凤相听着，不由得想起当年自己的光辉岁月，心中猛然一窒，这音鎏太工于心计，也终不是件好事。

他唤她过来，将那天天堑台上所见，一五一十地转述给了她。还饶有趣味地讲述了曦帝是如何被自己刺死，如何被千夫所指，如何被万箭穿心，他更是详细地将另外一些事儿也说与了她，末了满意地一笑。

她据说是长笑三声，头也不回地冲了出去。

秋水潭上笼罩的雾霭，翩翩似谁人的衣袍。是析木吗？她一步步走过去。

此后，潭中是又多了一副白骨——太多的白骨了，谁也无那闲暇光景去细数，只不过那头骨中常传出些许辞赋之音：何年何夕，两相执手。蚀骨相思，风侵寒透。敢请东风，人间白首。杳渺音讯，余我孤奏。

一声凌铄之音，一声凌铄之命。

第六章　月半终生

那日，娵訾以武试第一请任长风守将时，析木左相之子大梁亦在兵藏之礼观礼的人群中。他日夜辗转难眠，忽而心有所悟，念及自己母亲早逝，父有贤名，而兄寒桐亦有将才，唯他自幼顽劣，不擅四书五经，六艺也是学得样样七零八落，几乎是逮什么便不会什么。无奈习武，又偏生贪玩，少下苦功，自是习得一塌糊涂，惨不忍睹。

天澜七年四月，他于天岁城郊通过驿站老板结识了一身戎装的实沈，为其才华气度所折服，一见倾盖。

此后，左相府中，便多了一个闻鸡起舞的身影，然而夜半一轮明月高悬之时，那府中又有一人燃着灯烛习字，窗棂间微微透出那个剪影。

而披香殿却日复一日地空置着，愈加萧条而凄凉，恍若尘世相隔，蒙上一层时间长河中渐渐弥漫的尘埃，久而久之，逐渐再看不真切。

璇姬与珠姬仍是住在那里，打扫着每一间屋舍，维持着主人生前的样子。此后，璇姬忽有一日不知所终，据说是追随主人而去。

那珠姬却拿了一柄匕首，企图潜入雅音宫行刺朱砂。

她对准榻上的被子刺了下去，却了无人声，一掀开被子，竟是一五彩缫丝石青银鼠枕。朱砂自屋后款步缓缓走出：今日若不是我留神，岂不是成了你的刀下冤魂?

她轻蔑地一笑，夺过珠姬手中的那把匕首，在自己藕白色的手臂上浅浅地划了一道，鲜血逐渐汇集在一处，滴落下来。

那日被音鎏以梅花壶算计，险些……她早已不是当年那个纯真的小女孩了，在被逼成长的同时，让她守住一丝善良，谈何容易?

析木赶来之时，她无须多言，只消一个眼神，他便心领神会。

他自那音鎏梳妆匣的底部轻按，出现一个夹层，推开夹层，向右移去，便有了一把钥匙，以钥匙旋开木片之后的锁，便有两个木质人偶跃然于匣中，模样正如那璇姬与珠姬。

一阵风吹过，那两个木质人偶却化成了千缕尘屑，随即消失不见，被风裹挟着卷向了远方。伤害朱砂的人落入他手，自然是如此下场，而这尘屑——

竟是傀儡之术，当年那音鎏也真是处心积虑，无所不用其极。众人皆或是防着她，或是被她设局，而她自己的人生，却被她设成了一个局中局。

没有一个人真正地爱过她，她也从未真正地爱过一个人。与其说她此前爱着析木，倒不如说，让她心心念念不忘的只是那帝后之位，那六宫之主的权力罢了。

她儿时曾有一个叫青岚的玩伴，曾经与她一同溜出去到处玩，为她做米花糖，和她坐在门前的小桥上赏月，那年元宵节，他在漫天花灯下与她许下稚嫩而纯真的约定，等他们长大了，他便娶她做新娘，一袭红衣的新娘，就像那天他们在路口看到的迎亲队伍一样。

然而那青岚，只是析木的右相墨离府中的一个小杂役罢了。他为了与当年的小音鎏见面，三番五次越过宇文明渊的书房，而每一次恰好都是那样巧，未曾被发现。

终于有一天，宇文明渊抓住了他。他担心墨离夺权，心虚的他把当今辅佐析木太子身侧的墨离当作了假想敌，他坦言已经暗中观察青岚足有十余次，认为他定是来书房窃取资料，打探虚实的眼线。

是夜，那青岚被毒打一顿，扔进了秋水潭魂飞魄散。无人在意一个下等杂役的死活，甚至亦少有人记得，他来过这个世界。

从此，那个青岚口口声声唤着的音儿，变成了后来独当一面的宇文音鎏。在她心中，权力才是至高无上的，因为没有了权力甚至连自己所爱都护不住，这算是她的初衷吧。

只不过，后来在这条路上越走越远，她才发现，所谓爱情，在这红墙内绿瓦下，终究还是成了权谋的牺牲品。

人去楼空，隔了阴阳红尘在尘缘已尽之时，她终于与他葬身一处。

那些权谋地位，在身后也不过如同这两个在宫中唯一忠于她，却是她一手所造的人偶般，化成尘屑，消散在风中。

与其说她爱的是青岚，倒不如说她爱的只是那段回不去的旧时光罢了。未来遥远得没有形状，他们单纯得没有烦恼。

如今，她要嫁的人，是析木，抑或青岚，都无所谓了。

她只要这帝后之位，以岁月妄图风干所有的不屈与亏欠。所有的温存与执着。

那秋水潭旁最后一瞥，三分贪嗔，与了析木，七分归真，赐了青岚。

然而那权力，她终是不曾得到。

一个月后，莫念封后，六宫主之印，归于她手中。

是年，正是实沈远亲玄枵离乡的第四年。朝中乱象环生，人皆曰乃是妖女未除之故，莫念自然也听到了这些闲碎言论，却未有半分难色。

她召见众宫女，却与宫中之事无关。

我有一个问题，问自己，也问世人。这世间是否有人注定深情，有人注定无情，有人此生皆以深情掩饰无情，而又有人此生则以无情藏起深情?

言罢，她勾起右边嘴角一笑，眼神却睨向左侧那音鎏住过的披香殿。

情到绝处本是无情，而所谓无情，又何尝不是一种深情？

众人皆噤声，竟无一作答之人。

第七章　黯然销魂

乌篷点纱灯，岩上青石又吐新纹；喃喃细雨时，归来燕子它不等人；五指方扣浆，蓑衣翁正系桥下绳；春雨轻敛去，绣花鞋落起唢呐声。

那河旁站着一位约莫弱冠之年的白衣少年，一阵风拂过，那漫天揉碎的星光汇聚成了银河，衬得他的倒影清朗而俊秀。翩翩衣袂映着点点星光，绚烂而皎然。

他便是玄枵了，不过是彼时那岁那年的玄枵。

不一会儿，河边草丛中跃出了一个八九岁的小女孩，她走到玄枵身前，毕恭毕敬地作了一揖，颈间的长命锁上缀着三个小铃叮当作响。

徒儿宣洛，见过师父。今日月白风清，如此良夜，不知师父在河边，可是在想什么心事？

那少年徐徐转身，朝她微微一笑：洛儿今日怎么还没睡？

宣洛自怀中掏出一个小酒壶：洛儿知师父平生最爱这桃花酿，特此在厨房中趁老妈子不注意，顺了些许过来。

宣洛朝玄枵调皮地眨眼一笑，玄枵亦回报之以一笑。

两人在月光下，坐在一块被月光染得皎白的石头上。玄枵打开桃花酿，香气四溢在月色之间，弥散在夜雾之中。他仰起头大喝一口，那浓醇而甘洌的余味久久未曾散出，似在他脑海中勾勒出一幅明澈的画卷，那是以天幕为背景的桃花图，桃花树下，是追逐奔跑中的他和宣洛。在孩童的嬉笑声里，摇落了一地花海。

宣洛趁他分神之际，好奇地凑近他手边的酒瓶轻轻抿了一口。

此时玄枵却蓦然回头，两人之间的距离不到一寸，几乎是鼻尖贴鼻尖。宣洛一愣，却未曾躲开，怔怔地停在那里。

良久，她一把抢过玄枵手中的桃花酿：师父，您是长者，当让您先来，但是毕竟这桃花酿是我好不容易弄来的，您于情于理，都得给我留上那么一点吧。

玄枵倒也不恼，奈何这八九岁的小娃娃实在是不胜酒力，不一会儿便软绵绵地醉在他身上，双颊绯红，睡颜安详而恬静，嘴角微微扬起，带着一丝未脱的稚气。

他忙将宣洛抱起，让她在半醉半醒间在自己怀中找到了个舒适的姿势躺着，便一路小跑着将她送回了房中，是夜星稀月明。

几个月后，一日他进山中采药，宣洛一连撒娇又耍赖皮，亦跟着去了。

山路很长，很远。正如同那细雨坠，烟雨蒙蒙微醺谁人醉。春风吹重重缥缈难回，柳絮飞暗香阵阵枝头吐新蕊，烟花碎，一幕幕尽是叹别离怜憔悴。

天色渐晚，玄栂为了采到那一味药典上的千寻草，不得不冒险进了那九幽山的九曲洞。九曲洞顾名思义，洞中有九曲盘绕，一旦入内则再难寻出路，而今日正是这洞现形之时，下一次洞门再开，须得九十九载之后，所以这洞内的千寻草更是尤为珍贵，而效力也是惊人，比灵芝仙草还要胜上一筹。这些皆是那九幽山神所言的。

玄栂只顾着寻那千寻草，却不慎在那九曲盘绕难以分辨的小径上迷了去路，失了归途。

天色已然全暗，玄栂终于找到了出口，石制的洞门却在缓缓下降着，他顾不得那么多，扔下药筐抱起宣洛便往洞外跑去。眼见那石门越来越低，他将宣洛往门外一送，自己却被困在了那囹圄之中。

最后一秒他狠下心别过头去，不愿再看不愿再想，然而在这十丈红尘中他眼所见的最后景象，却是宣洛满脸泪水仍勉力挤出的那最后一丝微笑。

他在忘记与铭记间挣扎，最后还是任那自己眸中凝出的珠泪渐渐滑落在脸颊上。

而在石门即将合上的那一刻，他怀疑是自己的错觉。

——宣洛在门外怔了片刻，从那一丝缝隙中勉强挤了进来，一下子扑进了他的怀中。在他们身后，那沉重的石门带着一声闷响，轰然落下。

“往后余生，若是无你，我要那尘世之中三千繁华有何意义？”

宣洛的声音温暖而熟悉，却带着一丝劫后余生的惊惶与似乎久别重逢般的喜悦。

那天，她为了换得他们得以出九曲洞，答应了九幽山神的一个契约，并且山神使她永远停留在九岁的面容，身体却依然沧桑衰老下去。

两人出了山洞时，凡世已过十年，可见若是依九幽山神所言洞中九十九年，凡世怕是早已千百万番更迭了吧。

刺眼的阳光撕开了黑漆漆的沉寂与逼仄，久远之声，从远方历经了无数岁月悠然传来。那是一首熟悉的童谣。

皎皎双子，携手寻兮；茕茕双子，永路朝兮……

正如宣洛彼时青涩而稚嫩的童声，明媚纯粹，似不食人间烟火一般，很难用任何凡世之词语恰如其分地形容。

玄枵自从知晓那个条件后，他再面对宣洛时，只觉心似乎在无限地向下沉落，埋进痛楚与黑暗，逐寸被撕裂，逐寸被吞噬，在即将被黑暗吞噬殆尽时，又忽而有一道暖融融的光托住了它，将它自那无边无际的汹涌暗海中渡达彼岸。让他稍微安然，随即却被愈加鲜活的黑暗与永夜凝滞在原地，几近窒息又暗含三分恍惚，七分悱恻。

那一日，他终于鼓起勇气再次来到宣洛面前，依然是带着那无尽甘洌中有着一丝桃花色的清酒。小酌几杯，两人都有些微醺。

宣洛，谢谢你，一而再，再而三，三而不竭，一次次地救我于这世间水火。

谢谢你，永远义无反顾地站在我这一边。

谢谢你，生死一念之间……他微有哽咽，还是宁愿陪着我一起命悬一线。

宣洛猛然抬起清亮的眸子看向他，洞中须臾之间，凡世已过十年。她的面容定格在九岁的稚童之貌，眼神却温婉而明澈，俨然一个十九岁的少女。

那……你打算怎样报答我？

她倏忽之间笑了，如若冰雪初融，春日的溪水明媚而轻快地流淌。可是，她似乎并没有指望他的回答，恰似在问自己。

玄枵默了半晌，似做了一个重大的决定。他亦看向宣洛，良久方道：以身相许？

宣洛羞赧一笑，低头拽住他的袖子，反被他拉入怀中紧紧揽住。她轻轻摩挲着他衣物上的锦纹：玄枵，此刻我终于明白，海底月是天上月，眼前人是心上人。

童谣自何方传来，灯花微凉，烟花微暖。

宣洛？宣洛？

那来人竟是玄枵的养父，秦川。他破了玄枵在门口设下的禁制，玄枵虽是习武之人，奈何年纪尚轻，竟蓦然呕出一大口鲜血，宣洛忙扶住他，自己却似中了什么暗器一般摇摇欲坠。

她眼前一黑，再次醒来时已然身处于凉亭之中。

她睁开眼，眼前之人竟是秦川。

“您为何带我来这里？”

宣洛问道："他呢？"

玄枵刚被我破了禁制，怕是须得静养几日，方才他正是情到浓时，忽遭此变，那一身纯良的修为，应是早已散了半数。秦川的声音不带一丝感情，我是在保护你，你应该感谢我。

"恕我冒昧，何出此言？"

宣洛又惊又惧。

方才你与他所说之言，所行之事，我以所见梦观微看得一清二楚。

"你可知你家十五年前为何惨遭灭门，你又为何被我所养？"秦川露出一丝捉摸不透的笑意。

"我且与你讲个故事吧。

从前有一个小男孩，他为救一个掉进传说中秋水潭的幼童，自己虽未被潭中之毒夺去生命，却不幸成了那潭中至毒之虫冥凝的宿主。冥凝侵入他的心神，控制着他逐步屠尽满城，而若要解这冥凝，则须得以上古神祇宣氏一门的性命为祭。

秦川笑了笑，是皇上逼他这么做的，以十几人之性命，换天下人之性命，应是值得的。

但他留下了那个小女孩，那个当年掉进秋水潭的小女孩。她是如今宣氏一门，唯一的血脉。

秦川顿了一下，那冥凝却没那么好解，他怕是打算拿那个人当了一味拔除余毒的良药。

宣洛已无暇顾及那等风月之事被人撞破，脑海中盘踞的全是秦川的话语。

“您可是说那小女孩便是我？”

宣洛兀自压下涌至眼角的泪水：“恕我不信，既然留我，为何将余毒过至我身，既然以我为药，那又为何当初救我而染此毒；既然爱我，那又为何屠我满门？我不信这是我师父所为。”

纵使跌泥也落拓，玲珑心思未必绝世磊落，这世上，有绝对的黑白吗？还是你我都早已在这一片灰暗中作茧自缚，画地为牢？

宣洛的声线极平，已然近乎麻木，她不过是赌上这样一种可能，是又如何，不是又如何，最后全盘皆输的，不过是那个所谓情真不荒的她。

秦川离开后，她跌坐在原地，要不然便是秦川是装的，要不然便是玄枵对她的温存都是装的，无论是哪一种结果，一个是抚养她长大的至亲，一个是她所孺慕依恋终至爱恋的师父，任何一种结果，都使她感到惊惶、作呕、不安与幻灭。

翌日，秦川为禁制被强闯元神大伤的玄枵，命人调制了一碗滋补汤药，他来到他的房间，亲自监督他服下。

占星之象所言，近年以来必有大乱，到时便借机而上，夺得皇猷政权，但首当其冲的，必先斩了这一“情”字。

秦川离开玄枵房间之时，在回廊上边踱步边自言自语，何其有幸你注定成就一番令人铭记千古之大业，何其不幸在此之前，你须得彻底遗忘那个阻碍你前行的她。

夜空中乍然而起星陨之象，古人有言凡观此象者，皆能通彻自己的前世今生，明晰那些或惆怅，或喜悦，或伤悲，或彷徨的真相，参透那些所谓情深不寿，所谓心字成灰，所谓负君一生千行泪，所谓江山飘摇何处归。

“你所留恋的，是什么？这个问题，我问自己，也问世人。”

宣洛单手列开印伽，眉宇间最后一丝稚气隐去，取而代之的是一种漠然。

她所见的，是关于未来的真相。

躲在纱帘后的她，怔然地看着帘上的剪影，那形若冠玉、指节分明的青年她一眼便认出了是玄楞，可他怀中那个唱遍三春的传奇却再也不是她。

原来，世上最无奈之事，便是在他心中任何一个人都可以成为她，而在她心中，却再无一人可以代替得了他的位置。她听见他口口声声唤那女子“蓁儿”，帮她鬓上别上一朵素淡的花，手指抚过她的鬓角后，在她耳畔微微一停。

——就像以前他对她所做的那样。她还记得，那年那月，垂柳紫陌洛城东，处处皆是桃花雨。

若我不爱你，鸿蒙从何记起，那时瞬间十万幽冥，光阴里鲜血淋漓，宣洛，你却从未放弃过我，甚至……当我看着你，所有光源被遮蔽，那涂炭之际，九曲洞中唯一的火焰被吹熄消失在我眼际，却不及我心底，所有执念触及你，温柔争相模拟你，卑微描摹你，心念挣扎中憧憬你，才敢凭此试探爱你。

彼时的玄楞，将那小小的身影拥在怀中。

如若没有你，我将永生于孤寂，行走浩荡光阴里，可魂魄因你命名，背弃我去寻觅你，那天我始终不曾后悔过，因为你，那一天我终于成了我自己，在九曲洞上春秋长眠的梦境中，我所见是九幽山上幕天席地滴血的心迹，自此星辰都勇于向日光奔去，海川山林，碧落黄泉的意义，正如你一样，证明我的生命。

正是彼时的宣洛。

心念忽转之间，她又看见自己家破人亡的那一夜，她看见了那个屠尽自己家门的男子，虽以黑纱覆面，然而身形之间竟与玄枵有几分相似。

——看来，秦川说的是真的，那就是玄枵骗了她，自己从小到大一直相信且深信的人，如今竟换来这样一番结局。

“玄枵……请原谅我一直以来错得太彻底，太彻底。你是我所依恋的人，但并非我所爱恋的人，你是我孺慕过的人，但绝非我思慕、倾慕之人……玄枵，谢谢你让我发现，我不过是爱上了自己的坚持。那星陨之象是真是假，皆无从……”她跌跌撞撞地向前走去，却一不留神差点绊倒，一只鲜血淋淋的手扶住了她。

玄枵，你怎么了……

宣洛的声音先于意识，担忧而急迫。而面前浑身是血的人儿却一言不发，皎然的双眸之间，竟渐渐失去了焦距，她努力地想再看一看眼前人的样子，却只望见了一片空茫茫的无尽黑暗。他拼命地向前摸索着，宣洛一把抓住他的手，放在了自己的面颊之上，她这才恍然间发现，自己与他的距离已经越来越近，而孩童的微胖身躯与婴儿肥亦悄然退去，她俨然已是一个十九岁的少女，云鬓绮丽，身形如惊鸿般轻婉若游龙。

他轻轻抚过她的面颊，恍然间笑了一下：洛儿，你走吧。

随即他低声说了句什么，似此生的宽慰，又似暗自地祷告，甚至含着三分自私的小小期许，有冰凉的液体滑落在二人之间，他默然转身，宣洛却从背后一把抱住了他。

玄枵本被秦川在那碗“滋补汤药”中下了动情则散尽修为的“泯念”，此刻又强行为宣洛解九幽山神的那纸契约，失去视物之能已是不幸中的万幸。宣洛这样想着，抱着他的手不由得一颤，他随之转过身，拭去她面颊之上的一片冰凉濡湿，修长而指节分明的手指在她的唇角微微一停。心中最后一念理智悄然抽离，他想放任自己在浮生之中最后自私一回。宣洛的睫毛簌然一抖，温热的泪水悄然滑落在两人唇齿之间。晨曦乍起，星陨之象闪烁间肆意消殒沉落于苍穹，如最后一抹流苏。

第八章　沧笙踏歌

恍然之间，竟似跌入另一重世界般，原是这番景象。

一缕被纸窗柔化的阳光折射下来，窗边是一个十五六岁的女孩，青丝如画，倾泻在雕饰华美的地板上，余晖迟迟地拖长了她的倒影。却在不经意间使一缕银发更加鲜明，在她一头青丝之间，点染了一丝美丽而悲凉的色彩。

她从琉璃瓶中取出一小块萤石，摩挲着大自然赋予的纹理，朱唇微挑，隐隐间似笑而非笑。

耳畔是熟悉的声音：盼兮。

那是她的名字。

第一重纱幕曳着些许微尘，悄然而落。

门开了，一位白发老叟步履蹒跚地走了进来，脸上是难以捉摸的淡然，眉宇间却隐藏着一丝无尽的痛楚。

女孩抬起头，从窗边站起身，把散开的青丝别在身后。十年以来，这种故事她听得太多，渐渐产生了一种超越年龄的麻木感，她想起了有一个人曾告诉她的：

死亡并不是将人们分开的事物。凡夫皆耽恋于生，孰知佛乃以死为渡，彼岸往生，生其何苦，死方极乐。

在几近透明的尘雾下，老者的面容逐渐清晰，他凄然地从衣襟中颤抖着掏出了一个素色布包，那是一团灰烬。

她把桌上一捧鲛珠拨进匣子里，打开了另一个雕饰素雅的匣子，拿出了一卷菩提叶和一支羊毫笔，正了正身，准备听这是怎样一个故事。

我并非有意置她于死地，那一日我只是不慎言之，想不到她竟……

老者不再说下去，水镜上显出一幕她从未见过的景象。往常很快云散雾明，这一日竟似笼罩着一层厚厚的雾霭。彷徨的灯火中，是人偶在一瞬间绚烂至极的生命之光，灼烧着他的霞裳，她痛苦而决绝的神情在火光下变得狰狞。眼看着自己正一点点被残蚀为灰烬，却只能落下一滴无助的泪，于那燎原之火而言，近乎杯水车薪。

人偶便是这样，她们会将你的一言一语全部当真。你将流落街头依赖牵丝之戏为生的宿命，归咎到一个人偶身上，扬言焚了她，对于她来说便是杀死她，只不过你无须亲自动手罢了。盼兮拈起珐琅彩的茶盖，对着上面些许浮沫吹了口气，它们便如柳絮般消散在了烟尘掩映中。

我想再见她一面。

老者用近乎颤抖的声音拼出这几个破碎的音节。

盼兮微笑着点头，而笑靥之下却是别样的寒。灵犀阁中，从来没有不付出代价就可以拥有的事物。生生灭灭尽掌管于此，缘聚，离分。一念之间，回头便能上岸；一念寂灭，彼此永世成岸，天各一方。

你愿意用一个代价去交换吗？不多，我只要你余下的寿命。

她在菩提叶上绘出了一道符文，极尽婉妍却闪着凄美的微光，刹那之间光芒骤亮，盼兮咬破手指以血为引，用莲花盏盛了一杯灰烬置于菩提叶中央，在幽微白光中，顷刻间屋内灯烛尽数熄灭，倏尔之间，一个身影翩然落于符印上方。随着那个身形渐渐地愈加真切，老者已是难以抑制心中之情，几近放声悲泣。他愿意，于那些她历经的痛楚而言，他这一生算什么？

人偶徐徐开口，竟未语泪先流：唱三尺红台上的别离，已是久悲不成悲。只愿你舍一滴泪，若是不能陪你老去……也愿你记得我最好的年岁，便是烟波里成灰，我也去得完美。

语毕，白光乍然而起，由珠翠华琚向上蜿蜒，渐渐湮灭了她一袭华裳，余下的丝线逐渐变得透明，在燃烧的菩提叶掩映下，宛若凤冠霞帔，却是她心底永远无法言说的夙愿。

光芒在一瞬间灼伤了天边的晚霞，不知不觉间已过去了三个时辰，盼兮略有些失神，在灰烬任风卷去之时，她示意老者服下面前淡蓝色的液体，金盏映着血色夕阳，倏忽之间旧时温热皆化作苍凉。仅余杯中茫茫云海如思绪翻涌。倾杯，服尽，一切皆宛若尘茫。

往生引，你且随她去吧。

盼兮的声音不掺杂一丝多余的感情。焚寂终舞罢，有些生命无须姿态，也能成就一场惊鸿。

最后一丝光晕散尽之时，人偶脸上是一抹释然的笑，决绝而无悔。老者亦随之消散于符印之中。桌上唯余一滴澄明的液体，那是他无法成声却心情满溢，沉析出的最后一抹溶落的悲伤。

那些繁华哀伤终成为过往，一切白驹过隙成为空白。

在盼兮以琉璃瓶中萤石吸附了那滴眼泪，并将其尘封于另一盏萤石灯中时，她这样想着。

那一盏阵灯，取名不悔。

正如那彼时，他执笔点染她眼角珠泪时，便注定了命数如此。

第二重纱幕飘下，微光与痛楚皆愈加鲜明。

伴随着萤石灯的徐徐微光，盼兮陷入了思索，为那缘悭一面，甘愿以余生去换，真的值得吗？

她缓步走着，裙摆拖曳在地溅起了那些极缤纷的时光碎屑。每一片碎屑，皆倒映出一段喜悦伤悲，生老病，怨憎会，爱别离，求不得。道尽大千世界人间百态。来到巨大的犀角杯前，她单手列出印伽，很快它便将杯口翻转，随着金光乍起，在烟雨绮丽的尘埃中，红色丝线纷纷垂落，如同温暖却冷漠的深海。那丝线的尽头，有时是一段无意识的浮光掠影，有时是以琉璃石所设的结界，封存着无数终成过往的繁华哀伤。

伸手剪断一根渐渐枯败的线，它在空中潋滟出极尽旖旎的轨迹，随后坠入漆黑的无间池中，一瞬间绽出一朵如冰晶般的花，却在刹那之间消殒，再无踪迹。

那些值得留恋的记忆，入犀角杯；使人蚀心刻骨的回忆，坠无间池。

盼兮身体先于神识不受控制地往池边倒去，却在一刹失神后很快以意志恢复了原状，正在思量着那盏灯应置于何处，天梯之上却突然传来一个声音，清冽而纯真得不掺一丝杂质，循声望去，是一个梳着童花头、八九岁的小女孩儿。

灵犀阁的结界竟轻而易举被一个孩子越过了？何况一个孩子为何会来这种地方？盼兮在脑海中列举了几种可能，又一一摇头否认了。遂伸手招那小女孩下来。女孩怯生生地走下天梯，一不留神被几片碎屑映出的光景吓了个正着，却还不忘与一株梯边的曼陀罗聊几句。

为何来于此处？

盼兮正色。

姐姐，可以帮我一件事吗？

小女孩儿眨着大眼睛道：我想救救镇上的父老乡亲……

见小女孩儿委屈得要哭，盼兮忙俯身作安慰状，她摸摸女孩的头道："没事没事，别着急，你叫什么名字？"

一丝清冷从她黑白分明的眼瞳中逸出，盼兮从未见过一个孩子会有那样的神情。

回姐姐，小儿花自寒，还望姐姐仔细思量我刚才的问题。

花自寒将一个布袋小心翼翼地打开，其中是一对瓷质并蒂莲，一朵红中隐隐透着紫金色，虽无从观其眉眼，却似低声泣诉叹惋；另一朵则是如同桎梏般纯粹的蓝，隐然之间好似一蓑时光深处的空翠，仿佛在极力劝慰安抚着那朵红莲。

谁人衣蓝衫如初，谁红裳如故。是此岸的贪恋踟蹰，还是彼方消散在风中的半池荣枯？

笔染朱砂绘出结界，并蒂莲随之竟如同被注入生命一般徐徐开放，携着周遭时光碎屑，凝成一行文字。

天和元年，官吏奉辰王之命，于民间寻天祭用红瓷，搜刮掠夺，侵占田囿，以致民不聊生、蓑草连天。

盼兮方才看罢，那碎屑竟又生变化之象，须臾之间化出另外一行：都城中一户人家夏氏，有一千金名唤夏莲，其父夏伯渊是城中远近闻名的制瓷之人，今日奉旨烧制红瓷。

原来竟是这样一个故事，盼兮把玩着一绺青丝，兴味盎然，准备继续听下去。

城中又有慕家，慕父见夏莲聪颖娴静，在其五岁时以琉璃夜光杯并五车彩帛为聘，与自家公子慕萧定下娃娃亲。两个孩子长大见过几面，甚是情投意合。本约定在夏莲及笄之时成婚，夏家却因始终未制出辰王要求的红瓷，而被发配边境充军。慕父早知晓这个消息，又怕公子不同意，瞒着慕萧与一户富商人家的女儿陆柳儿定下婚约。工于心计的慕父略施手段便把与夏家的亲事退了。大婚当日，慕萧发现夏莲不见了，忙四处寻找，正撞见了街对面的夏父夏伯渊。

原是辰王知红瓷不易制成，特批准给夏伯渊最后一次机会，他自是急得如同热锅上的蚂蚁，不知从哪儿打听来一个术法，寻了两个从穷苦人家买回的娃娃，给他们穿上缕丝百花金红洋缎窄裉袄，披着印有符文的丝边披风，脚上更是套了极精巧的虎头鞋。这一日夜里，两个孩子皆熟睡了。夏父并众人抱着他们来到了跨院的窑炉前，命人生火开始烧制，他则备了数筐瓜果、丝帛，准备将全家的希望，女儿的未来，自己的晚年都赌在这一次祭祀上。若是窑神开恩，则自此以后他要名有名，要利有利，晚年自是逍遥自在；若是这一窑烧制还是失败，那流放至边境充军，自此颠沛流离，有家难归，光是想想便寒意彻骨。夏伯渊望了望两个熟睡的孩子，那两个作为祭品的孩子。小女孩眉清目秀，竟与夏莲有几分相似，他便不忍起来了，怎么能为了自家这点私利，要了两个无辜孩子的生命呢？思前想后，还是当今朝廷大乱，百里硝烟起，千步无鸡鸣。民不聊生，连年饥馑，而辰王的一众官吏则今天收这、明天收那，收得百姓水尽鹅飞罢，可谓是朱门酒肉臭，路有冻死骨。

这一面于后院之中，慕萧来到夏莲窗前，示意她开窗听他解释，夏莲转过身任凭眼泪决堤，似乎整个人都被冻成了雪，雪无声地覆盖了所有，湮灭了迷惘、骄傲与哀痛，也摧毁了她最后一丝推开窗的勇气。慕萧则依旧站在原地，他想澄清这一场误会，但雕饰着华丽的祥龙戏彩凤的花窗后方，那个人那颗心终究不会在原地等他了。

最后一次在转身离去前抚上窗棂，掌间盛开了冻伤的优钵罗花。

前院窑炉旁，一个黑影战战兢兢地掠过，慕萧认出了那是自家的家仆，而他手中所提不是别的，正是烧窑大忌的胡椒和马溺。

原来这是一场局，原来我始终都被蒙在鼓里，原来口口声声叫了十几年父亲的那个人竟会做出如此卑鄙龌龊之事。没有什么烧制失败，而是蓄意破坏！自己最尊敬的人，竟为了让自己与富商联姻，不惜如此置夏家于死地。他要让夏家被迫从军远走边境，好让自己不受指责不受非议地，名正言顺地娶了那个富商的女儿！他和夏莲，都只是乱世中的一枚棋子罢了，如今夏莲却成了弃子。而人生不允许悔棋，终是夏家全盘皆输，他在那个工于心计的慕父面前，又是多么微不足道。

眼见两个熟睡的孩子在火光照耀下蓦然惊醒，直哭得凄风苦雨，教人不忍卒听。夏伯渊鼻头一酸，却还是摆了摆手，两个工匠见状，架起孩子便欲往通红的窑火中扔去。

倏忽之间一个蓝衣身影飞奔而来，从窑工手中夺下了两个哇哇大哭的孩子，纵身跃入了灼伤天涯的窑火之中。

倏忽间时光凝固，喧腾的神婆，一众乐师并夏父花大价钱请来的法士们，竟宛如停格。

唯余那灼尽天涯的火焰，幻化出百千夜尽谁为谁执的那一息灯火，谁倚门候迤逦出的千年浮生，倒带出那踟蹰彷徨，往昔那半池荣枯，犹记栩栩红莲叹尽岁月风花，再回首未归成难归。

月牙凄凉洒落一地霜，霜恍然间化成了雪，雪轻落一点一点消融在光年与咫尺之间，夏莲似被无形轨迹牵引，梦魇随雪逐渐清晰，她潋滟了一袭红衣冲出房门，曳落一袅孑然雪痕。却终究还是晚了一步。

一抹蓝衣消融在天涯与地平线之间，光似线蓝如水，过往纷纷化成碎片，俶尔之中，似在模糊间辗转寻觅照耀，仿佛前一秒在耳边呼唤的声音，如今却已来自遥不可及的距离。思绪将她囚禁，祭奠往昔那年那月的涉世同舟。满院声色退去喧嚷，霓虹中错落影像，星海茫茫下，一袭红裳似决绝又似迷惘，坠向如涅槃的火焰之中。

焚寂终舞罢，一曲交响如水弥散。谁人在潋滟那星夜涟漪的残红中，执手至世界尽头的虚化。

三日后，窑启，夏父悲怆欲绝。见一窑变之异品，一红一蓝竟宛似并蒂莲，方知乃慕萧与夏莲之所幻化矣。

是夜，夏父见书房中术法之书，其上夏莲手泽如新，乃为第二百一十六页：窑祭之式，一经启动则万不可止之。否则方圆百里之间便山河俱裂，乃因触怒窑神矣。

一月后，慕父自觉心虚而痛失爱子，无法与陆家交代，潜逃不知所终，夏父携两小儿归隐于桃林。红瓷皆归于官府，唯并蒂莲不知所终。

天和二年，辰王祭天，行上古之礼，是年恰逢饥荒，百姓政变，反之。改朝为安。

秋月，金戈肃杀之时，镇中忽有险疫，遍及全城，人皆揣测，辰王之灵乎？抑或红瓷之殇耶？不得而知已矣。

翌日天降异象，寒露之时百花竟齐放，其因也是不得而知也。

盼兮望着并蒂莲金光微敛，时光碎屑皆恢复那如初原状，似乎字里行间的悲欢离合，缘起缘灭，于她而言便只是大梦初醒后往事如薄纱的封尘罢了。

却在抬首之间不禁想起尘封于记忆深处的那个人，也是一样万劫不复，尘寰已暮。

转身，竟凝落了一帘水痕，那是自己的泪吗？良久，她凝周身气泽于一金丹中，金丹盈烁出些许茕茕微光，一金蝶化于其上。片刻后，她便将其置于匣中，交予花自寒。

此番景象便是由于改朝换代，连年天灾所致的荒芜之象，一时之间如民心已乱，尚无速效安生之法，然若是以自己灵犀阁阁主的半身气泽，抵挡一阵并将其维持数年太平倒是不成问题。

盼兮细细叮嘱了花自寒一番，望着她拜谢后转身离去的稚嫩背影，她将并蒂莲置于袖中的细致神态……盼兮似是想起了当年的自己，以及自己彼时了了心扉的那个白衣身影……

为何关于他的记忆似乎化成了一片空白，在明镜般的心湖中，镜上竟是一滴轻柔的泪，似将雾霭凝成了那个模糊的影。

含下涌至喉头的一丝腥甜，盼兮方才觉察自己失了半身气泽，已然元神大伤。在气泽随金丹一缕缕流逝之时，似乎脑海中涌入了一些被遗忘的记忆，恰似冰雪初融后的，烟雨蒙蒙枝头上那一抹新蕊。

相忘回首已成川，时光清浅卿长安。

第三重纱幕，记忆如潮蚀心刻骨，带着湮灭所有的无情与残忍。

失去意识前的最后一瞬，一道似线的光扯紧了盼兮脑海中残余的一丝清明。

循着淡蓝色桎梏中的那一束光望去，逆着晨晖的是一个影子。鱼鳍的纹理如画，恣意晕染在他的身侧。原是墙边妖绘卷中所述之鲤鱼童子，且还是一九品金鲤所化。

有何所求?

我想成为一个有元有神，不再依赖他物赋形而活的人。

我想真正地与她共守浮生。

鲤鱼童子略略有些踟蹰。

我愿，为她制筏作舟；我愿，在河的上游等她；我愿，化成两岸飘落的片片樱花瓣。我们鲤族的祈天仪所示，三日后都城有一场地动，我愿在那时能摆脱水的束缚，携她共度一程，逃出险境。

盼兮顿了顿："你可知晓，逆天而行违背自然规律，是要被诅咒的？望你三思，连灵犀阁都不能解开这如此诅咒……"

何为诅咒？无妨。只要这个诅咒不会伤及她……

鲤鱼童子攥紧了薄如蝉翼的衣角，凝视着那些曼荼罗、花间水，以及传说之中出现过，他却从未见过的物什：角落中葳蕤藤蔓下，隐隐散出幽微荧光的绝情盏。

顺着他眼神的方向望去，盼兮轻声失笑：无情则刚强，无欲则洒脱。世间万物，但凡与这一字沾边……

她清了清嗓子道："但从未有人真正用过它。"她不再记得所有的过往了，也不再记得往昔她曾服下那盏中之水，那一曲长歌落尽，她生命中最重要的那个人，那件事，亦随着最后一根断弦散作云烟。

那一日，无间池畔，他对她说过：我们活在这世上，百年也好，千年也罢，都只是未来前的一瞬，这一瞬后你什么都没有，你曾有的只是你自己。

言罢，星海漫过沉没，她伸手抓住那一缕流苏，却再也映不出苍穹闪烁。池边风骤然而起，裙裾似他身影环绕她，几度抬手触及，却只是在时光碎屑上烙下思念倾盆。几度神魂俱散，却在几乎被埋葬于永夜时蓦然醒转。

浮光掠影再也映不出过往，泪光尽数被封印在彼岸。记忆中仅剩一片似海的无间池水。

望向门口那个渐渐远去的身影，她拈起了一朵传音之花。

是什么诅咒，现在暂时连我也不知道，不过据先前那些先例来看，还是望你三思。不一会儿，那朵雪白的传音花飘了回来，盼兮抬首，上有墨色点染的一行字，占据了几乎全部的花瓣。

无怨，无悔。

《灵犀·天卷》曾记载：逆天而行所致之诅咒，须在逆天命那一瞬方可知晓。

而世上最为常见的三个词，莫过于“事与愿违、无可奈何、为时已晚”。在时间的长河中，历史总是以一种惊人的巧合一遍一遍重演着。

三日后，一场地动。都城樯倾楫摧，目之所及皆作尘化土。宫榭楼舍，亭台美景，可怜皆化废墟凭吊千年过往。明明是白昼，却如同漆黑垂死的夜。漫天尘埃遮天蔽日，往昔繁华刹那间皆作得断壁残垣。

一道金鳞划开布满尘灰的水面，护城河中的他看到了城楼上的她。他以传音之花告诉她：快跟上我，躲开那面城墙。

恍然间分不清，瞬时还是永远到达终点。黑云袭来，似乎坠入时光的深处。一抹微光照亮她的世界，给予她心底最后一念笃定。

流光如水逝尽千年河川，他向光纵身一跃化为一道金鳞，牵起她自彷徨边缘坠落。在他们身后，曾经的亭台、宫榭，皆化作片片纷落的过往。

何以来路，终无幻灭；何以追溯，难逃浩劫。

在这一瞬一个声音划过耳畔：逆天而行，必遭天谴。魑祟动情，必作灰飞，犹蛾之投火耳。

他们身后的灰烬纷纷凋谢，伸手触及残留着余热的那一片，他知晓自己亦将是如此命运。衣袂翩然逐渐由末端开始消散，几近融于废墟之中。如同那只飞蛾，一步步走到生命终末，直至万劫不复。

那一丝残影淹没她的瞳孔，恍然间往昔如走马灯般忽然出现，倏然消散。在如初那个黄昏，他们望着天空恍惚地发呆。那是什么时候呢？将要发生或已经发生什么事情呢？

她不记得了，只能忆起那天雁字成行南飞，被烈火碾过的云朵不时毕剥作响。就像是一个成人礼，庄重而虔诚。晚霞中的剪影，被轻轻烫了一层枫糖色的夕暮。

发梢慢慢变得透明，也许涅槃也是永生眷恋，终结也是归途。

分明是白日，竟星辰乍起，日月同辉。

“我能够数清这些星辰，光的棱角，星的语言。这些事情本身不可能做到，但纵然做到了，纵然我是掌管二十四节气中大雪的雪女，我依然无法救活他，甚至不能随他同去……”悬于心之汪洋中央，不去逃脱冷寂旋涡，任自己一点点化形为水维持他已然如涸澈之鲋般支离破碎的呼吸，却还是于事无补。只有一法，或许可以一试。

华光逝，她将眼底最后一片雪花融化成水。多少灯盏毕剥于银海中缱绻，看尽光芒的棱边，亦听懂了星辰的语言，逶迤在废墟与水天之间，眼前是明明灭灭的光点。

执念逐寸侵蚀，似乎那片雪花飘进了那一日的晚霞中，纷绵而无声地覆盖了所有，浮离于世界苍茫彼端。光晕下的剪影定格，他们身后花开成雪。

花影重叠，她恍惚中睁开眼，听见自己微凉的呼吸。

残阳渐隐，月色如水般清冽。夤夜星云飞散，拢一捧月华饱蘸，点染出层层泥金影乱。

笔被人轻轻从后面握住，逶迤于案上，是一抹熟悉的金色衣袖。

这时，第四重纱幕曳落，带着那三分冷、七分烈。

相忘回首已成川，彼方无岸。

一段红丝系着幻象中的一片残影，光点慢慢弥散消弭，化成一株菩提往生树，有风拂过，潋滟着树上万千花朵弹拨出至美的音乐。

须臾间景象逆转，一树花雨倾泻而下落入无间池水中。

雪女既已散尽眼底最后一片雪花，则生世不得再入轮回。百年之后，雪花中的元丹将重塑鲤鱼童子之魂魄，彼时他将再度化为一条金鲤，五百年后即为人形，关于雪女的记忆亦将全部消失。

而此刻的团圆则是幻象，残影之中毕剥的灯盏，是象中之人此生最深的执念。

命运从无定数，谁化成了谁的残念，谁又应了谁的劫。

一片雪花轻落，定格在似雪的花海中。

每个人在通往灵魂尽头的路上，都是自己的摆渡人。

盼兮数着犀角杯中万千毕剥翻涌的灯盏，透轻声自言自语着。迤出一道似血长痕。

倏然之间灯盏尽数湮灭，一片久远而凝滞的沉寂中，她想起了往昔有一个人说过这句话，再细细想去，记忆似乎被绝情盏中之水缠绕撕扯得支离破碎，只余一念尘灰。

身不由己抑或是心不由己地循着那些断续残片，坠入了漆黑永寂的无间池，恍然之中来路与往事层层叠叠彼此纠缠，一道亮光乘着飓风抵达她眼中，无间池水本与绝情盏相克，在亦真亦幻几近窒息的痛楚中，记忆逐渐散去绯雾，而亮光后千层结界中的身影，在她睁眼的那一瞬竟与回忆完全重合。

那一日，双星凌空，夕暮至次日未褪，半边天染上了花雨之色，光芒似线掩映出漫天流萤，人皆言此乃灾兆矣。

若要化解此兆，则须于子时布下云旭之境，而此境乃是以命定双星之血为祭。一张阵法图席卷于空中，倏忽之间扬起千层飓风，风过之处金光乍起潋滟无数琉璃碎屑，绘出的符线开始断裂骤变，云旭之境已然具雏形。

金光后一行苍劲隶书自云中飘下：双星凌空，则命定双星中必有一亡，否则四海俱灭，生灵涂炭。

境中一面为春盛之景，一面为火海之泉，其下为千顷灼灼熔岩，圣灵触之即散作齑粉，绝无生还的可能。

命定双星，乃是彼时的盼兮和那个千顷流霞中踯躅的身影——白夜。

无数花雨飞扬，盼兮微曳裙摆踏入境中，然后向后仰去。最后的流光一瞥，是逝梦，是决绝也是无悔。火光里飞回的雁呜咽，红衣艳烈如彼岸的曼殊沙华，比飞花还要绚烂。渐渐融入那一片熔岩中的翻涌花瓣在泪水向上飞去消失殆尽时，只余似白夜身影的裙摆环绕着她。

她笑了，孑然凋零在火海之泉中。最后一次以幻境之术尝试凝结他的影像，春盛之景中的飞来川，便是绝情盏中水的来源地。彼时，自己生命消散之时亦随之尽数消失，双星之殇亦会随之而解，他便能一世安然。

而她从此以后，便是路过他生命的一只蝶。是一声悲啼，是渐渐殒没的声息，是虚无的狂欢，是执着的微尘。她是一场声色喧嚣的梦，在坠落之前散场。

是一场无人预期的春盛，在千里之外的风存中逝去。

命运的巨轮面前，浮生一梦，白驹过隙。

她最后一次回忆彼时的星夜绚烂，在此生将尽的时刻，她所想起的竟还是那个约定。那彼时笑靥似曼殊沙华的她，与彼时一袭白衣的那个深埋于她心底的身影：我不会去喝那盏中之水，百转轮回，永不相忘。若有一日谁先离去，定要在奈何桥边等着对方。

涉世同舟，千年后仍余此生记忆，渺渺时空，莫失莫忘。

缘聚缘散缘如水，尘寰终不负。

忘心忘世忘最初，余生不相忘。

思绪消失殆尽前的一瞬，盼兮笑了。记忆停在透明指尖，渐渐随之熔化搁浅。

火光描摹过往燃尽了时间，跌入泉底的那一刻，残念骤然凝固成了诗行。火中灰烬竟一瞬间化成了千顷葱翠，霎时百花齐放。恍然之间手中紧握的呈出幻境之术的幻镜之上，却再无白夜的身影，只余莽莽银河，漫漫火海。

睁眼，瞳孔中一片空翠春色被珠泪无限放大。

方才自己跌落之处，化成了一朵巨大的曼殊沙华，无数飞花随时间弥散蜿蜒，熔岩已然不知何处，只余辉星皓夜，花海明媚。

小小幻镜中一抹如血的火焰，红得灼伤了周遭一切葱郁，红得似乎循着劫数染尽了她眸中伤痕。

锦瑟余音无处觅，思绪却如五十弦翻涌。莫非她错了……白夜当真用了以境换境之术，看似灼灼熔岩，实为春盛之境？那他现在在何处？

盼兮一路来不及思索，在坠向另一端的那一刻，视线渐渐模糊，仿佛近在咫尺的声音，此时竟似来自遥不可及的距离。

这方是真正的熔岩之泉，白夜知盼兮必会情愿投于火中灰飞烟灭亦要护他春盛之境中太平长安，故此率先入境施以境换境之术，盼兮坠入了那片春盛，而此时在这真正的熔岩之泉中，他半身仙元已几近被泉中灵火噬去，几乎油尽灯枯。

视线中一只翩然的蝶迤逦，花火葳蕤染她一身霞裳。风声流逝，人间仓皇。他眼神里闪过一丝惘然，火光掩映的眸子转阴，无限的殇。随即又勉力维持出一番笃定。

模糊的她缓缓坠落，云出岫，雁归霜，华光逝，朝如芒。随着月色与光影的残烬逐渐凝固了所有火焰，无声之间，她散作千万只蹁跹的华蝶，与思绪和过往一同片片散落，燃作没有一丝温度的烟烬。

残烬浮于熔岩之上，边缘盈烁着些许尚未燃尽的微光，那最后一抹映着明明暗暗光影的鳞羽，似迷离的幻象，重叠的彷徨，在漫天轻落的残烬绘出的夤夜星云之中，那是最后的她所化的一部分，轻轻覆住他唇畔那一丝血迹。

光阴凝滞，千顷流霞尽数消湮。一明一灭一尺间，无数灯盏毕剥于银海中缱绻。

忽然扬起的浮光被囚禁，埋葬永夜里。身后万千灯盏，皆非归处。

我有几千万里的山光想与你说，这沿途的星辰也想粒粒分明摘下来交与你，你可不可以等等我……万千华蝶之中，盼兮的残影正一点点变得透明。

白夜，你一而再，再而三，三而不竭，千次万次，毫不犹豫地救我于这世间水火。但若是浩瀚宇宙再无你，这漫天星辰又有何意义可言？

盼兮。我们活在这世上，百年也好，千万年也罢，都只是未来前的一瞬，这一瞬后你什么都没有，你有过的只是你自己，我不过是你万丈红尘中的大梦一场罢了……

纵然从此万劫不复，然而在那无间池中修回仙元的漫长等待，于盼兮渺短浮生而言，和他灰飞烟灭又有什么区别。但以盼兮那微薄仙力，若是贸然散尽仙元化蝶救他，只怕是将魂飞魄散就此长绝于烟尘中了吧，她的余生还很长，也许，注定是不能一同走完。

我终究是那一曲渺渺烟云，未能与你相濡以沫，未能停留在那一刻，是我此生最深的遗憾，命定星象既然如此，不如忘记那一场朦胧，茕茕孑立于月明之中。

金光乍起，一道印伽在两人之间隔出不可跨越的结界，盼兮于风声之间向春盛之境坠去。结界之中骤然下了一场雪，她隔着千顷结界看着他转身，慢慢被雪染白了发，直到距离越来越远，视线慢慢模糊，就好像她已和他悄悄走完了一生。

往昔的记忆纷落在脑海中，彼时的她曾笑着：这山水纵有万千，渡不过也罢，你若是山，我便依山，你若是水，我便傍水。

可纵然他是她的山水，她却注定是他庄生梦中的那只蝶，也是恩赐也是劫。

他布下千层结界将她无限推开，然世界上最远的距离不是结界中云卷云舒，而是那滴泪坠落的轨迹。

在白夜散尽仙元终是以生魂祭了云旭之境时，盼兮坠入了那片由泪凝成的星空。翻转倒映湮于飞来川中，那星辰便是凝泪而成的绝情盏水。霎时之间，当她一缕华裳曳落水面时，似乎一切往昔皆随之弥散消弭，那些水雾封住了她的魂魄，却再难融解。水面上，是一片静悄悄的蓝，华裳逶迤于水面却无风，逐渐弥散成一抹灿若星河的金。而散开的一头青丝中，却多了一缕如雪的银。若是两人皆以仙元祭阵，大不了便是各自重入轮回，然而他却偏生散尽自身全部仙元，为的只是有他在，任何事物皆不能伤她分毫。

那一年，白夜以周身仙元护天下与她太平长安，她对于他的记忆自此消失，当年的少女盼兮变成了一个无情的灵犀阁阁主。然纵能恩赐于苍生，却躲不过冥冥之中这一段命定劫数。

疏狂风声在仓皇的水中蔓延，心门游走着的冰凌让痛楚逐渐鲜明，似冰封的海底忽然涌起滚烫新鲜烈焰。池底千层结界中，盼兮的发丝迤逦覆于其上，随星辰盈烁云散月明，她一缕银丝也逐渐弥散成了一头苍白的雪。于流光之中，界中人缓缓睁眼，寂寥无端的冰凌从睫上坠落。所有片段填进逐寸退淡的执念，久远擅自随灵犀阁消湮。

终是庄生梦了蝶，你是恩赐也是劫。若是千万年后已无你，不如让时间将你我一同抛却。

那瞬，谁怀微敛将谁人冰魂融解。

我在彼时与此时中遇见你，当它们终于重合的那一瞬，个中喜悦伤悲也只好如同一个纱幕之下的悖论了吧。

不过，足矣。

如今，一张薄笺曳落在纱幕之中，笺上乃是一片潇洒行草，膂烈狷狂。

是年四月春，由城中前行十数里，过市井，见朱门，上有一匾，金纹掺于其中，书曰：祈王府。府前有一少年，执一人偶，栩栩然若有生气焉，其眼角珠泪，更为玲珑剔透，似天上之雪露也。偶之发作一髻，其下微曲，尤似波斯之人。然目为邃黑，悄怆之色盈于其中，似依依难舍又稍含悱恻矣。

俶尔金光乍起，其竟化为人而能款步行于台上，余其讶而惊之，细思量，此乃乩之术也。偶若能得桃木，则与人无甚异，以至有轮回而通悲喜之情亦不足为怪亦，然此偶并非桃木所做，何以使之如人？许是以另一人之气泽渡之，然此施术之人寿亦减半。孰人与此？余不得知其也矣。凝思回神，但见少年叩府门，其携一罗盘，一圆肚葫芦隐于衣袂中，原是一卜卦之地。

数兵吏至，门启，府内亭台楼阁，雕梁高啄，各抱地势，钩心斗角。于院内罗盘忽转移，其上之象，盖为一非凶非吉之象也。其曰：人偶本能成一番佳话，却终为“情”字所困，覆此天下。

终不及细思，府中祈王端坐于前，其抚袖而招少年，令其卜卦于此天下，以府中臻品之桃木酬之。少年欲得之，用以续偶之命矣。

卦启乃异象，祁王大懑，恐其中有诡变之机，然此象晰晰然于纸上，三月之内，必有灾祸至，其大惊，使人就地抄斩行卦之人，忽而少年拔剑起，曰：卦象无异，如昔日鹤飞唳天，白虹贯日，恐人必有异哉！

祈王闻之，以佩剑迎之，眼见似战而非战，忽而乍起击之。偶着一罗裳，以其身挡于二人之间，二剑穿心而过，几作灰飞，祈王面色甚痛且惧，忙以白衣拭其血迹并命仆取药覆之。少年心中有所思，卦象言人偶为“情”字所困覆此天下，莫非祈王与之一见而倾心，却终不能相守，故令其终日惴惴不能眠，食亦不能安，以至于天下终覆焉？遂以回生之术复其之生气，术毕，其人亦不见踪迹。祈王甚讶之，见衣上血泽如新，遂悟此非梦中耳。

回生术乃为禁术，因施术之人寿亦与受术之人同逝，故非万不得已不得轻妄用之。是日于市井之间，少年并非无踪可觅，乃是昔日之弱冠青衿，今朝已耄耋垂暮，倚一竹杖，执罗盘葫芦于市井之中，设摊卜卦也。

时为九月，序属三秋，偶与祈王终成佳缘。洞房花烛夜，其以为少年死，遂执一短匕欲刺祈王，王大怒，执随身佩剑擋之，没其胸口，血染霞帔。偶既尽其气泽以匕刺王，实为勉力为之，君主佳人俱死，金玉凤冠皆委地，无人拾。

市中无人知其详，尽闻王于新婚之日遭刺，而无人知何人所为，王妃亦不知所终。老大骇，知己身时日无多，不复卜卦，远游西行。

途中有一彼岸花林，夹岸数百步，老甚异遂前行，欲穷其林。林尽水源，便得一川，有仙气雾霭萦于其上，似海而非海。山有一口，芳茀兮若蓬莱之仙岛，中有光，便从其处入之。行十数步，逆风渐有花之异香，忽见异光，豁然开朗。中有双生之树，树冠之色鲜美，言语不可恰述，但见清风徐来，水波涟涟而树有乐音由叶而发，老甚讶，细寻之，树根之旁有一匾，上书“灵犀阁”三字，石青掺之。

仰而视，有若干莲灯，栩栩然浮于空，其中有并蒂之莲，一红一蓝，恰似逍遥神仙眷侣，为群灯之首也。

俯而视，地中一镜，乃为太平盛世之象。而其中往来之种种，男女之衣着，皆异于祈王之国人。天下为公，讲信修睦，人不独亲其亲，不独子其子，此世之中，矜、寡、孤、独、废疾者皆司其职。街中有一告示，原是安朝，又有一执事女官，神色凛然飒爽，眉宇稚气未脱而世务皆能处之自得，故此朝得民心乃盛世矣，女官乃花氏，原名自寒，字长渊。

须臾之间，不觉东方之既白。老者既出，便扶向路，处处志之。

复寻，竟不复得其路，慨然笑叹，得知偶已死，再无尘世间同归隐之人，坐而复立，登高长啸：一生逍遥卜卦，怎奈终未算得，偶为情所困之人，并非祈王矣，乃是自身。

遂执竹杖隐于林中，叹言之：卦既解，人亦去矣。

“可我不敢说，若我永在黑夜里，失去了最后一点鲜红，那样万劫不复的我是黑暗的本身，还是之一？”

第九章　落花成殇

而那彼时曾与朱砂绾青丝挽情丝的身影，再度轻轻展开那案上之笺。

原来，那执人偶的少年便是前世的实沈，那人偶原是盼兮三分仙元所化，当年她与白夜一同历劫之时，凝出这红裳人偶去体会凡世六苦，而在这一世，盼兮便是朱砂，但实沈依然自她神识之中分出了那名唤雪鸾的一念，那一念便是那彼时他曾心心念念的人偶所化，可叹而可笑的是记忆仍然停留在那时，他牵引着她在三尺红台盏中归雪之中做鸾飞之姿的那一刻。

原来，自己的一世情深，不过是他人生命中的一个劫数。

他何尝不是庄生梦了蝶？只不过她是他的恩赐，他却成了她的劫。

若他是山，她便绝无可依，若他是水，她便绝无可傍。

那时在他与白夜的元神因交换而错乱，时此时彼之时，他却依然毅然决然地护了她。

正是天澜五年，当年的那些记忆与残念，皆随那轮回前的锈与荒凉残忍的风，湮灭在了这个凄凉而荒芜的尘世之间。

在那星陨之象后的翌日，玄榀留了一纸信笺便离开了这个他无比熟悉的地方，宣洛在当年颤抖着打开那折得十分方整的信笺时，仅有十九字于其上——“普度众生，渡苦厄，然勿渡我。尘寰不复，各自安好”。

如今，距离那一日，已然过去四年。这四年之久的等待，一点点残蚀着她的信念与坚持。哪有什么来日方长，太多人都是乍然离场。

玄榀，你一定要珍惜这一世我们共同走过的渺短时光，因为下一世无论爱与不爱，都未必会再相见了。

人生一世，能有多少个四年，多少个一千七百一十二天？她方才明白，时间不等人，人心不留人，且行且珍惜。如今，等待的日子看不到终点，有时候觉得欢喜已是一种背叛。

只要与你一处，就算灰飞烟灭我亦无惧，更无惧与你共守往后余生。

在四年光阴中，宣洛把自己活成了一棵孤独守望的树，这世间所谓至苦的缘分，大概就是我用普通的生命，等了你一个曾经吧。

受伤的小鹿会自己找个地方舔伤口，而眸光如小鹿般清澈的她，她的心伤怕是只有他回来了才能愈合。

她要努力地活下去，因为她怕纵然他回来了，她也不在了。

那一日，她终于做了一个重大的决定，在秦川的安排下，她潋滟一身凤冠霞帔，手执他的灵位如愿嫁给了他。那时在红烛的微光之下，她的赤衣与他灵位之上的玄色名姓交相辉映，她默默地在那缕光旁边坐了很久很久，久到蜡炬成灰，在那一丝光终于熄灭之时，她似乎看见了玄枵，随即漆夜中的现实残忍地撕扯着她，她却仍是不愿相信。

玄枵，今天是你我大喜的日子，你在我面前，只消这样看着我，我便好生欢喜。

她朝着他倏然一笑，孤寂风景美如苍穹群星赴向盛宴，她湮没在思绪之间险些放逐眼泪坠出脸颊边缘。如火霞帔之下，她几近奢求他不要留她一人，孑然一身凋零在梦境之中。

霞帔赤若夕阳灼伤天涯，他突然笑了，笑得寂寥无端，须臾之间残影消逝，她在黑暗中摸索，那尚未凝固的烛泪被碰翻，蜿蜒出如今的千般眷恋在时光里蔓延。

一切幻景消逝，她独倚栏边，泪珠断线般跌落在烛泪之上，交融一处，宛若上古的符文。

而秦川知道，这世间只有一法可化“泯念”之毒，便是服下“泯念”之人的三合生血。那夜他趁他熟睡之时取了他一点指血，藏于随身的青花瓷瓶中，便悄然遁出了房间。

他自然是将那血掺在了蓁蓁的早膳之中，蓁蓁与他熟识，不会生疑，同时又是一位沧溟国的帝姬，若是利用蓁蓁与玄枵的关系，无疑是助玄枵登上帝位的最好选择，而那个痴恋的小丫头呢，本就是玄枵皇权之路上的一块绊脚石罢了。

那日晨曦乍起之时，他看着那素白织锦上星星点点的绯

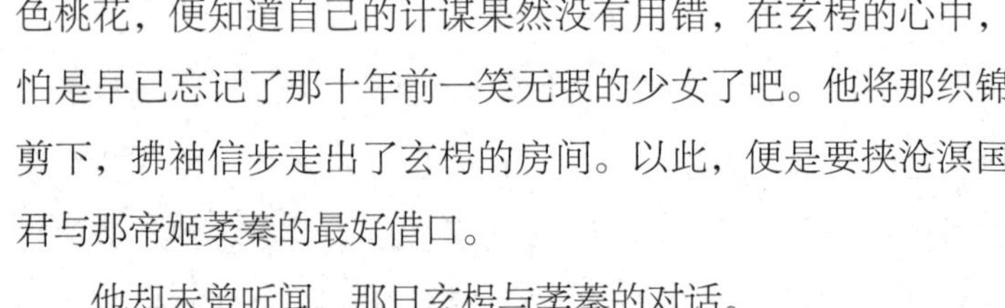

色桃花，便知道自己的计谋果然没有用错，在玄楞的心中，怕是早已忘记了那十年前一笑无瑕的少女了吧。他将那织锦剪下，拂袖信步走出了玄楞的房间。以此，便是要挟沧溟国君与那帝姬蓁蓁的最好借口。

他却未曾听闻，那日玄楞与蓁蓁的对话。

“你还是爱着那个人，对吗？”

玄楞的声音清冷平静。

“是。”

蓁蓁缓缓低下了头，不住地颤抖着。

玄楞伸手扶住她，随手摘了一朵素白的花别在她一头青丝之上，手指抚过她的鬓角，在她耳后微微一停。这动作不禁让他想起当年那个小小的身影，心头一窒，身形骤然一颤。

“其实，在我心中……”

话音未落，蓁蓁本能地瞪着他，目光踌躇惊疑。

亦有一个身影，未曾抹去，未曾磨灭。

蓁蓁松了一口气，暗自嘀咕面前的玄楞说话为何要大喘气。

我爱上了一个我不该爱上的人，而我则是因为从小不擅文词书画，被父母送到了一个卖艺班子里，就为了省下一张吃饭的嘴……后来我在街上表演，他们教我翻云梯，一不小心摔了下来，一个贵族打扮的人接住了我，他说他是西域望归国的丞相，他带我回到他的国家，离开了这个伤心之地，亦让我洗去了流落街头的屈辱。

蓁蓁顿了顿：“后来我便阴差阳错成了那个孱弱帝姬的替身，再后来他让我放下一切，以后在他面前，便可以成为我最想成为的样子……”

蓁蓁拉起袖子，露出一条布满疤痕的手臂：小时候，我不敢去碰火圈，那卖艺班子里的头儿便抽我，不给我吃饭，还把我的腿脚铐了起来。

玄枵这才注意到，她藕白色的脚踝上，一条深可见骨的瘢痕宛若竹节。

再后来，真假帝姬的事情败露，他用我身边那把真帝姬的萤石匕首，杀了那个真帝姬，当那日我捧着匣子里的那和我生得一般无二的头颅时，从此这世上便再无什么真身，只有我这个……

她默了默，像下了什么重大的决定。

傀儡。这个傀儡却爱上了那个提线的人。

她自嘲地笑了笑。

那个灭了宣洛家门的人，便是这沧溟国丞相缪华，那个被他救了的小女孩便是宣洛，他这一生救过两个女子，只不过一个成过眼烟云，一个却化惊鸿心影。

玄枵让蓁蓁披上他那件大氅，从后门离开。

此时，门外却跃进一个小小身影，一如当初。他虽目不能视物，但早已听出了她的步履。

宣洛？玄枵几乎怀疑自己是否在梦中。他将她禁锢在怀中，灼热的唇正欲印上那寒凉如冬日雪霜般的樱色唇瓣，却被她蓦然狠狠推开。

玄枵……我守了你四年，你却……她的心如同门外寒风一般冰冷。

那日星陨之象所言是否当真是一语成谶了，她不知道，她只知他在她面前，生生负了她。然而她未曾说出口的是，她知那“泯念”，但此时她稚嫩假装不知道，才是对他那一片碧海蓝天的最好成全。

玄枵亦早知那“泯念”的解法，虽动情则修为散尽，然唯有身中“泯念”之人的血，才能让双方免遭此毒。她靠近他之时，已遭“泯念”为保护宿主而做出的反噬，而那蓁蓁与玄枵在房中待了那么长时间，竟安然无恙。

一喜，一惧。

是喜自己对他尚有一丝情愫犹存，还是喜他终于找到了心之所向？是惧蓁蓁已然得到了他的血，还是惧……

自己现在知道灭她家门的人不是他，然此前在以为是他时，还是那样义无反顾……她惧自己这一份情，到底是到了何种覆水难收的地步。

她浑身被反噬得生疼，死死咬住嘴唇，鲜血顺着嘴角和着冷汗流了下来。他抬起手轻柔地擦去她唇畔的血。

他痛恨自己没有能力护她周全，痛恨这时局让那样纯净的她卷入这场局中局，他亦恨她为何偏生此时出现，让他陷入两难，千般思绪到嘴边还是变成那一句戏谑而残忍的：若你现在咬的人是我，你的反噬怕是早已解了。

他竟然知道……原来自己多虑了，自己才是那个全盘皆输的人。心如坠入那千年冰冷的海底，那皇权天下，才是他想要的，所以才一步步陪秦川演完这场戏。

而自己仅是个看客罢了，还是个云里雾里的痴人看客。

许是太爱，才始终麻痹自己，不肯相信。而此时赤裸裸、血淋淋的真相呈在她眼前时，那颗早已烧成灰烬的心竟不会再疼了。麻木的心有一瞬牵强的痛彻心扉，随即竟如同摇曳在云端一般，不再含一丝情绪。

他将掌心挨上腰间半出鞘的重剑，徐徐握拳将流下的鲜血汇集在掌纹之中，又顺着指尖试图喂给她。她却似见到什么骇人物什般惊恐地避开。他愤然咬破了自己的下唇，俯身将血渡给宣洛，她向后半是欣喜半是忧惧地退去，一帘素白纱幔曳落，月牙凄婉地洒落了一地霜，星星点点的绯红桃花缭乱了水中的月色，影影绰绰斜映在窗纱边。

而晨曦乍起之时，那信步而去的秦川，始终不会知道这一个真相了。

很久很久以前流传下来的一本古书中曾记载了此后的事情。

实沈惧宣洛误玄枵，遂起高台，以柴木垒之，高有十丈许，缚宣洛于其上，欲焚而瘗之。而望归国相缪华欲规劝，后不知所终矣。

玄枵施欲拒还迎激将之计，反为宣洛所闻，其心有所误会。

宣洛亦不全是误会吧，应当是将错就错，以谶作谶而已。在上那十丈高台之前，她曾经的师父玄枵摸索着在实沈布下的重兵中杀出了一条生路，将当年那个桃花酿的酒瓶递给了她，竟还剩有小半，他将它自袖中拿出时，凭感觉便知晓其上沾染了些许血迹，遂摸索着敛起衣角擦拭干净，交予她时他指尖微微颤抖着，纵然不能视物，仍能感到一滴冰凉的液体顺着瓶身滑落指尖。他似乎无比虔诚地举起那瓶，将那滴她眼中的苦涩化在了自己口中，那滋味比世上最烈的酒还要灼上几分。

她接过酒瓶，倏然笑了，真心地笑了，一串泪珠晶莹在凛然日光下折射出往昔，折射出彼时那一笑无瑕的她，笑容纯净而明媚，和现在一模一样。是他亲手将她抱着，一步步走上那葬送她生命的高台。

在那高台上，她却笑得愈加诡异、愈加残忍，泪珠无声滑落，那火似烧得更烈：我带着这深藏骨血的仇恨，愿己身做成一个不伤不灭的幽冥，沉入沼泽，沉入深渊，埋下腐烂根节长出见血封喉的荆棘，刺穿这个虚伪的谶语。谁愿活得如魑魅与命途缠斗，孤高到撕破借口？光阴轻易以细尘浮垢埋没过往，谁还愿追溯从头？热切爱过命中所有，再借目光拭浮生剔透，这空空两手还剩什么可以从指间疏漏，单薄岁月揉成的绯红眼眶？苍绿铜锈？谁赤忱永不克扣坦然愿对往昔补一句愧疚？这遥远征程唯一尽头，便是你那一眼使我蒙获的解咒，亘古伫守间我与时间和解与风波无尤，而且你错了，我从始至终从未怀疑过承诺那一刻的真诚，可人性似雾霭昏昼，千帆过尽，我变得什么都能够理解，也……

她单手聚起一道光晕：什么都无法再相信……

几个无辜百姓被火焰吞噬，玄枵想制住她的度法，却不慎伤及她心脉，她重重一咳仰头将那桃花酿一饮而尽，烈酒和着一丝猩红蜿蜒而下，火烧得更凄艳、更决绝。

世间再无那个与她举樽共饮的人了吧。那高台轰然倒塌，她似一片羽毛般缓缓坠落，下方是三途地狱般的烈火。

恍惚间月光皎然，桃花灼灼，似乎又回到当初，她还是那个什么都不知道的孩子，那样极轻极轻地稳稳落在玄枵怀中，她勉力抬起手，轻轻抚上他的脸庞：其实……那几个百姓是我做的幻象……师父……我是骗你的。

她的笑容清冽而明澈，如同那年那岁的那个天真的孩子。

这样你当初为我解山神契约的那部分仙元，便回到你身上了，你便能看见我了……记住，我才不要你再为我涉任何险，我要你像这样看着我，一直一直……记得……我。

她的语气像个孩子，随即手臂无力地垂下，像睡着了一般安详而恬静，嘴角还挂着一缕浅浅的笑。

那只粉身碎骨的酒瓶在她最后的视野中折射出了一条明澈的河水，她和玄枵乘着竹筏，筏上尽是桃花瓣，夹岸风拂过，周围的桃花树掀起迷蒙的绯色花雨，微醺谁人醉。

愈醉愈清醒，愈清醒，愈荒唐。也许后来的他们什么都有了，却没有了他们。不知何时，她唱过的童谣悠然响起在荒寂高台的废墟上，彻入他樯倾楫摧的心扉之中。

桃花依旧笑春风。那是天澜五年的暖煦三月。

第十章　沉梦听雨

两年后。

北岭果然因重赋而民心大变，实沈借势起兵，无人知晓是为了什么。是为了所谓皇权，还是为了那个纱幕后的真相，抑或两者皆是?

那是天澜七年六月，大梁终是留书离家，投于实沈麾下，他那个曦帝左相之位的父亲震怒，从此与他断绝了一切关系。

六月廿九，北岭再次民变，星辰风沙烧成洪荒野火，那灼灼烈火似如血霞帔灼伤天涯，一抹残阳烙于他心上挥之不去。大漠孤烟尽随风徜徉。正是四海两茫茫，十里斜阳滚烫。大梁一箭射翻了守将枫城的战马，将他斩于剑下，那剑似乎饮了血之后方觉美味，便愈加嗜血起来，一路剑影疾飞，映着鲜血淋漓宛若地狱修罗，所见此景之人生还无几。

枫城痛苦地呻吟着，面部表情扭曲，愤恨而绝望，他还有家，还有一个深爱着他的妻子和一个年纪尚幼的孩子，他诅咒着实沈的残忍，那声音撕心裂肺，剥筋蚀骨，闻者无不痛彻心扉，为之动容。

当日，北岭城破，满目疮痍，尸横遍野，血流成河。那河在晨光之下汇成一条猩红的残蚀生命的海，含着无数羁绊、玄念与未了的愿。城主少昊带领着众残兵向实沈投降，他们自然是屈辱不甘的，但胜者为王，败者为寇，他们没有像那些同伴一样以自己的身躯性命祭奠这个腥风血雨的时代，已实属不幸中的万幸，又岂敢奢求什么尊严？

若有朝一日亦将命丧黄泉，那尊严于他们来说又算是何物。每个人所作所为，无非是于这亘古宇宙而言的渺小尘埃，本质皆是相同，为何有人流芳千古，有人遗臭万年，而这些人们之于宇宙而言，亦如同你我看那蝼蚁，那木偶折子戏罢了。

宇宙无情之处在于它的广大浩渺，而它最能为人所视的广大浩渺之处，便是它的无情。如若可以的话，还是做一个无情如它的人罢，过分的善良与深情都只会将自己逼得遍体鳞伤、山穷水尽。

少昊默默地走上这一片荒芜的焦土，他望向废墟，想到了这里曾有孩童嬉戏玩耍；望向残枝，想到这里曾经一片苍翠茂盛。他望着前方，许久，一行热泪滚出眼眶，像最烈的浊酒一般。他随即匍匐在地，久久亲吻着这片他守护过的故园，此后他忽地虔诚将双手合十，缓缓地朝着这片已成废墟的荒芜故园叩首跪拜。三拜过后，他缓缓起身，时间似乎已然凝滞于此，他执了一把短匕，正欲送进自己的胸膛，忽而想起什么，那短匕当的一声跌落在地，划破了这寂静的三万里长空。

他默默拾起短匕，站了起来，勉强维持着一如既往稳健有力的步伐。

他以短匕从每一具尸体上割下一片带着未干鲜血的布条，将它们依次整理毕，再用曾经他们的战旗包裹着他们如今的残念与遗憾。

是夜，血迹渐渐干涸，子夜之时风沙漫过，将所有正义与邪恶，战胜与战败抹盖了痕迹，随时间一同填进了厚重的史册之中。

七月十四，少昊始集百姓之力，造陵于烟华海畔，那浩瀚苍茫的海，总是能将一切繁华哀伤抹成过往，让时间渐渐将它们覆盖成空白。

北岭已覆，实沈以大梁为将，攻北方第一城长风，是为天澜之乱。

那长风城楼上，有一个衣衫单薄的消瘦女子，一袭红衣迎风猎猎飘扬，她的一头长发已然散开，被风一吹尽数覆在那凛冽清冷的面容之上，却依然无有闲暇去顾及，依旧是执着地擂着战鼓，身中数箭的她，鲜血从盔甲的缝隙之中渗出，将那猎猎红衣染得更沉重、更浓艳，宛若她生命中最极致华美的世纪赞歌。

鲜血染得那衣袂不再飘扬，无力地垂落身侧，宛似她残破而不堪的生命。

她的衣衫愈加浓艳，她的脸色愈加苍白，她愈加耗尽全身气力地擂着那战鼓，那阵阵鼓点似敲击在她的心房，又似在决绝地倒数着她的生命。

她终于倒下了，那一瞬间似乎凝聚了她渺短浮生的全部光华，随即险于黑暗、湮于永夜，散作这千万纪元以来茫茫浮世，渺短浮生中的尘灰。

这一生，算是手执雾灯，怀揣孤勇，所牵所挂便是这家国天下吧。

恍然中，她听见有人唤她的名字：娵訾——

那声音越来越近。

她蓦然忆起自己第一天来到这长风城时的情形，如今已然过去七年之久。她料想过既然黼黻皇猷尽忠报国，终有一天为国而死，却未曾想到会以这样的方式收场。

赶来的人，原是这长风城楼上的守夜人顾晚。他不知从何时起便在那里日复一日地苦守这孤寒长夜，在这七年间他又多了一项事务，那就是日复一日地看着城楼上经过的她，

高台废墟凄鸣间，他抓住向她飞来的一支羽箭，拗成两段扔下城墙，它落入护城河，发出一声轻响，弥散在这喧嚣的凄夜里。

娵訾……

他将她的头靠在自己手臂上，企图让她躺得更舒服一点。

九卿笙澜，心棠未然。我在城下等待了七年，堪比饮鸩止渴，药石无医，每天入夜之时，我皆愿若我为星，君为月，不求相守，但求这星能换得月的哪怕惊鸿一瞥，为此哪怕散尽星辉，湮于尘埃我亦心甘情愿。

濒临死亡的人，常会本能地近乎执迷地抓住尘世间最后

一点让人值得留恋的温暖，其实他言九卿笙澜，心棠未然，她又何尝不是心棠未然？

好冷，长风城的夜，从来未有寒冷如斯……她攥住他的衣角，似乎耗尽了最后一丝气力。

你能不能……抱抱我，不然前路这么黑，我该如何走啊。

纵然她有千般坚强，此刻在生命尽头，她却本能地依恋着他。人果然是最恐惧孤独的生物，比死亡更可怕的，是无数个望不见尽头的漆夜。

顾晚将残余着他温度的大氅解下来披在她身上，将她连人带那件毛皮大氅一起抱住，仿佛余生都不愿意再放开。她的身体渐渐冰冷，他却感到了她心底渐渐升起的灼热温度。

她睫毛轻轻翕动，如同垂死蝴蝶的残翼。他心底油然泛起一丝难以自抑的情愫，小心试探着吻去她睫上的泪水，出乎他意料，她竟勉力抬起手揽住了他，他随着她滑落的珠泪，翩然顺着她的脸颊，鼻梁，任那一抹灼热的情愫游走，在她唇畔蓦然停住，像是在试探着问她可不可以。娵訾长睫微颤勉力睁开眼，他看见她眼中灿若星辰，映出那咫尺之遥的他。

这大概是此生第一次，也是最后一次了吧。

娵訾纵有千般坚强，此刻也是脆弱得不堪一击，她微微侧身偏转过去，心底涌起此生从未有过的一抹绯色，如同冰雪初融千山暖煦，恍然间似逆行命格，让她暂时沉溺其中醉此一盅，几乎忘却了即将到来的死亡，直到那一抹腥甜彻入他口中，亦刺入他体肤骨髓，成为那道永世难灭的劫数。

顾晚就那样揽着她坐了一夜，直到她气息渐绝，面上一抹绯红逐渐变得苍白，湮去了她明媚的眸子，似白昼撕碎了那灿烂星辰。

第二日，来者是墨离与他的手下。他看见娵訾身上那件大氅，勃然大怒，认为自己作为当年的丞相，真是错看了她，他命人将她的尸首弃于护城河中，并将其父太守之职免去，其兄娵卿发配边疆。

是日，娵訾族氏得八百里急报，闻此报后，其一门十三口坠崖殉城。

这便是他弟弟墨降娄苦劝无果的结果，降娄随即枭首三日，以祭娵訾。墨离却徘徊于院中，那明月圆得如同娵訾批阅公文时画上的那一个小圈，他暗自低语，神情是毫无掩饰的悲痛与黯然：娵訾，我还以为你无情无欲才会甘愿去做长风守将，谁料你竟……我想问问你的佛，能度众生，度苦厄，却如何不度我，为何？

他摇晃着圆形雕花几案，月光落于其上，忽然他面有痛悔猛然挥拳向桌面砸去，那桌子四分五裂，洒落了一地砸碎的冷月如霜。

天澜七年九月，实沈率军攻城略地，日近帝都，曦帝时不早朝。

皇宫的后花园邻近仪鸾司之处，有一片空翠的竹林。

就算以后这一切连同你我皆湮灭成灰，总有一些东西是亘古不变的。

析木将那柄刻刀递给朱砂，她在他的名字旁小心地刻上自己的名字。

心念忽然之间不稳，刻刀划破手指，鲜血蜿蜒似将那竹染成了湘妃之竹，析木心中一窒，连忙将她的指尖含于自己口中轻柔地帮她吸去浊血。

却总有一些隐隐的似曾相识，他再细想，却什么也想不起来了。

朱砂只觉指尖至心口处忽然一阵冰冷，似有什么冰凉濡湿的东西生着逆鳞划过她的血管，她险些站不稳软倒在析木身上。愈想摆脱，那感觉便愈加鲜明、愈加清晰。

她抬头看向他，尽量将那种感觉抛至脑后，这朝廷之中，她只是他的莫念，便足矣。

唯愿共守与你，就算风行八百里，不问归期。唯愿同舟与你，纵然日月轮回交替，不理朝夕。唯愿缱绻与你，如云漂泊九万尺，不曾歇息，如星辰落入大地，至死而已，如和风吹至心底，酥酥靡靡，如海底温柔呼吸，痴极嗔极。如柳动蝉鸣，月落潮汐，太阳升而又落，如万年永夜不诉怨语，如湖心涟漪翠琼滴，棠梨煎雪又落雨，如飞鸟眷恋海鱼，层云凝成片语，入梦无息，犹恐念起。若云烟缱绻成蛟蛸骤雨，入渠几许，如飘零太久的僧侣，百难皈依，如断崖卷起千堆雪，岁岁如昔。若漫天流星坠地，烟花肆意，若如鲠在喉，却甘之同饴，似孤星落月，清寂梨花，春燕剪雨，不顾湿衣，如沙起千丈荒漠里，无人问起；如雨落湖心惊清溪，了无生息，如酒藏曲巷阡陌里，难掩心迹，像鹿隐于深林茕茕孑立，怯极望极。像桑移沧海，橘植北地，无问时宜，若千里戎马走单骑，八方为敌，老了杜若，败了荼蘼，枯草燃尽，晚风又起，如隐者朝饮山岚夕醉余霞，心境如洗。年复一年，野草逶迤，研墨挥毫染素衣，盈香百欣，西城言歌，锦凌凤息，三千繁华，唯愿与你蹀躞同守……朱砂企图用这些看似暧昧缱绻的话语，驱散心中的可怕一念，但越想忘记，越加深刻。

哪怕此生，万劫不复，再无归期？

析木的眼神更加印证了她心底那一念，她在他身边那么久，怎会错看他这样的眼神？

只是，这万劫不复，不复的是何人何物？

她无暇顾及，看着那竹竿上，他和她的名字并排刻在一处，不觉心中安然，复沉静镇定如初。只听他浅浅言道日后要与她在此处建一个属于他们，无关权贵的竹屋。

十一月。

丞相墨离府中搜出其弟墨降娄往来信件。

墨离被指通敌，满门抄斩，方未满七岁的幼女墨诗裴亦在其列。

官衙的小吏们在空荡荡的墨府搜了一圈，无甚发现。

只有墨降娄房间的窗棂旁，有少许朱红色的漆屑，却无人注意到。

那颜色夜间为了易于辨认，挑灯烛的长棍常常采用着。

这个时代的彷徨属于彷徨者。

彼时那战鼓的鼓点，一下下敲在他沉黑如墨的心上，从未磨灭，从未停歇。

第十一章　一叶知秋

有些时候我也想，如果有一天，你能想起来那些事，抑或你本来就知晓，我便可以跟你说——你看，我答应过你的，全都做到了，没有一丝折扣，没有一句食言。

析木郑重地拉着面前身着七重纱衣的朱砂。

天命所归，上古神祇也不得不按照既定的轨迹走，盘古陨落，女娲散魂，如是诸般痛苦，我舍不得你过这样的日子。

他却突然一阵剧烈咳嗽，朱砂以衣袖为他掩口，却望见那几丝星星点点的血痕灼入眼底，彻入心田。在那一瞬她开始害怕起来，恐惧如潮蚀遍了她的全身，原来他的阿芙蓉之毒竟还未解，那若是“夤夜散”亦罔效，等待他的是不是只有……

朱砂……其实我活在这世上的每一天，都只是借来的罢了，若那一天真的降临，我亦会感谢此世的重逢，只是不忍心弃你于这十丈红尘中，亦不忍心携你同去，看山河万物皆恸。

析木拉过朱砂那只染血的衣袖，压在自己袖下不让她再看。

朱砂似想到了许久以前，那些被她遗忘过的记忆，但细想去，又似被阻断一般再也想不起来。

这山水渡不过也罢，你若是山，我便依山，你若是水，我便傍水……

她脑海中蓦然出现了这样一句话，随即她心中骤然一窒，如同一只受伤的小兽般默然流着泪，依偎在他身侧，任他的下颌轻轻摩挲过她的头顶。

遑论是山是水，沧桑颠簸，生死隔断。如今你入我心田，就算三魂七魄为你消湮，我亦心甘情愿。

他的声音微若游丝，几乎只剩下了气息的阵阵吹拂，沙哑而艰难地从喉中滚出一个个断续的音节。朱砂抬头抚上他额间，那温度竟然滚烫。

她让他斜靠在床边，忙去取那夤夜散，衣袖却被他死死攥住，他分明的指节因为太过用力而泛起青白，冷汗浸湿她的衣袖，她终是不忍收回手，只听他缓缓地微弱开口：药在这里。

朱砂忙从析木的衣襟中取出那夤夜散，她颤抖着手几乎拿不稳它，眼见越来越多的猩红鲜血顺着他唇畔蜿蜒而下，她将药送至他唇边，他却几近昏迷难以咽下，一瞬踟蹰与犹豫后，她毫不迟疑地将那夤夜散含在口中，以舌尖挡下他口中源源不断涌出的鲜血，紧接着她迫开他的唇舌，引导着他服下那夤夜散，她凭着感觉小心避开了所有气息出入之处，将那药丸准确无误地推入他喉中，又含了一口水，再次俯身渡给他，直至他将那药丸安然咽下。

她将他揽在自己怀中，听着他的呼吸由微弱渐渐变得均匀而平稳，亦逐渐安下心来，沉沉睡去。

在梦里，她梦见了那个红衣的少女，在昭帝玄邈的祭天祈雨仪式上，她的血迹干涸在那天堑台的沟壑之间，在她命悬一线气若游丝之际，那个人以自己所制之药用指血为引救了她一命，却触犯了禁术，犯了禁术应被施以何种惩罚？那是什么时候所发生的事情，她却未曾想起半分。

倏然惊醒，她看着身侧的析木，他似乎睡得安然，她轻轻在他额间印上一吻，方才发现那灼热的温度虽然退去，但他额间却覆着一层细密而冰凉的汗珠，亦浸湿了他鬓角的碎发，凌乱地贴在颊上与额间，他蓦然攥紧了她的手。

你还醒着？

朱砂甚为惊异，又心疼起他的身子来。

一直未曾睡过，刚才我差点以为我再也不会……幸好这红尘中最后一点牵挂拉扯着我，是你将我从那幽冥司门前拉了回来。但是朱砂，你要记得，若是有朝一日……你也要好好走完这段属于你自己的余生，恕我不再伴你身侧……

朱砂含泪打断了他的话：不要再兀自撑下去了，你一定希望那一天我亦会与你共赴鸿蒙的吧，无畏桃源抑或地狱千重，我一日在你身边便一日为你披荆斩棘，何惜一人裂苍穹，生当相随踏遍山河无隙……

她的珠泪如断线一般滑落在他面颊，勾勒出如画轮廓，宛若碧水青烟。倏然她笑了，抹去他脸上她的泪水：若是你先离去，饮了那忘川水便再也不记得我，你忍心让我岁岁独守轮回前吗……答应我，一起活下去，务必……

他咬紧下唇重重点头，像是在承受着什么巨大的痛楚。

纵然这借由承诺贪恋厮守的余生，亦难逃命运，纵然别时终不舍，但此刻你在我在，便是岁月安然。

七重纱幕之中，他不曾束起的长发垂落下来，与她散开的青丝纠缠在一起，将她笼罩桎梏在这一方小小天地之中，无数灯盏毕剥于银海中看尽了光芒折射的棱边，与星辰交错间时光的伏线，那些缱绻的灯与纱，缠绵在烛焰的光晕中，缓缓融化成无数个迷蒙的光点。最后一刻，朱砂有些迟疑地握住了自己衣带之上析木的手，微有犹豫，却终是握住他的手一同将那个团圆结解开，七重纱滑落身下，旖旎于种种缘聚离分之间。

且留下那片刻短暂温存，聚敛破碎灵魂，一念情深，掌中尚有余温，须臾心声中失真，混沌立此身。读不懂爱恨纷呈，堪不破生死离分。一点朱砂如同夭夭桃花般绽开了丝丝绯色涟漪，弥散在时光中。

轮回隔一世，翻开故事前尘，写下开端戏文。

生死隔一门，跨过岁月纠纷，敬过轮回残忍。

山水隔一程，割舍执着爱恨，生死也当对等。

那天过后，析木不上早朝的次数愈加多了起来，不是在自己殿中吟诗作赋，便是陪着莫妃在宫中四处游玩散步。

他遣散了除她以外的所有嫔妃媵嫱，给她们钱物绢帛若干，保她们衣锦还乡，他也成了历史上第一个这样专情的君主。

常言，帝王之诺，实为空诺。

游历尘世一诺，不待应允便湮灭，

终为谁守护，这残破世间。

游历世俗一诺，愿终能被施舍。

沧桑复颠簸，温存付流水匆匆。

凛冬将至，这红墙内的冬日，无甚寒冷，夏日亦无甚炎热。

那御膳房的炊烟，下人们来去匆匆加柴添火的身影，妇人们怀中抱着的西域狸奴兽，群臣厚重的朝服，孩童嬉戏玩耍时臂间不慎露出的翻毛皮滚边儿，扇着一柄大蒲扇在红泥火炉上烧水的老妈子，还有第一场雪落至天若国大地时，析木与朱砂在后花园中堆的那个雪人儿，暖了红墙中的整个冬天。

我还要与你看遍几十个这样的冬天，堆满一高唐宫似这样的雪人，析木记住，你在我在，便是岁月安然。朱砂笑容清浅，这样纯净无瑕如同孩子一般的笑颜，已经许久未曾在她的脸上出现了。这一瞬间，她仿佛抛却了一切，又重新变回了当年的那个天真无忧的孩子。明媚澄澈一往如昔，那个渡月河河畔的少女。

她却不知不觉来到了秋水潭边。

潭壁上有一截突兀的枯枝，其上是一个孩子枯枝般的小小尸身，雪为他做了一件白裳，初步判断他应已死去多年了。那白裳不知为何，朱砂总隐隐觉得，析木在那日渡月河河畔初见之前，他还是个稚童的时候，理应是这番模样。好奇心驱使下，她望向那个孩子的眼睛。在与他眸光交汇的一刹那，那个孩子消失了，只剩下一堆白骨。

胃里一阵翻江倒海，她只觉得头晕眼花，扶着手边的小树不住干呕，那树上的积雪落进她毛皮披风后裸露的脖颈，一阵彻骨地冷，她眼前一黑，视线中随后景象便是析木那一双含着关切与担心的眼睛，随即她软绵绵地倒在了他身上，便什么也不知道了。

再次醒来时，是在雅音宫自己的檀木榻上，析木坐在一侧，轻轻地帮她暖着手。朱砂早在此前便已猜了个八九不离十，让御医跑了这么一趟，她那场半真半假的昏倒，一方面是为了证实，一方面又是为了逃避。

刚才在你还未醒时，有个巫师来算过一卦，他说今日初雪，是为瑞兆，你厅中又有一丛长盛不败的萱草，依他所言，这孩子若是男孩，便唤作瑞轩；若是女孩，便唤作瑞萱。

析木将这两个名字念出口时，一直在费力地憋着笑，毕竟当年上太学时，有三个伴读一个叫明轩，一个叫梓轩，还有一个唤作正轩……他又复看朱砂，眼中的温柔似一泓春水几乎要将她溺于其中。

不如唤作惜诺吧。

朱砂微微回报他以一笑："析木，还记得那天你与我说过的吗，你在我在，便是岁月安然，希望我们都能珍惜这个诺言，毕竟……"

她眼中泛上一层清亮的水雾，随即急忙掩饰："我还要和你堆好多个雪人儿呢，还有我们还可以云游四方，去北部的长风城看那儿的冰灯……”

报——

那信使递上一封被雪打湿的信笺后叩首一拜，黯然离去，只余一地雪水与尚未融化的雪痕。

析木将那封信缓缓打开，神情严肃，笑意敛起，眼中失了光。

原来，长风城早在四个月前，便已然陷了……

我出去一下，你先好好休息，等你睡醒了我便来找你。

析木勉强维持着波澜不惊的平静，却还是被朱砂看出了他的焦虑与担忧。

他紧急召见大臣，缓缓读着那一封信，竟清晰地听见时间又刻下了一轮，从未放手过的希冀在指尖升温。

“曦”字，是他的封号，注定了他将承名负重过此生。这一生他体味过冰冷，习惯过伤痕满身，心有炽热却为一人。

以凤相为首的几个大臣夺过了他手中的信，将他推进了地宫中的秘密水牢，他始终以无言与隐忍面对着彻骨的寒冷与阴湿。

这水牢不同于一般的水牢，它每隔三个时辰则放一次冰水，九个时辰后便会涌入沸腾的铁水，能将一切生灵瞬间汽化，不曾留下任何一粒灰屑，仿佛这世界上就从来没有存在过这样一个生灵一般。

在第八个时辰时，几乎跑遍了整个皇宫的朱砂终于见到了瑟缩在水牢一角浑身不断滴着水瑟瑟发抖的析木，那水遇到寒玉玄石所做的水牢，顷刻凝成了冰凌。朱砂忙奔向他，脱下他已然湿透的外衣，将他揽进自己怀中，解下自己的缫丝石青银鼠皮大氅，紧紧裹住二人。

析木已几近丧失意识，朱砂都不住地打了些许寒战之后，他依旧如那寒玉玄石一般冰冷。

她将那一抹温热柔软如同灿烂夏阳般的朱唇覆在了他凉如冬日雪霜般的唇上，试图帮他吸去渗入脏腑的寒凉之气。此后又渡了一口真气给他，暖融融的感觉一触即逝，随即再次被无尽寒凉所湮没。

朱砂反复试了几次，直至他渐渐睁开眼，艰难地嗫嚅了一句什么。

一道光从身后投射过来，来者竟是凤相的人马。

你为了他，宁愿将寒咒过至己身？什么爱恨情仇，恩怨纠葛，在家国天下面前，统统是一个天大的笑话！选择的权利给你们，但是只有一个人能够活下来，另外一个，将一生背负着亲手杀死自己爱人的罪名与荫翳。

为首之人的声音，冷若寒玉玄石，狰狞而可怖。

第十二章　魂牵梦萦

朱砂往水牢底部望去，那灼热的铁水冒出的烟雾让她一眼望不到尽头，她望向水牢另一端不知何时已隔一道铁门的析木，将手从铁门的缝隙中伸出，试图拉住那蜷缩在寒玉玄石上满身血污的他，至少可以再给他哪怕一丝一毫的温暖，也是给自己哪怕一两分的慰藉。

析木艰难地刚刚触及她的指尖，神思却被一声狞笑拉回原处。

时辰快到了，你们趁这个机会，好好道声别吧。

那冰冷的声音不含任何情绪，却令人恐惧而绝望，正在朱砂分神之时，她却突然感到来自脚下的一股力量将她抬升起来，那水牢的两端恰如天平，而此时析木却站在另一端，冲她安然而笃定地微笑着。

朱砂，记住我爱你的样子。

那些灼热铁水冒出的白烟与黄光将他湮没，而她眼眶中的泪水亦让一切渐渐模糊。她疯了一般声嘶力竭地喊着他的名字，似乎这样便可以让时间不要流逝得那么快。

惜诺……娘亲对不起你，但娘亲不想让你一出生就没了父君，你一定愿意我们一家人团聚的……对不对？

朱砂几乎失去理智，她双眼竟流出血色的液体，落入火海之中被汽化而不见踪影，但他知道在他周身他无数微小水滴中，有那么些许是她的泪，仿佛她在他身侧环绕着他，让他将赴鸿蒙的心变得无憾而坦然。

牢门缓缓打开，她竟直接从那缝隙中跳入火海，纵身一跃之间七重纱衣翻飞掩映如同一只华美的蝶，奏出她生命之中极致绚烂的惊鸿乐章。

胸前心口之处却倏然一阵灼热，她揽住不断下坠的他，与他一同在头顶湛蓝的寒玉玄石和脚下猩红不见底的洪荒野火之间翩然旋转，好似定格了时间，逆行了命格。

随着那星星点点的灼热由心口逐渐烧至四肢百骸，她却蓦然感到一丝清凉，往昔与他的记忆一幕幕涌现脑海。浮浮沉沉之间，她梦呓般地喃喃自语着，如若人世间真有临终前的“走马灯”的话，他应是此生自己所见的最后一人了吧。

那丝清凉却蓦然扩大，她才恍然这一切原来并非梦境。

朱砂罔顾自己浑身的鲜血，只是简单地将它们掩藏之后，便抬头找寻析木的身影。她为衵衫不整同是一身血迹的他包扎好了几处汩汩流血的伤口，在替他拢上外袍时，指尖不经意间擦过他的唇角，他浑身轻轻一颤，艰难地抬起身，握住了她停留在自己唇畔的手。

他以另一只手揽过朱砂，轻轻摩挲着她的头发，似安抚，更似有几分她参不透的复杂情绪泅在其中。他的手亦缓缓移至她唇边，似在给一幅传世名画勾边一般。

随即他将她一把拉入自己怀中，那个携着安抚与倾诉的吻缱绻而绵长，似霎时间福至心灵。他的气息轻轻拂过她唇畔，她却未曾听清他那句叹息是什么，凭着那淡淡擦过的几个支离破碎的音节，她隐约听出了这样一番话语：如果今天这一切，原本是我主导的，你可否相信？

她在他怀中身子蓦然一颤，随即含住他的唇舌不让他继续说下去。

我不信。

却隐隐感到一滴冰凉的液体滴落她的眉心，顺着鼻梁滑入口中，两人皆察觉了这滴微咸的苦涩。

析木的声音极轻极轻，半浮半沉之间，她几乎以为那便是他的心声：天若一旦倾覆，你必死无疑，不如让你死在为了救我这样一个美好的憧憬中，也算去得没有太多痛苦，甚至还有那么一丝一毫的希冀，让你在那条没有我的漆黑道路上，想到我，知道我始终在守候着你，便可以不用害怕，而我会以我每日睁眼后的孤独与空虚，每日合眼时的痛心与内疚，作为我此生的救赎。朱砂……坦然地走吧，我在，别怕……

朱砂只觉得他的体温竟如同冰一般寒冷，析木方感到胸前一片濡湿，那是她不知不觉间流下的泪，凉意更甚那寒玉玄石。

天澜八年一月，实沈率军临国都天岁城。

国师鹑首以一人之力阻其于城外三日，此后便不知所终。那天真活泼的明朗少女鹑火卸下一身彩色银铃，披上一袭缟素之色。她是他的小师妹，也许这三世之间埋在心底的那份情，早已出离于爱情，沉淀成了近似亲情的一种东西了吧，而如今，无论什么情皆向来空洞。

她始终带着记忆转世，那第一世，她是无家可归的少女，他是远近闻名的画师。在她命悬一线重病街头时，他暗中听见了那纯真少女的祷告，重病的她将自己的命与窗外飘落的青藤叶连在一起，他在那个风雨交加的夜为她画上了那片以自己生命写就的叶。

她听到这个真相，一把扔下那卷无甚用处的故纸堆中的话本，不顾众人的阻拦冲到了门外，她看着道路尽头渐渐消失的那个熟悉的身影，那缓缓融进白光中的他，冰凉液体潸然滑过眼角。

这些年离开家乡，来到这样一个温暖而冷漠，如同无昼无夜的深海般的陌生国土，她已是尝遍人生百苦，但从未有一种苦，让她恨不得此刻将自己千刀万剐，陪着他命悬一线，陪着他共赴鸿蒙……

我为你死过，你的命是我给的，我要你为我活下去……

恍惚中似乎近在耳边的声音，却来自遥不可及的距离。

她不能死，她必须活下去，她往后余生唯一支撑着她活下去的那一念，便是他。

那天暖了烟火蒙蒙，一墙青藤又葳蕤，我便画那叶儿。

那日冰雪封城风雨交加，一片叶仍不落，我便画我的泪。

夜阑卧听风吹雨，铁马是你冰河也是你之时，我便画你。

你以那叶写就我往后余生，我便以余生画完你我的回忆。

三十三年后，她撒手人寰，那张空白的宣纸上皆是苍翠藤叶，她手中的画笔在其上拉出一条长线，跌落地面。

她的笑颜却安详青稚一如当年，带着几分寂寥无端，宛似那烟暖中青藤。

洛和二十六年，卿朝，曼荼氏府邸。青藤之下，那时距今已是一百多年前了。

你怎么会在这里，你叫什么名字?

我没有名字。

那你认得你的家人吗?他们唤你什么?

我没有家人。

那我便唤你阑珊吧，夤夜烟暖意阑珊。

那面容清冷的白衣少年微微一怔：从今以后，我会是你的家人。

少年便是曼荼府中最小的孩子曼荼罗，他古怪而清冷，只有偶然看见阑珊时，他才会那样温和地浅笑一下。

三年后，那一日忽至他府中，他依然唤她阑珊，她眸中却倏然星光黯淡：你知道藤妖吗?那种如果没有名字，便会一辈子守护为她取名字的那个人的妖。

他蓦然含住了她的话尾，窗外一片绯色的藤叶似火悄然飘落，灼伤天涯，成了她心底最深的那抹盘根错节的恩怨。

她却只觉心房一片空荡荡。

第二天，他踏上了赶考之路，风雨兼程。践行宴上，她跳了一支《安歌》。

若为时未晚，愿等到霞帔如藤。然第三年，曼荼氏却被满门抄斩。

第五年，她因生得空灵纯净，宛若谪仙面容，竟被当今的皇上选去做了妃子。一步步运筹帷幄，她机关算尽登上后位，却发现了一个宫中埋藏已久的惊天秘密：原来当今的皇上沧为了防止曼荼氏在他病弱之时夺权篡位，将曼荼氏老小全部暗杀，却留下了曼荼罗作为他那个唤作溟的替身。

难怪她隐去心迹与沧日夜承欢时，总觉得他与自己心底的影子冥冥中重合。然而再像那个人，却也不是那个人。

而此时，仇恨的种子深埋心底，她开始设着单纯可笑的局，报复那个屠尽他家门的沧。那一夜，她藏在袖中的剑被他挑落在地，他俯身看向那个倒在华美波斯地毯上裥衫凌乱的她，蓦然凑近她耳侧，那逼仄的气息吹拂在她耳畔，让她不得不听得清楚些：就算你想报仇，你能将我怎样，而我却可以借你试探这朝中是否有人对我有异心，何乐而不为？顺便还能得到你的……

烛光被风残忍吹灭，也吹熄了她心底最后一念奢望。

后来，沧将溟带至她面前，那夜沧在阑珊身上得到了那片嵌入她皮肉的藤叶，其中是藤妖之元，沧的忘情之水，只缺了这一味药……如今溟饮下那以阑珊的妖元入药的忘情之水，便当真再也不会记得她。

那天大雪纷纷扬扬落满了整个皇宫，一片藤叶终是经不起风雪的侵蚀颓然委地，恰如她滴血的心迹。

一个月后，皇上让溟去彻查曼荼氏灭门之案，声称有妖作乱，若他不查个水落石出，他便让他再无生路。他找到了当年的那棵青藤，他知道那随他同去的假道士不可能将阑珊召出来，他赌的，是阑珊对他的心。

此时，宫中。

你竟还是放不下那个已经忘了你的人，既然我的爱换来的是你一次次试图取我性命，那若是我取了你的性命，剜出你的心，是不是可以叫它日夜爱我，就像你爱溟一样？

沧将阑珊推倒在帐边，他抽出腰间的匕首，粗暴地撕开她的衣襟，将它靠在她雪白的肌肤上，鲜血蜿蜒，她面色却出奇平静，这种平静愈加激怒了他。他丢开匕首，贪婪地攫取着她锁骨畔不断渗出的鲜血，似一头失去理智的兽。

她闭上眼，等待气数将尽，宿命终结，她好回到那棵青藤中。

再次醒来，溟看着她，面带错愕。旁边是一位神色木然的道士与面容凛冽的沧。

她知道，自己如果走了，出事的便是她的曼荼罗。

她不知，她的曼荼罗未曾真正服下那忘情之水，亦从未真正忘记她。他不过是为了护她，才在沧身边虚与委蛇地说他忘了。此时她又看见了沧，单纯明澈如她只想杀了沧报仇，却在与他缠斗之时身负重伤。她拼着仅剩的一口气将他身旁佩着的匕首刺入他胸膛，此后缓缓闭上眼睛，虚弱地倒在了溟的怀中。

出人意料地，溟竟然甩开她，将那柄匕首更深地刺入沧的胸膛，直到伴随着一声骨头断裂的脆响与沧的一声闷哼，鲜血喷涌而出溅落四周，随即便再无任何声音了。

他再一次错愕，自己亲手杀了一国之君……那便再杀死曾试图弑君者，以牵强的功抹去自己深重的罪吧。

恍然间，她声音微如游丝：杀了我……你可知藤妖是没有心的？那一年你的温存填满了它。

她颤抖着沾满血污的手抓起他的手按在自己心口：这里长出了一颗由你往昔的情所化的心……曼荼……溟？这颗心为你而生，为你而死也是应该的。能死在你的怀中，我此生……亦算圆满。

她声线颤抖，嘴边是一抹凄然的惨笑，眼底的绝望如破碎的星辰。

他猛然俯身将她紧紧禁锢在怀中，那一小盅彼时他未曾服下的那以她妖元为药的忘情之水，皆随着他寒凉如云涌夙夜般的唇舌彻入她口中，似染尽天涯的红莲业火，逐渐随着她心绪的蔓延灼烧至四肢百骸，她再一次陷入了昏迷，自此再也没有醒来。

所有的妖身上皆有他们的妖元，然妖元与妖的肉身相生相克，一旦服下自己的妖元，他们便再无生还可能。

正如同彼时她种在他心中的那片苍翠藤叶，拔出来，一旦触及了便痛彻心扉，咽下去，将它妄图安葬在回忆中，却在它仓皇出逃时蚀心刻骨。

自此，他成了名正言顺的皇。他才理解她当年何尝不是另一个他，她以最凄艳、最决绝的方式让他赢得全盘皆输，让他赢了天下，输了那片心中无根之藤的根系，那泓无源之水的源头。如此，他便是木枯、水竭。

后来的后来，他才意识到，他，成了下一个沧。纵然他隐去真相，以除妖得民心，但其实，他何尝不是一个同样骄傲嗜血、膂烈狷狂的皇呢？他在这以无数人鲜血铺就的皇位上，煎熬了十年，心底的那根弦终于断了，那翻手为云覆手为雨的皇，终于哭了。这些年，以致使权欲一步步吞噬了万劫不复的他。

他将那件镶了无数奇珍异石，沾了采珠人的泪，众多将士的血，十年以来的妄与执的那件象征着皇权的龙袍脱下，轻轻地披在郊外荒山那座孤坟之上。华丽的黼黻与荒凉的青苔格格不入。宛似已然被这道碧水青烟隔了两个世界的他与她。

一阵风吹来，一片藤叶一如当初，似受到何种感应般轻轻落在那坟上，更似一种无言的祭奠。

他目光灼灼聚集在那叶上，三分悔恨，三分情真，三分荒凉孤哀，还有一分连着心田的不知是何情愫潋滟在滚烫眼底。

泪光汇聚成泉随念延伸，还未落下来，他永远等不到那滴泪落下来的一刻，便重重倒下，那泪被一阵风吹散了，再也不见踪影。他下的最后一道圣旨，便是死后不入皇陵，与她葬在一处。

好一个酓夜烟暖意阑珊，怕是酓夜烟非暖，再难忆阑珊了吧。

他的笑颜，多有遗憾留恋。还有一丝参不透的情愫，泅在其中。

而如今这一世，那一袭白衣的小小身影提着手中的灯，将它轻轻放在思行河中。鹑火稚拙地叩了三下，河边一块看似普通的湖石，却是一间宏伟奢华墓室的入口。她踏了进去，将那个季节已不多见，好不容易才寻来的一片青藤叶放在墓室中央棺木里躺着的那个人心口之上。她俯身在他耳边说了句什么，随即淡淡的笑了一下，也许他的魂魄会听到吧。

她以一生最用心，最婉转的舞步跳出了那支失传已久的古曲《安歌》，一如当年践行宴上，最后一个动作她连续旋转了无数圈，这是她此生唯一一次做到没有任何失误。

翩然衣袂掀起的风将墓室壁上的蜡烛逐排吹熄，在最后一根蜡烛被吹熄之时，她似乎早已预料到了那个机关，那缓缓下降，再也不会开启的石门。

翩然的裙摆定格，嘴角的浅笑冰冻，她似成了一尊雕塑一般，逐渐被经年黄沙覆盖，在最后一抔沙覆住她稚嫩容颜之前，鹓火的唇边依然挂着那一抹安详餍足的笑意。

她化成的沙盖在他棺椁之上，正如当年她依偎在他怀中一般，那片青藤叶亦化作了苦涩而灼热的风沙，将如今烙印成葳蕤往昔，那番孤寂幻景。

怎奈何，终究还是好一个夤夜烟暖意阑珊。

第十三章　荼蘼花开

如今鹞首殉国死于城下，天岁城门那几个守卫怎能阻挡实沈势如破竹的十万起义军，很快便几欲垮塌沦陷。

此时的朱砂尚未知情，她刚刚从睡梦中醒来，析木坐在她床沿，静静地看着她，目光中的温柔如一泓秋水融在她心扉之间，如若可能，真愿这一刻就此定格，任月华褪色，尘埃散落，渐渐地搁浅在记忆之中。

他将睡意蒙眬的她裹在自己的裘皮大氅中打横抱起，将她带到了宫内仪鸾司中。呈现在她眼前的是一件虽为素白却极尽婉妍华美的黼黻仪典服，他为她围上襦裙，穿上褙子，披上同为素白织锦的披帛，而她的头饰为白珊瑚与珍珠所做的千花攒珠冠。

素白之色衬得她有一种出离于凡世不食人间烟火的美，

几乎美得有些不太真实。然而那本是苍白的面颊却泛上了几分诡异的红晕。

她突然俯下身按住自己心口，几乎跪倒在地板上，却还是护住自己小腹中未出世的惜诺。眼看她便要撑不住，析木忙跪在地上将将扶住了她，他循着她的手亦抚上她心口，却发现她的心跳声竟似被冰封住一般，十分微弱，每一次搏动还伴随着寒冰碎裂之声。她冷汗涔涔的指尖触及他的指尖，然后她本能地紧紧握住了他的手，每一次痛楚袭来，她便将他的手握得更紧了几分，最后她力道大得让他只觉手掌几乎失去知觉，骨头快要碎裂，可想而知，朱砂当时有多疼。

那抹诡异的红晕再次泛上她的脸颊，她强忍疼痛说出那二字："寒咒……"却几乎昏死过去。

析木任由她握着他，始终未曾收回手。虽然未必能够分担她哪怕一丝一毫的疼痛，但至少能够感同身受她所历经的，哪怕仅仅是千万分之一。在这一阵心间的痛楚暂时平歇后，她将一根赤色的项链交给了他，那项链未曾有任何华丽装饰，仅以红绳编就，其间有一缕青丝被密密匝匝地编入其中。

原来昨夜朱砂竟一夜未眠，她在古医书上查到了一个暂时缓解阿芙蓉之毒的办法，便是以施术之人的发丝缚于受术人颈间，受术人体内部分阿芙蓉之毒便过至施术人体内，然而此法极有可能致施术人因其而死。几乎是在以生命做这样一个赌注。

朱砂早知自己寒咒无解……只盼能在自己终将离去的那日到来之前，孤注一掷地为他尽可能解去部分的毒。

而早晨她看似恬静的睡颜，仅仅是为了打消析木心底的担忧与疑惑。

纵然柔弱如她，他却是她毕生孤勇的源头。

那件素白的华服，竟被她口中不断涌出的鲜血点染出了大朵大朵的赤色桃花，红得惊心残忍而刺目。

朱砂在析木的搀扶下回到了雅音宫，她的手轻轻地抚过他颈间的项链，满意地笑了笑，随即无力地闭上了眼睛。

她做了一个梦，关于那些依稀而迷蒙的前尘。

原来彼时那一世，她是盼兮，他是白夜。而彼时她年少轻狂弃了阁主身份追随他而去时，如若没有被当年的实沈收藏起来的那化作人偶的那一星半点仙元，她怕是早就灰飞烟灭了，也就不会自此后种种了吧。

原本，她这一段无根无源的生命本就应该消湮，然而，那个少年以全部的爱与全部的年华为她生生逆天改出了这番造化。

她却是只将他的一世情深当作了自己命中可有可无的一个劫数。

而此时，这个梦中人便是那个在天岁城门前对着守城侍卫们嚣张地摇旗呐喊者们的首领。

恍然间思绪翻涌。

那刻，析木携着她登上城楼，白日之下那一刻开始疯狂落雪，城边的曼殊沙华盛开的恍若回忆。此时她兀自压下那副病容，在花钿、珠光与珊瑚和少许粉黛的掩饰下，除了析木拉着的她的手被冷汗浸透外，无人察觉在不久之前发生过什么。

只有析木在与她登上台阶之时，感受到她时深时浅虚浮的脚步，以及她微微颤抖的身形。他是多么想停下来待她稍稍歇息一下，但是目前局势所逼，纵然如他，如她，也只能携手面对现实。

那雪落之势似欲湮灭一切，朱砂压在袖底的手握着析木的手，她指尖微微颤抖着，那些冷汗不住地滑落，析木虽不曾言说，却亦敏感地觉察到了她的异样。他在她掌心写了句什么。温度的传递使她亦随之镇定了起来。

然而他不知，朱砂的异样竟不全是因那寒咒。他亦不知，她窥见前世后，内心的焦虑、不安、惶惑与幻灭。

城楼之下，是她熟悉的那个少年的声音，此刻却恍若隔世一般彻骨地寒冷：这一世你心心念念的可是当朝国君析木？我且给你两个选择，你若不下城楼，我便将你和那昏君一起杀了；你若下了这城楼，我兴许会放你们一条生路。

他顿了顿道："全凭你一念之间。"

这熟悉的两难抉择，这似曾相识的凛冽口吻……那天在水牢中的那个"析木"，分明就是实沈，自己分明就中了他的障眼法。

她瞬间醒悟……析木绝对不会说出那种话语……其实为所爱而死需要勇气，与所爱一同活着共守浮生才是一种更大的勇气与决心。

朱砂迟疑地望向身侧的析木，又顺着他目光的方向望去，城下实沈率领这十万北岭起义军，势如破竹，直逼天岁城门，恍然间似狂焚的烈火一般从她脑海中掠过，身形不觉微颤。

析木的目光如一泓无波池水沁入她的眼底，直至她的心田。他的眼神使她仓皇的心蓦然沉静下来，而来自他掌心的温度亦让她有了三分笃定，望见他眼中微微的笑意，她亦回报之以会心一笑。

他紧了紧握着她的手，携着她向前一步望向城下的实沈。

首将实沈听旨。

他感受到她微颤濡湿的指尖，心头一窒随即又恢复如常：这天下你想要，朕可以给你。但只有一个条件，朕身边的这个女子，虽然是朕的皇妃，但倾国之后，你一定要善待她。朕此刻在这城楼之上，早知道首将有一颗野心，断不可能放朕一条生路，但在你除掉朕之后，她，便托付与你。

朕以这个身份，向首将下最后一道圣旨，恳请首将，放过朱砂。

朱砂忽然松开析木的手，含泪的眼中是一份深深刺痛他的陌生与惊疑。还有一丝深处压抑的柔情与缠绵，他却未曾察觉。

实沈的双眸猩红，不知那快要溢出眼眶的是泪还是血，他嘴角微微颤抖着挤出了一个阴森而诡谲的笑，那抹不像笑的笑冷得似乎将要化出冰凌将他千疮百孔的心再添上一道早已麻痹的裂缝。

他输了，他全盘皆输，那个人为了朱砂，甘愿倾尽所有换她一命，为了她，他倾尽天下江山。

而此刻的朱砂，整个人似乎坠入无尽的寒凉深渊之中，蚀心刻骨。她在那日他含住她滴血指尖时便心存疑虑，如今她儿时依靠残存无几的前世记忆以那个小度法抹去的那段往昔，因了寒咒伤去了她大半气泽之故更是尽数鲜活起来。她未出世的惜诺，亦会因为鲛人的血统，轮回着与父亲相同的命运……而膂烈如析木，怎会甘心落在实沈手中做个前朝的亡国之君，被他日夜折磨，生不如死？

她忽然散下一头青丝，手中攥紧了那与奇花凝雪簪有几分相似的一支银簪："今日倾国之时，请允许朱砂献上一支前朝之舞，以祭天若。"她唇边狠狠抿出一刃凉薄而凛冽的弧度。

雪花随着她的舞步时聚时散，似有了灵性一般。

城下的实沈望着城上二人，一人近乎俯首央求，一人自降身份作儛絚之技，不禁狂傲地长笑三声，轻蔑与愤懑划破长空。

一曲舞罢，朱砂被析木险险扶住，她眸光如水望向析木，含着一丝近乎残忍而决绝的温存。他的手微微揽在她腰际，将苍白而虚弱的她轻轻护在自己怀中，他们的距离很近很近，近到甚至能够听清彼此的心跳声。

无论沧海桑田，流年更迭，你在我在，便是岁月安然。就算有谁终究离去，另一人也会永远在这里，与他一处。

她的指尖轻轻抚上他心口，却将那锋利的银簪藏在衣袖之下，对准他胸腔之中那颗沉稳跳动的心脏。

实沈双眸愈加猩红，他愤然抬起右手，重重一挥。身后起义军放开弓弦，那早已架在弦上的万箭齐发朝析木飞去。

析木扬起镶满金鳞甲的斗篷死死裹住怀中的朱砂，而朱砂在那支银簪几乎触及他，已经刺破他胸前衣物的千钧一发之际，近乎本能地将它掉转了方向……一抹鲜红浸透了她月白色的华服，她死死咽下涌至喉头的一抹汹涌腥甜。

胸前温热的液体让析木有一瞬失神，一支长箭趁他不备直向他袭来，朱砂略略倾身护住他，那支长箭正正定在她后背上，穿透胸膛，鲜血顺着箭杆蜿蜒在纯白黼黻之上，宛似凄美而带着几分缠绵悱恻的曼陀罗花。

析木的泪滴落在她眉心，携着一丝微咸滑进她口中，却似滑尽了余生的轨迹。他抚上她的青丝，用下巴轻轻摩挲着她的头顶，她却猝不及防地抬起头，一抹冰雪初融般的温暖印在他唇间。

这轻微的动作却牵动着背上那穿过胸膛被鲜血浸透的长箭，她撑到现在，终是再也支持不住，心口闷闷一痛，随即五脏六腑似被撕裂一般，灼热的剧痛从箭伤处逐渐传遍她的全身，她甚至无法呼吸，无法言语，连恐惧与思索的力气也是全无，她只知紧紧攥住他的手，随着鲜明的痛楚一阵阵袭来，她近乎本能地恣意贪恋着他唇舌之间来自这凡尘的最后一抹熟悉的温度，是他让她那一丝若有若无的气息不至于那么快消失在这无尽天际。

她攥着他的手渐渐无力地松开，他慌了，俯身将她死死拥在怀中，似乎用尽了余生的力气，他只求她不要离去得那么快，他任凭她恣意地吻着他，直至自己口中亦泛起微微腥甜，不知是她的血，还是自己的唇竟然被她咬出了血，然而这一点微弱的痛，也不过是她此刻正在经历的痛楚的千百万分之一罢了。

他只想陪着她挨过这一刻，至少有他在，便不会让她经历那种漆黑永寂之中一步步迈向死亡的绝望。

那濒死的微光笼罩着渐渐冰冷的她，茕茕如星尘，亦如浮世之初的余烬。

此时忽而之间竟天降异象，日月同辉，光芒耀世。众人议论纷纷，皆言莫妃身为前朝妃子，理应坠城殉国以全大义，而不是在城上与曦帝念及什么儿女情长，众人的议论与斥责声一浪高过一浪，言莫妃有悖天德，这异象将带来遍及世间的旱灾与饥馑。定当民不聊生，多少无辜生命为之消湮。而天若国蓄势待发的士兵，皆因此士气全无，按兵不动。

几近昏迷的朱砂睫毛艰难地颤了颤，她在他唇畔气若游丝：放我全……坠城殉国之礼……

析木依稀通过她淡淡擦过的唇瓣辨出了她无法成声的话语：析木……这一生……我只是你的妻。

她挣扎地望向城墙边缘。

有风滑过这片寂寥无声几乎凝结成琉璃的空气，吹散了她最后的话语，她闭上眼睛，唇边是一抹安心而恬静的笑，一如当年那个七重纱衣的少女，身体渐渐冰凉。

我们终将化为尘埃，在广阔无垠的时间中，新生，相遇，碰撞，燃烧，交融，发光，相爱，死亡。

他跪在城楼之上，让气息全无的朱砂靠在他的臂弯之中，轻轻拭去她脸颊之上的泪痕与血迹。随后抚顺她被风拂得凌乱的青丝，一如往昔，而这次她却再也不会醒来。他拿出随身携带的短剑，轻轻擦去其上的尘屑，随即小心翼翼地撕下自己的袖边，缚住她早已不会再睁开的双眸，似乎担心那个柔弱的她会害怕，随后他极为小心地握住那支长箭靠近她身体的一侧，似是怕轻微的晃动亦会引起她的痛楚。他颤抖着执剑的手削下箭头，那生铁铸成的箭头上鲜红的血迹未曾凝固，依然带着一丝她的余温，他的泪倏然滴落，融在她的血中。他轻轻揽住气息已绝的她，任她的下巴无力地抵在他的肩头，小心地以同样的方式处理了那支箭尾，似乎仅仅是在帮她疗伤，似乎某一刻她依然会醒来。他的动作，似在虔诚地完成某种仪式。

他为她轻轻拢好衣物，将那支她胸前刺得尚不深的银簪取下，用指腹擦去上面的血迹，心中已然痛彻。他此生最后一次抚上她的青丝，将那支簪子重新别回原处。

那件金鳞甲所镶的披风被他缓缓从身上脱下，他用那带着一丝他的气息与温度的披风小心翼翼地裹在她身上，生怕她会被自己惊醒，好似她只是陷入了沉睡，却又冥冥之中期待着她的醒来。

他轻轻拍了拍她，似是安抚，更似在对待一个睡熟的孩童，他将她抱起来，一步一步向城楼边缘走去，短短数米，好似走完了他的一生。

城楼之下，实沈心中的痛与惋，那些因爱而生的恨，颤声挤出他的喉咙，涂在凝固的空气中：你若想与她一同坠城，她大约会被我折磨得再惨上几分。

他读懂了她眼中令他几欲发狂的决绝与彻骨爱恋。

析木闻言收回了准备迈出的步履，他最后一次将她颊边碎发绾至耳后，在她唇间印上淡淡一吻，最后一次感受到了那丝逐渐消失的她的余温。

朱砂，其实分离也没有这么可怕，几十万个时辰后，当我们化作风，就能变成同一条绣品中两缕相邻的丝，就能变成同一盏提灯下两粒依偎的尘埃，组成我们的事物并不会湮灭，而我们，也终究会在一起。

他终究还是取下了她眼上缚着的袖边的绫子，将她最后一次紧紧拥在自己怀里，似乎要将她融化在自己心间最温暖的那一片净土之中。

他紧紧闭上眼，泪水打湿了她衣上赤色桃花，将它们染得更浓艳，似乎是她苍白生命中最后一抹鲜活色彩。她终是为他，将白裳染成了最后的霞帔。

他颤抖着松开手，随即跪坐在城楼边缘，任由边缘一排尖利的小石子将他刺得血肉模糊，他却感觉不到哪怕是一丝一缕疼痛。

他知，从那一瞬开始，他早已是个未亡人。

第十四章　飞泉鸣玉

朱砂从城墙边缘坠落，衣袂翩然，如同一只华美的蝶。一滴残存的温热泪水向上飞去，融进冷得彻骨的空气中。

析木的眼神渐渐失了焦，他挣扎着以意志让自己保持一种近乎残忍地清醒，朱砂唇畔最后一抹笑意刺入他的眼帘，一丝啃噬般的痛楚像一颗小芽一般自心口滋生，随即蔓延至全身，痛得几近绝望与麻痹。

随着施术之人的离去，术法渐渐失去作用，被她将将压制住的阿芙蓉之毒，此刻却瞬间鲜活，灼热的痛楚撕扯着他的四肢百骸，与心中的痛相比，几乎不分高下。

他摸向衣襟中常备的那一小瓶飧夜散，却不慎触及自己胸前那一片残余的血迹，那尚未凝固的一丝温热，是朱砂留给这个世界的最后一丝暖意，留给他的最后一抹温存。他依稀感受到彼时那颗伏在他胸前依然跳动着的心，此刻却只有她呼吸过的微凉空气环绕着他，他心中一窒，唇边竟然渗出一缕淡淡腥甜。

更多的血被它引得汹涌而出，他知这是阿芙蓉之毒的缘故，而此刻飧夜散就在自己手中。

城下起义军数箭朝朱砂身后，天地之间，那些向上飞去的长箭，更衬得她渺小而绝望，似乱世之中最后一只无瑕的蝶。

他未曾服下那药，却使尽毕生力气将那瓷瓶向天际尽头掷去，挡下了本是射向她的那支长箭。天地无声。

实沈的嘶吼沉默地涂在空气之中，瓷瓶也是安静地炸裂。

朱砂唇边浅笑，依旧如初安然。

她重重地跌落地面，城中之将士见此情景，纷纷冲出城门与实沈之起义军厮杀。实沈却在马上久久失神。

那一世的卦象，终是应了，奈何为情所困负了天下的人并非她，而是他。

一种莫名的力量牵引着他跃下马背，他从血染的纵横交错的红河中一眼望见了那个白色身影——纵然她一身白衣也是被鲜血浸透。但他仍是准确无误地认出了多年以来深埋心底的她。她的身形早已化成墨，刺入他的皮肤、脉搏，随着他心的跳动弥散至周身每一滴血液。她不是属于他的，却是他镌入生命的一部分。

他拨开覆于她身上的断肢残骸与散乱的战甲，将她揽在自己怀中，她一泓青丝无力地垂下。整个人绵软得似一只了无生机的残破布偶。她如同一柄无所依靠的蓬芦，尚未散尽的最后一丝残识中，她本能地依恋着那个温暖而宽广的怀抱。

他细心地为她梳理沾满鲜血的青丝，轻抚上她冰冷的脸颊，那抹安然的浅笑刺破了他眼底无数揉碎星光织成的那张网。他一吻带着无尽伤与痛落在她唇间，四周尘嚣皆随之退去喧嚷，仅余静谧而寂寥的三里清风吹拂着两人的衣角，尽头的衣尾在似线的光中缠绵，交织成了一幅绝望的画卷。

倏然之间，一滴浊泪自他的眼角滚出，滑落于她的睫上，渐渐顺着睫上的缝隙处渗入眼底，一枚通透如星辰般的月牙形印记逐渐在她额上显现，一如当年她心口处星月石的形状，只不过少了三分清冽，多了两分浑浊，三分无奈，以及五分深埋其中的苦涩。

她从小没有双亲，没有兄弟姐妹，这一世的她原是生养在那郊外的尘凌山上。当年长生以命相护的那缕魂魄，虽不致灰飞烟灭，元气却已是折损大半，她于山上那星月石中一刻未停的练功调息，方才将将把自己的残魄重新凝出人形，关于上一世的零星记忆皆尽数在这重伤中被抹尽，但是因为她拼了命地找回那些神识。筮草占星，医疾良方，礼法典籍，在她找回这一些的同时，关于前尘的记忆，或多或少埋在了她的心底。

而那些她觉得似曾相识却又始终无法忆起的，竟是长生以最后一丝气力为她抹掉了的那些往昔。她与他皆本以为此别各入轮回，不见，不念。

却不想这天命生生搬弄出了这样一番造化。

是夜，大权交接之宴上。

实沈为析木斟满了一壶烈酒，为自己亦斟上了同样的酒，苍白孱弱的析木死死地扣住酒壶，举至嘴边，指节因太过用力而泛起青白，他的手在颤抖着，仪典司之人徐徐开口述交接事宜，他甚至都没听清那人在说些什么，他的愤怒，他的不甘，他的痛心，他的绝望……诸多情绪皆化作了冰冷的“无力”，他奢望着，祈求着这是世间至毒的酒，好让他亦经历一遍朱砂所经历的痛，好让他下去陪她走过这寒冷一程。

——当将士们与破城而入的实沈起义军在城内厮杀时，他忍着剧痛跌跌撞撞挨到城外，抱起气息已绝的朱砂，声嘶力竭地喊着她的名字，双眸猩红，嘴角隐隐逸出一丝鲜血，一切皆是冷的，彻骨的寒，胸前那丝她依偎过的浅浅余温，此刻已如千年玄冰化成一把无形的刃，闪着近乎无情的寒光剜出他疲惫跳动的心。

大雨滂沱，血迹渐渐被雨水冲散了，蜿蜒出那些彼此缠绕着的涓涓细流，亦涤去了她莹白肌肤上的鲜血，更使得她恬静如初生的稚子一般。

诸多情绪化作了他嘴角轻蔑而残忍的微笑，随即是放浪形骸近于狂喜的大笑，众人皆道这先皇疯了。他心中自嘲，自己不早就是个疯子了吗？

一声清脆的碰杯声在觥筹交错中凝固时间。

一饮而尽。

韶华逝。

实沈的声线不带起伏：三日之内，在痛苦挣扎中神识尽散癫狂痴嗔而死，且死状极惨。

析木早已料到，却分外平静，只是为何还要再等三日？他恨不能此刻当场死去，这毒物名韶华逝，逝的是谁的韶华？

实沈一默：此毒仅有一种解法，便是我这“光阴错”，想要便以她的尸身来交换，这笔交易对大家都无甚害处。

放眼望去，席上尽是起义军与他们的拥护者，人人皆谈笑风生，竟无一人站出来关注他们的这位将领。

在实沈胥烈狷狂的神情中，析木望见自己颈间朱砂生前编就的那条红色项圈中她的青丝逐渐失去光泽，渐渐枯萎，断裂。那繁复的结皆舒展成了一条线，那根红色的线在他的泪光中被模糊晕染成了一袭红色的身影，四周似陷入了一片无声而沉寂的黑暗，视野中有一条以黑暗凝作的甬道，它的尽头是一缕光，光的尽头是红衣猎猎飞扬的她。

那线在空中翻飞摇曳，终是缓缓落在地面，一如当初编成它的那个人一样，成了浮世之间众多尘埃的一部分。

这“光阴错”，错的又是谁的光阴？

那光阴从来没有长度，色相生灭，声相生灭，活着与死去同时，过去与未来无序。

线落地的声音极轻极轻，却如万钧雷霆般重重敲在析木那颗早已千疮百孔的心上，有梵音随着回声幽幽响起。

一切世界，始终生灭。前后有无，聚散起止。念念相续，循环往复。种种取舍，皆是轮回。未出轮回，而辨圆觉。彼圆觉性，即同流转。若免轮回，无有是处。譬如动目，能摇湛水。又如定眼，犹回转灭。云驶月运，舟行岸移。亦复如是。

那声音竟好似当年的朱砂，千般思绪随着七重纱幕翻涌，他似是有些痴了。那个深埋心底的影子，似一棵剧毒的藤蔓一般恣意生长着，禁锢着他的心房，任由它产生的毒液将它一寸寸撕碎，湮灭。

夜深人静，宾客散去。他按住自己的心口，一抹鲜血自唇边逸出，那心底滋长的东西引得他阵阵咳嗽，更多的血继续蜿蜒而下，凄迷星光映着几案上那星星点点的血，倏然尘世黯淡，他才从颠倒梦幻与痛楚之中解脱出来，却仍在眼前一幕幕回荡着朱砂最后的那一抹浅笑。

才惊觉，她死前那最后定格在他眼底的一幕，早已成了他的心魔。

第十五章　软红香玉

高唐宫早已不是昔日那个九天祭典的排练之所，宫内一片空寂，朱砂的尸身尚未安葬亦未置棺椁，就仅仅被置于些许枯败不堪的月令花之上，浅浅地覆着一层白纱，而此时，宫墙上竟逐渐蔓延出些微细碎的冰凌，紧接着它们越来越密，开出晶莹而婉妍的冰花，冰花逐渐凝成了一层厚厚的寒冰，将这年久失修的木质宫闱压得竟有几分坍塌的意味。宫内一隅，几枝残破不堪的月令花凌乱地插在一个青花瓷瓶中。

析木在自己生命倒数的第二天走入了这里，房梁已然摇摇欲坠，但他仍是无所畏惧，此生纵然灰飞烟灭粉身碎骨，但哪怕就能换那么一瞬相守相陪，他觉得也值了。

此时他若把她的尸身交与实沈，那他服下“光阴错”后则与常人无异，根本就不必拖着一副中了剧毒的病体在此苟延残喘。但若他当真这样做了，这光阴一错便是千万载，怕是他背负万丈尘寰也追不回来了。

他轻轻抚上那裹着她的一层厚厚的冰茧，隔着冰茧，他对她絮絮了那么多，直到他的气息在冰面上竟消融了一层薄冰，直到他紧贴寒冰的唇与颊几乎被冻得失去知觉，然而冰内冰外的两个世界相对于彼此而言皆是无声。

岁月安然……

当初的誓言竟变作如今的谶语，他在冰面上泣不成声，几近窒息，逼仄的冰面封尘了所有的回忆，亦湮灭了他每一次试图呼吸时的微弱气流。

倏然寂静，伴随着冰凌碎裂的细微声响，整栋宫殿在历史长河一次又一次的冲刷与侵蚀下，轰然倒塌。

朱砂——

他扑在她的尸身上，为她挡下那些不断落下的椽木与碎瓦，任凭它们一点点埋没自己的神志，蚕食自己的呼吸。

最后一刻，脑海中走马灯疯狂地一遍遍重现着那段过往，她的一笑，那抹凄艳的笑，那么安详的笑，他疯了一般试图摆脱这些记忆，然而这些记忆却依然不停地翻涌上来，他试图屏住呼吸，在几近昏厥的状态下以人类本能的生存渴望来驱散那抹不停在脑海中疯狂闪现的笑。

怀中却倏然空洞，朱砂的身体从发尾开始正一点点变得透明。

恍然一瞬，他似乎又想起了当年他与她在那七重纱幕之中，耳畔灼热的呼吸彼此缠绕，他像个过年得到糖的稚童一般，早就企及已久的糖，他只想立即侵占、夺取，将她一寸寸融化在自己的心底，但他又怕这颗来之不易的糖，一旦吃完了就再也没有了，所以他又小心翼翼地一寸寸品尝，一毫一厘地打开更多的禁忌，他极谨慎地害怕伤到这颗来之不易的糖，却又有什么源自心底的东西倏然碎裂，染出漫天烟火，纱幕之中她那一泓散开的青丝缱绻而悠长，灯花摇曳之间映出那影影绰绰的剪影、绵软、温热、缠绵而深沉。

而此刻，冰冷的现实笼罩着他，他与她一同向地宫深处的虚空与黑暗中坠去，任凭那人性深处本能的恐惧吞噬着他，任凭怀中的人儿一寸一寸地随着寒冰碎裂成千万流萤般的微尘，它们在虚空之中飞跃、旋转，将此地映成了夏日的夜空，又骤然碎裂成了千顷流霞，万丈星尘，它们在他的身下聚集，似乎要阻止他不断地下坠，却又终是离他而去，虚空之中越来越暗，他与它们的距离也是越来越远。

在心魔的作用下，他终于在这片漆黑垂死的虚空中昏死过去。

再次睁眼，四周已然换了一幅景象。

云旭之境？盼兮？白夜？

那一世，你为什么要这样做。我本欲护你百世长安，却不想你竟弃了阁主之位与我同归于尽，你为何？为何？

失去神志的他生出一条华丽而可怖的鲛尾，试图将春盛之境与熔岩之泉拍打至一处，他的背脊上蜿蜒出一面孤帆般的巨鳍，撕裂了一身玄色衣袍，些许鲛鳞星星点点缀于其上。人面蚕织成的面具在此刻蓦然碎裂成了无数微尘。

他的耳畔生出了三道墨蓝色的鳃鳍，骨节前端是渐变至暗红的刺。一头玄色长发散开，在风中纷纷扬扬。

心魔同化了他，撕开了他所有的虚与委蛇，将他最残忍、最真实的人性本恶那一面，毫无保留地暴露了出来。

入魔程度越高，他人的那一面情感与记忆便越少。

人性本恶，善者伪也。

万千众生皆孤独，注定要在这冷寂的旋涡中了无目的地走一遭，没有得救的希望，除了痛苦、死亡和永恒虚无这些空荡荡的现实，我们一无所有。而曾经成为他生命最后一道光的那抹红衣，此刻皆是步入虚无，散于亘古了。

云旭之境的另一侧，是一抹熟悉的红衣，眉间却多了一弯月牙形印记。她早已认不出他是谁了，在心魔的作用下，他的神志中所有痛苦的记忆将她最后一抹笑撕裂、扭曲、揉碎，心底的那棵剧毒藤蔓恣意蓬勃生长着，将他的心剜得鲜血淋漓，毒液渗入伤口处，划出一道道狰狞的黑色血痕，再也看不出原来的颜色。

视野尽头，那抹红衣步履匆忙地向他走来，一滴泪顺着她的脸庞滑落逐渐模糊。

她将无措而无助，癫狂地四处破坏的他死死揽在自己怀中，她的手紧紧地抓住他的衣角，像个受伤的孩子。绸质的衣衫滑落至胸口，他的唇顺着她的锁骨、颈间，一路向上滑去，惊起她心底一泓酥酥靡靡的涟漪。此时二人竟互换了位置，原是在上方的她，此刻被他压制于身下，她的双手环过他的背脊，轻抚其上的那面巨鳍，似乎要将那些棘刺与每一条纹路的位置镌刻于心间永不抹去。

他的唇终是覆住了她的唇，她额间的月牙形印记在一瞬间越来越艳烈，眸色亦越来越深沉，原是稍显清冷的蓝紫色此时竟变成了浓艳的深红，她眸光中覆盖着薄薄一层水雾，浅浅映出他眼瞳中深藏着的那丝细碎的温柔。

然而忽然之间，他的眸色一转，隐隐泛出危险的墨蓝色光晕，心魔逐渐侵蚀着他的神智，她的唇瓣被他尖利的牙齿划破，嗅到一丝鲜血气息的他愈加开始迷恋上这种难以摆脱的感觉，他如同儿时那次一般拼命而痴狂地吸噬着她的血，在他贪婪地掠夺下，她脸色渐渐苍白，有一种冰冷的东西生着逆鳞如游鱼一般划过她的血管，她看见自己一缕如乌木般的青丝正一点点覆上一层阴鸷的墨蓝色，她心中浮起一丝稍纵即逝的恐惧。

那一星半点的炽烈与温存此刻竟变作了贪婪的攫取，心头似被鳞片覆住一般蓦然一窒，随即而来的便是无底恐惧。

她残存的意识中，一念反复出现着，再这样下去自己也将被他同化。她无力地推开他，又终是将头依偎在他颈间大口地喘着气。自己的心跳似一条涸辙之鲋般在那些逆鳞间苟延残喘地挣扎着，她单手聚起印伽召唤出天上如迷宫般盘桓着的巨蚺，此巨蚺与一般无毒的蚺不同，它不仅身形硕大，而且体内有无解奇毒，是诸多魔物的克星。

这盛极之世容不下你我这等魔物，我亦不愿你抛却初衷为祸四海。然而没有你我无法存活，我忘却了此间种种，只想与你再见。我的生命似乎就此终止，没有更远未来，你占据了我的一切。就在这一刻，我似乎正在消融，我曾不解于有人为祭典而死，我因此战栗，但我现在不再战栗了，我可以为我的祭典——爱而灰飞烟灭。

我可以为它，为你而万劫不复，此生同你共赴鸿蒙。

可笑这艳烈夕暮惊鸿一场，却终究败给了沧海碧落。

巨蚺早已饿了许久，此时巴不得一口将二人吞入腹中，然而那红衣少女却因沾染心魔之毒而失去了行动能力，她瘫软在地，双眸中蓄满了本能的恐惧。

那巨蚺直奔析木而去，将他的鲛尾撕扯得鲜血淋漓，那华美的尾鳍被折断撕碎，细密的血珠渗了出来，顺着纹路蜿蜒汇合，他痛苦地嘶吼着，她死死闭上眼不忍再看，周身不住地颤抖，早已是满脸的泪痕。

血花飞溅，似一朵妖冶而绝望的曼殊沙华。

她感受到他温热的血溅在自己身上，也感受到了头顶奇异的响动，不用睁眼便知，巨蚺正朝她袭来。

宿命不可逆转，没有什么可以留住。

而你我历尽尘世波澜，辗转一生，竟只是为了说明这样一个必然结果。

那巨蚺与她的咽喉仅余咫尺之遥。

倏然之间。

一个熟悉的身影以自己鲜血淋漓的身躯将她罩在身下，生生为她挡下了巨蚺的致命一击。

那巨蚺未能攻击成功，开始发起狂来，疯狂地撕扯着他的背鳍，她能感受到他近乎隐忍的闷哼与难以抑制的颤动，他口中的血滑落在自己眉间，与自己的泪交织在一处，顺着缭乱的发丝蔓延。

他的呼吸越来越微弱，却始终执着地护着身下的她。

如同孤帆一般的背鳍连同皮肉被一起齐齐撕下，他猛地颤抖了一下，却仍是牢牢地为她撑起一方小小天地。

所谓心魔，是因恨而生，然而这世间有一种力量，可以消融仇恨、恐怖、忧惧，那便是爱。

在他潜意识中残存的最后一念，终于战胜了心魔。

那最后一念便是他早已植根心海的爱。彼时的你救了儿时的我，这一次，换我来救你。

那是他唯一的软肋与弱点，也是他最坚固的金戈铁甲。

巨蚺耗尽周身气力，分崩离析，散作万千光点。

天地寂静。

析木昏倒在她身侧，双眸沉黑如墨，生命的光芒竟渐渐隐去。此刻，他终于可以放心地睡过去了。

红衣少女微微睁开眼，她耗尽全身力气伸出手去触及他的手，他亦虚弱地将手尽力伸向她所在的方向。

在她模糊的视野中，望见他鲜血淋漓的鲛尾虽已被撕扯出数道深可见骨的伤痕，却依然坚如磐石般牢牢地护着她，宛似一尊定格的雕塑。

变幻万千的法阵阵眼之上，两人的手在此生最后一瞬终于紧紧相扣。风云变幻之间，那少女袖口星星点点些微的素白之色分外夺目——她本是着了一件月白素衣，却被沿着织纹逐渐弥散开的那些鲜血生生浸染成了红色。

爱比恨更难释怀，我便是依着这一点战胜了心魔……

析木的声音微弱游丝。

她拼尽最后的残识一遍遍地默念着这句话，此生此世，她将把这句话铭记于心镌刻入骨，以她虔诚的灵魂。

她欲张口说什么，却无法成声，眼中尽是溶落的悲伤。旁人却只能看见她微微翕动的嘴唇与艰难拼凑而成的些许支离破碎的音节。

析木却似乎读懂了她无言的话语，他将她的手攥得更紧，似乎用尽了余生的全部气力去说出这四个字，一字一句如万钧雷霆，重重地击在她沉黑如墨的心上。

别怕，我在……

随即他似乎沉沉昏睡过去，却再也不会醒来。二人身下的法阵轰然中坍塌，扬起万丈尘灰湮灭了一切，湮灭了坠入无边永夜的他们。

一切终归沉寂。他的残影依旧死死地护着她。

他在世上留给她的最后一句话，没有怨，没有悔，甚至完美地掩饰了所有的痛楚，他怕她会因此而负疚。

他不想再让自己成为她的心魔。

别怕，我在。

这最后一句话寥寥四字，竟包含了这凡尘之中全部的无私与真情。

真诚地期许着对方平安喜乐，并非能从中得到什么，而是只因值得。值得倾尽毕生力量去感知，值得抽离自我飘浮于这尘世之间。

值得以这渺短浮生，去历经那些因缘、执念、错过与宿命。

第十六章　断桥残雪

在那虚空之中不知飘了多久，她脑海中所剩的唯一一念便是他的名字，她疯了一般地嘶喊着，却无人回应她。甚至连回音也是近乎无声。此处仅有无垠的一片空旷。

如果能够将一切重来，我愿舍下那些王权富贵，虚与委蛇，只愿你安好。此生我命途坎坷，唯有关于你，方能有一丝幸运……

他的心声在虚空之中弥散开来，稍纵即逝。

怎奈何，一切不能重头来啊……

她在叹息中终是沉沉昏迷过去。

再次睁开眼，四周是一片荒芜的桃林，桃枝上结满了冰霜，还未来得及凋零的桃花被冻在其中，宛如琥珀一般跨越了生死与时间。

梵音自远方传来，竟是不知在何时何地听见过的《圆觉经》：当知轮回，爱为根本。由有诸欲，助发爱性，且故能令生死相续。欲因爱生，命因欲有，众生爱命，还因欲本，爱欲成因，爱命为果。

那些霜轻轻地覆在她的血衣之上，将那本是月白色的素服再次回复了如初的颜色。恰如一场轮回。她卧在霜雪之间，宛似不染尘埃的仙子。

其实轮回的不仅仅是人，整个世界都在轮回，人的一生恰如从此岸渡至彼岸，船始终是那叶不变的小舟，但岸在变，眼前山光水影亦随之不同了。

晚林风卉木萋茏，缀螗在隅，游龙夜憩坂乔松百汀洲，鸣鹿相酬。笙吹瑟鼓，玉梧箫桓凰引凤，月出皎兮，佼人僚兮，泱泱长空无垠隙，云牧群青，花盼子归啼。

燎沉香，溥露瀼瀼。子有衣裳，亦曳亦娄，秉蕳执簧。

颜胜舜华褷胜妆，猗嗟九嶷，柝惊枭睢。尘烬琉璃款红残寐语，和鸾雝雝，絛草沖沖。

猗嗟绯月，谯望鼓钟，银散珠辉赴鸿蒙千窗，千窅百冥同攸。

银散珠辉，巧笑倩兮，美目盼兮，三分作雪融鸾飞成烬兮，七分化诛心一片无烬矣。

这吟哦者正是实沈，他以半生仙元强留住她的魂魄，此刻的她，竟是自他眼中一滴泪里复生。

这度法可使她借他泪中半生仙元而还魂，与往昔无异。甚至亦为她留住了腹中未出世的惜诺，在析木去世后，这个融合了他与她血肉的孩子，便成了她唯一的精神寄托，她暗暗发誓哪怕拼上性命，也一定要把这个孩子生下来。

三分作雪融鸾飞成烬兮，七分化诛心一片无烬矣，我且唤你无烬吧。

一身黑金斗篷的实沈，停在她眼前。他眸光中是一抹细碎的温存。

她一惊，猛然抬眼望向他，他示意她不要动，以极轻柔的手法为她处理了伤口，可令人惊讶的是，那些伤口竟然悉数愈合，仅有一身被雪覆染的血衣揭示着先前发生的一切。

在高唐宫的废墟之上，他命人建起一座灵鸾台，将无烬置于此处。与其说安置，不如说实为变相的软禁。

无烬在这台中昏迷了十数日，其间，二月梅花初绽之时，实沈即位，改国号为沧溟，改元玄安。

是为玄安元年。

他自拟封号为玄，是沉黑如墨的意思，也是梦幻泡影的意思。

早朝之时，大梁突然叩头于实沈，匍匐在他面前的波斯地毯上长跪不起，殿门口宦官的声音悠悠传来：先帝左相次子大梁，其母早逝，父有贤名，兄有将才。自幼顽劣，见娵訾以殿前武试第一请任长风守将，心有所悟。七月，于天岁城郊遇玄帝，为其才华气度所折服，后看破先帝统治下王朝腐败之实，再遇玄帝时述己志。次年六月，因玄帝借势起兵，其留书离家，投玄帝麾下，与父兄决裂对立。七月以将领之身份攻北方第一城长风，得以黼黻皇猷，与墨氏族一名诗裴之女，自幼结盟誓之亲。

诗裴……

大梁喃喃默念着，眼前浮现出儿时他与她在廊庑边同吃一串糖葫芦的情景，灯火幽微中，那个笑靥如花的少女执着一串大红的糖葫芦，穿着一身花夹袄笑着向他走来。

他害死了他的娵訾，可这真的是他的本心吗？

他害死了他的诗裴，然而这是无意还是天意呢？

千帆过尽。谋夫孔多，这个以无数人鲜血染就的将位他不愿再坐。

微臣大梁愿以将相之印，换得盛世长安百年。

他将手中将印呈上。

准，朕既为一国之首，定当一言既出，必信必行。保盛世长治久安。

自此，大梁只身漂泊，远走海外。

礼官议曦帝谥号曰芜。玄帝异之曰辰，史称曦辰帝。

三日后，礼官商量立后事宜，言先王后与先帝虽同湮于尘埃之中，然宫中有一少女面容与先王后极似，众人皆知他们的王与先王后有一段风流秘密过往，便自是皆心照不宣，欲以那少女悦君心，命人择日将她从灵鸾台阶接来，此乃一桩将提上日程之事。

另一桩便是依国丧之礼为先帝设衣冠冢，并将那日沙场上寻得的零星血衣瘗埋于烟华海，也是尽了最后一份情义。

三月初五子夜之时，无烬从灵鸾台上望去，洋洋洒洒十里红妆从灵鸾台一直延伸至正殿，她想起自己年少之时憧憬过这样的场面，所谓十里，她也偷偷算过是怎样一个长度概念，大概便是这样罢了。

但此时她却一点也无常理中的欣喜或期待，她只是默默地走到后山之上析木衣冠冢处，将祭瓶中干枯的花束抽出，重新添上一把刚在山冈处寻得的火红曼殊沙华，花瓣上还隐隐有一些露水，在凉凉夜色中盈盈烁烁，她双手将它插入瓶中，那些花微微颤动着，似他生前在她耳畔的呼吸，倏然之间滴落的那颗露珠，又似彼时他的泪一般，她终是再也忍不住，心底油然而生一股无法言说的悲凉，几乎掉下泪来，却被她生生咽了回去。

在没有他的这个世界里，她不能再去放任自己哪怕一丝的情绪。不动声色才是最好的保护色。从今以后，她是无烬，她只能是无烬。

她莹白的指尖轻轻摩挲着碑上他的名字，似乎这是某种意义上的精神交流，似乎冥冥之中他依然能感觉到她。

身后落叶堆间沙沙响动，那个玄衣少年在月光下面如冠玉，带着一种清冷的温柔向她走来，他轻轻抚上无烬的青丝，温度的传递是那样真切，她不由得蓦然一颤，他将外衣解下披在她身上，无烬猛然转过去抱住了他，眼泪终于决堤肆意滑落。

朱砂，其实我真的很怕，在那边我竟一点点忘掉了所有的事情，甚至忘得都不知道自己已经忘了，那种感觉真的好害怕，我怕再这样下去我会连回到这里的路都忘了，甚至连你也会被我忘却，那样我同再死一回又有什么区别？所以，我趁还记得这一切的时候再回来看看你，如果时光可以一直定格在这里就好了……朱砂，还记得我说过的吗？组成我们的事物不会湮灭，而我们也终究会在一起。

他微微一怔：我在那边过得很好，冥界也有一片竹林，我在其中建了一个竹屋，这一世说短也短说长也长，但你一定要答应我，好好与惜诺过完此生，到时再来找我，从那以后，你我便永不相离。

无烬将头埋在他的肩头，哭得像个无措的孩子，析木便不再言语，只是轻轻拍着她的后背，理顺她稍显急促的气息。

你那天一定很痛对不对，其实你完全可以不用那样……一个人撑着的。

她在他怀中抬头看向他，眸中浅浅覆着一轮月色，那月色渐浓渐迷离，化作了一团柔和而炽烈的光晕，衬着远处的一片皎然，她再也抑制不住心中情愫，将他一下子揽得更紧，他下意识低头看向她，她倾身向前蓦然覆住了他的唇，温热的触感稍纵即逝，还来不及让自己沉醉其中，他便化成了千万迷蒙的光点，似落叶的余烬般弥散在夜色里。

析木？析木？你等等我……析木，你在哪里？

无烬慌忙地拨开那些枝丫与荆棘寻找着，一袭浅灰素衣上被渗出的鲜血染得斑斑驳驳，在月色下那颜色更深更沉，似乎穿越了亘古，跨过了时间。

她靠在他的碑旁无力地喘息着，低头看向自己下意识护住小腹的手，想到方才析木一番前言不搭后语的话，突然悟了其中含义。

入秋之时惜诺便快要降生了，这个孩子将代替他继续陪着她，这个孩子也是自己此前冥冥之中没有随他同去的唯一理由。

惜诺是他的一部分，也是她如今唯一的希望。

她缓过神来，方才不过是自己的错觉罢了，起身与他道别，沿着小路再度回到灵鸾台，竟是一步三回头亦不为过。

析木，我明日便要迫不得已，与那个灭了我们故国的实沈成婚了，你不会怪我吧。

析木，我从始至终都是属于你一人的，无论如何都不会委身于他。

析木，你还能再与我说句话吗？

无人回应，只余方才他所站立之处，那片树叶随风卷落，轻轻覆在她似乎还残留着他的余温的唇上。

也许这三里清风三里路，步步风里步步你。

回到灵鸾台，她未曾歇息，在窗棂边坐了一夜，直至晨曦惊扰了陌上沧桑。她一定要活着，因为只有活着，才可以记得他。

早已候在门口的侍女，命人将那些繁复的服饰与首饰之类呈上，另有一专司梳妆之人将她稍显凌乱的云鬓散开，那自生来便仅仅剪过一绺的长发逶迤在地，折射出缕缕柔光。

无烬接过侍女手中之梳，轻轻一梳，一缕青丝飞出阳光弥漫的窗口，似乎受到某种感应一般向着他的衣冠冢处飞去，翩然落于石碑之上。

她有一瞬的出神，望着那熟悉的方向，鼻头微微一酸。

终究还是没有什么可以留住，一切终会失去，宿命不可逆转，只不过有时失去得早、有时失去得晚罢了。

这一生茫茫，不皆是离离渐渐，兜兜转转，以此来说明这样一个必然结果吗？一切到头来，不也成了如同昨夜的空凉幻梦一场吗？

少顷，她再望向镜中的自己，正是披霞帔之璀璨兮，珥瑶碧之华琚，戴金翠之首饰，缀珍珠以耀躯，践红罗之文履。曳雾绡之轻裾。那祥云鬟上的点翠千花凤冠衬得她一头青丝宛若乌木，又隐隐闪烁着凤翎之光泽，比起上古传说中那位河洛之神竟丝毫未有逊色。

镜中容颜如画，斜飞入鬓的眉一波三折，眼眸中却隐有一丝一瞬即逝的苍凉，眼尾略微上挑依然难掩疲惫，她复看向那细微之处，略施云母掩饰，便又成了旁人眼中的惊鸿之姿。

她任青丝逶迤在地板上，遣退了一众侍女，从妆奁底部的暗格中拿出了当年那银簪。望见她心头之血与他的血在其上交融一处，当初他遗漏的那一点嫣红如同复瓣桃花一般绽开在银簪上。而此后高唐宫下云旭之阵中，他入魔时赤金色的血迹正似那重瓣桃花的花蕊一般互相交织缠绵，不分彼此。

眼底一瞬失神，她郑重地将它别在云鬓之后藏好，微显素淡清冷的银簪与一身凤冠霞帔显得格格不入，正如他的过往与如今，中间已然隔了一道以时间为名的波澜，无论哪一边，都再也回不去了。

她可以独自面对所有权变帷幄、谋夫孔多，撑起整个世界的波涛汹涌，但唯有在那个人怀里，她可以放心大胆地软弱得像个孩子。

此时他不在了，她必须独当一面，撑起这片他们一起看过的碧海蓝天，那时她以铅华遮去了那月牙形的印迹。

无烬带着三分微笑走了出去，那笑容之下隐藏着她刻意设计的幸福与羞赧，甚至恍惚间她都骗过了自己，要是此时和她成婚的人是析木，那该有多好。

拜过天地，实沈时刻照顾着她，避免她被过长的裙摆绊倒，两人饮毕合卺酒，与宾客相谈古今，射者中弈者胜，觥筹交错之间时光如梭，已不知不觉到了夜半之时。

在仪典司之人眼神示意下，正座的帘幕被放下，实沈将无烬打横抱起，在虚虚实实的帘幕后向寝殿走去。

那里早已被布置成了清一色的大红，侍女挑开门口的胭脂虫骨穿成的珠帘，实沈抱着无烬走了进去，那侍女贼兮兮地又往门里塞了点物什，便退了出去关上了两侧的镂花门。

无烬从实沈怀中被放下来，她坐在红帐边，实沈去拿了那两样物什，一样是用以拴同心结的红线与一柄小匕首，她割下一缕发交予他，他亦割下一缕发，将两人青丝汇于一处，绾成了一个一如当年的同心结，这一回，不再有凛冽奇毒、世俗纷扰，这一刻她竟在千帆过尽后，又隐隐觉察出几分美好来。

而另一样物什却让她有些犯怵。那白帕……

她想到往昔与析木在星辰之下，抵死缠绵的那一夜，这白帕这一关不是安排者不知情，便是安排者的存心刁难，这件事若是传出去，宫内执事在第二天没有看到白帕上的血迹，她只有两条路可以走，其一便是承认她与王上在新婚之夜未有夫妻之实，那她会沦为全天下的笑柄；其二便是承认她并非完璧之身，那样的话不仅自己会被处死，连与之有关联的一切知情者皆无一幸免。

实沈突然挑起她的下巴：你在想什么？

他为何以泪中半生仙元强留住这本该灰飞烟灭长绝于烟尘的魂魄，他心底真正所爱究竟是人偶还是真身，抑或两者都有着一种近似于爱情的朦胧情愫?

无烬下意识向后一退，他欣然掀落她的面纱，那艳烈红纱将二人囚在一方极狭空间中，无烬本能地抬手护在自己衣襟处，紧绷了身子撑在锦被上，让自己不要倒下来，而上方的实沈，却没有一点退让之意。

双方僵持一阵，实沈终是有些失望无奈地叹了口气，他看向那块白帕，无烬心头蓦然一窒。

一时间气氛陷入沉默，多年以后她忆起这一夜，才方知比起坦诚相待，这种看破不说破的心照不宣更乱人心曲。

实沈拿过白帕，轻轻咬破手指，将自己的血滴了数滴在其上，顺着纵横织纹氤氲开来，宛似红莲一般。

他行至屋内一隅的雕花鹓鶵檀木椅上，靠着椅背睡下了。

许久，衬着有些昏暗的光，无烬将那床锦被轻轻盖在他熟睡的身上，又为他掖好了被角。

她不知自己为何要这样做。

红烛摇曳，她将它吹熄，复沉沉地睡过去。再醒来便是第二日了。

大殿中的光线并非十分明亮，那执事将侍女呈上的白帕看了半晌。

无烬只觉得连呼吸似乎都顿了一拍，所幸那执事并未看出什么异样，她堪堪松了一口气，却突然眼前一黑险些呕吐。

身旁实沈将她险险一扶，忙问可有大碍，她微弱地摆了摆手道无碍，他却执意要传太医。

无烬被他抱到灵鸢台的榻上，他坐在榻边一面看着面前跪着给她诊脉的太医，一面拉住她冷汗涔涔的手轻声安慰道

“不要害怕，一切都会没事的”，然而此时她怕的并非是自己患了什么未知之疾，而是那个答案她心知肚明，如今一旦被发现，惜诺的生死，全凭他一念之间。

那太医眉头紧锁，看了看他又看了看她，却战战兢兢叩头如捣蒜，不敢再发一言，他终是耐不住实沈危险的目光，方言道：启禀王上，王后的病，小的实在不会看。

实沈一把拔出身旁佩剑，揪住太医衣领：你如实招来，我倒可以饶你一命，是不会看，还是不敢看？

那太医颤颤巍巍，竟说不出一句话来，只是抖得跟筛糠一样。

没用的谬种！去传你们牧云堂堂主来！

实沈一松手，那太医如同一摊稀泥软在地上，又手忙脚乱地起身行礼，便退下了。

这牧云堂乃是实沈集四海名医而建，堂主无名无姓真容从不轻易示人，而此刻他也是毕恭毕敬地出现在了门口。

他以黑纱覆面，无烬仅望见了他一双黑白分明的眼睛，竟是当年那个清水寺的小和尚。

无烬心中一凛，果不其然，他一五一十地向实沈汇报了她已有两月余的身孕。然而实沈竟是波澜不惊，他将那堂主遣了出去，亦随之跟了出去，他的长剑掉落在地，那声音清脆地击在她心上，她只觉得心中紧绷的那根弦似乎更欲断了几分。

但实沈却一直没有回来，直到夕阳的余晖为她笼上了一层斜斜薄影，她反复厘清着他与那堂主所说的断续只言片语。

原来他命他调制的那药不仅要害死她的孩子，还要让她永远丧失生育能力，他这是要毁了她的一生啊。她不觉整个人如坠冰窖，世态炎凉，是那个人，那些人，一步步将当年的明朗少女逼成了一个权谋的牺牲品，甚至连她未出世的孩子都不放过，在那些绝望的梦里，她如此奢望着回到以前，然而如今深陷如此这般绝境，她又怎能回得去?

另外一边，城郊那澜澈斋中，当年以《天岁倾歌图》闻名于世的稚童，如今已是翩翩君子玉树临风。析木在消失于无尽黑暗前的最后一瞬，将记忆神识以叠魂术尽数转至他身上，代价便是神魂俱散，永世不得再入轮回。

心念一转，一幅不知何时却似曾相识的画面映入她眼帘。

三途河畔，奈何桥边，那少女分明面容似十余岁，一头青丝却似雪：孟婆，再给我一碗汤。

你都喝了几碗了?

可是，他还在。

那少女神情看不大真切，声音却无比沉静。

那你可知他喝了几碗吗?他，只喝了一碗。

少女微微一怔神情凛然，欲言又止几乎掉下泪来。

他啊，那孟婆一声叹息道，他是想不要忘得那么干净，下一世还能找到你，你们这些人间仙界魔道之中的痴男怨女，老是坏了这冥界规矩，倒让我这个守了大半辈子桥的老太婆，一点办法也无。

她想起那一次他倾尽最后一丝生命凝出的残影依旧护着她，若是她能早一点这样护他该多好，可笑自己那次分明是想置他于死地。

他这条命，早就归她了。

她又何尝不是呢，可是她还有惜诺，他们的惜诺。

而如今她却望见了实沈手中的药丸，其上浅浅覆着一层金箔，她浑身一颤，眼中写满了痛楚与无奈，他柔声唤着她，告诉她这样其实比典狱司的棍棒好很多，少了许多痛苦。她跌坐在榻上，一遍又一遍反复求他放过这个孩子，他只是将她拥在怀中，掩饰了她未曾看到的他眼中的犹豫与愧疚。

无烬只觉有什么冰凉的东西滴落在她一头青丝间，那是他的泪吗？这个骄傲嗜血，膂烈狷狂的王竟然还有泪？她无暇顾及，只是一遍遍喃喃道，你可以将我贬为庶人，逐出沧溟。只是求求你放过这个孩子。

她抓着他的衣摆一下子跪在地上。几乎要给他磕头，口中连声哀求，星眸似一只受伤的小鹿，他蓄积已久的情绪却突然爆发了，蓦然甩开了她，她跪坐在地半张着嘴，怔怔地望着他。

你还有什么资格求我？

他的语气中再无哪怕半分昔日的柔情：无烬，我曾经想要的是什么，你有想过吗？绝对不是这一尊九鼎该死的王位！而你呢？你又是怎么做的呢？

原来你早知道了是不是，你什么都知道了是不是？实沈，我告诉你，今日你若敢动他，我定让你赢哪怕千万个天下也赢不得我的心，大不了大家都将这生死看开一点，你若是害了他，我定杀了你为他陪葬，若他年岁尚幼在下面一个人寂寞，大不了我随他去了就是。这世间再无任何牵绊，我苟活于世，又有何意义可言。了无牵挂者，生死于其不过一念罢了。

无烬？无烬你疯了！

他的眼神中竟闪过一丝恐惧。

呵？疯了？我不早就是个疯子了吗？

她笑得森然而诡异。

无烬，这次本该是我来求你，把药吃了吧。

实沈的声音竟带上了几分他未曾料想过的颤抖。

你若是怕他夺你王位，对你造成威胁，那你废我为庶民便是，如此这番，又是何苦呢？

她几乎带着几分卑微的祈求再度拉上他的衣角：实沈，回头是岸。

这个王位已经沾染了太多人的鲜血，背负了无数条命债，如今，他竟连一个未出世的孩子都不肯放过。然而在那卑微之下，似乎带了几分决绝。又深藏着些微荒诞中的善意与虚拟美好。

回头是岸？你以为我还回得了头吗？

实沈的声音带着无情、讥讽、冷笑，却还有一丝在他意识深处被压抑许久的绝望与无奈。

正是这一丝绝望与无奈，让无烬有一瞬的失神，她想过他是否真的是那样十恶不赦的人，但现实有些讽刺地撕碎了她的梦，他趁她失神之时，一下子将那药丸塞进了她口中。

她下意识地向后一退，那药丸滚落在锦衾之上，他去拾那药丸之时顺势压住了她，她在慌乱中感到了他灼热而急促的气息吹在她的耳畔，她却不为所动只是惊疑而惶恐地瞪住了他。

他在她耳畔轻声说了一句什么，温软的唇擦过她的耳根，游走到她的下巴，而后迫开她的唇舌将那颗药丸送了进去，动作却越来越肆意，在她唇上时而轻舔时而噬咬，她只是拼命地转头躲开他，想把药丸吐出去，他却一下子扼住了她的咽喉，强迫她将它咽下。

在几近窒息的痛楚中，药丸滚入她的喉咙，她看见上方的实沈满意地冷笑一声，随后指尖从她唇畔轻轻扫过，拂袖而去。

她拼命地将手伸进嘴里，死死地抠住喉头试图将那药吐出来，只觉浑身抽搐鼻头泛酸，眼睛早已通红，满脸全是泪水，连连咳嗽着却只是干呕不止，望见手上微黏的血丝，她才知自己的喉咙已被自己抓出了血痕，她却浑然不觉，甚至感觉不到哪怕一丝疼痛。

实沈对她还是有那么几分仁慈的，他在那药中加了一味浮梦散，可以起到类似于酒的麻醉与止痛效用，甚至还有几分莨菪引起的幻觉。然而她却觉得还是清醒一点的好，起码可以让她细细咀嚼，揉碎这痛楚，让她一生都不要忘记它，她希望它能像一根生满倒钩的针一样将她穿过，而后再狠狠地将她撕扯得血肉模糊，才能或多或少弥补她心中哪怕千万分之一的罪恶感与内疚感，也许粉身碎骨才是对她最好的救赎。

浮浮沉沉中，她却听见窗外似有人声，是靠近城外的那一侧。

这灵鸢台有百丈之高，来往侍者、宾者们皆是利用正门处施了瞬移决的木台，而这窗外谁人能赤手空拳仅凭几处飞檐数个翘角便轻易上来。她心神一窒道这定是自己的幻觉，她绝望地闭上眼，安静地感受着那药效发作，让她几乎窒息，在即将昏死过去的一瞬又近乎残忍地醒来。

那人从窗台跃入，跪坐在匍匐在她身边，他拉住她的手，让她倒在自己怀里，她青白的指节无力地攥着他的指尖，忽然猛一用力，他被带得一低头，她才看清那人竟是与析木生得一般无二，唯独着了一件天青色衣袍，她狠狠地钩住他的脖子，不由分说咬上了他的唇，她忍着浮梦散作用下的眩晕与麻痹，贴着他的唇瓣暗哑地一遍又一遍叹着你终于来了。

在她吻上他的那一刻，她从那人眸光中便看清了，他就是析木，无论真实也好幻境也罢，此刻她太需要这样一个人，会心疼她的痛，会保护她的梦，而不是在逢场作戏的虚伪寄托后便留下她孤身一人与这满眼炎凉抗衡。

她带着几分贪嗔地从轻噬渐渐变作吮吸，紧接着又变作了似乎想把他揉碎占有的一种炽烈，她想将他的全世界自私地揉进她的血液，她的灵魂，因为她怕，她怕一松手他就会再次消失在无尽黑夜。

他为何会情愿神魂破散永不入轮回，也要将这些记忆与往昔在星纪身上重塑？因为他有一场深情，无法狠心舍下，而这个答案，他不用说给任何人听。今日若是她清醒后将星纪兴师问罪驱逐出宫，他亦无憾了，能与她片刻温存醉此一盅，肆无忌惮地荒唐一场，这将是他埋在心底一生的秘密，等这渺短一生走完后，这个秘密亦会随着他被带进坟墓，留给世人的只能是那些鸿篇画作，而这不为人知的过往，他甚至连她也不打算告诉，任由这份情在心中成冢。

她将他死死禁锢在自己怀中，似乎在肆意发泄着心中的痛楚，她在浮沉之间能感到他一丝咸涩的泪渗入她口中，与他微微一颤的身躯，牵得她有一瞬的清醒，她能感觉到那个小生命正在消逝，曾经的鲜活已变为一摊毫无生机的血迹，凌乱地涂抹在裙裾与地毯上，在泪眼蒙眬中，她却望见了那个她想象中的惜诺，心头涌上一阵汹涌的绝望，才惊觉自己已然毫无一丝气力，复沉沉闭上眼，在浮梦散的余效中昏死过去。

最后一刻，她想着还不如就这样再也不要醒来该多好。

星纪轻轻将自己怀中昏睡的她用外袍裹紧，手指轻轻抚过她的鬓发，眸光中是星星点点的心痛，温柔与歉疚。

他的指尖在她那缕墨蓝色的发丝处微微一停，眸色一沉，眼中盈满了疼惜与愧意，是析木伤了她，而如今自己得了析木的神识，更是有如伤在己身一般痛得无法呼吸。

心念一转，他复将她揽得更紧，不自觉地数着她艰难却均匀的呼吸，指尖轻柔抚过她额间月牙形的那枚已被涔涔冷汗浸透的印记，微微一停，他自怀中取出当年他出生时便带着的那枚写着“澜澈”二字的印章，挂在她的颈间，那是唯一与自己故乡有关的东西，由檀木珠组成的链子衬得她面色更多了几分苍白，他神色一沉，拉过锦衾为她披上，复顺着灵鸾台外墙悄然出了门，没留下一丝痕迹。

她昏睡了十五日，再次醒来时，她放弃了愚蠢的寻死觅活，眸中最后一丝温情与柔弱全然退去，却多了几分阴鸷、决绝与凌厉，她在那一刻起便发誓，一定要杀尽天下所有为达目的不择手段的虚与委蛇之人，她亦知，在这烽火狼烟的乱世，唯有强大，唯有自己坐上那个众人渴求的位置，才能护得住一切自己所珍视之物，所爱之人，是这乱世逼着当年那个无限深情的朱砂变成如此这般绝情模样，这一次，她自从踏进这灵鸢台，便真的是再也回不去了。当年那个少女死去，她在破晓之前趁着无尽的黑夜，闯进牧云堂偷拿了所有的绝情丹，又在晨曦撕开黑夜之时将它们一颗颗服下。

本是充满希望的清晨，此刻却是这般压抑与灰暗，她的决绝似一柄长剑将一切往昔湮灭得分崩离析。每服下一颗药丸，那些深埋心底的情愫便远离一分，她觉得，似乎自己的一部分生命亦在随之抽离，这令她分外痛苦，但是她竟出奇地享受着这种痛苦。

世间至痛至苦都历遍了，这一星半点又算得了什么呢?

然而在午后，她刚刚从第二轮昏睡中醒来时，实沈却暗中观察出了她的异样，问了她最害怕他问起的一个问题，原来早已有人向他禀报了绝情丹的丢失。他见她应对得不慌不忙，便从袖中拿出一件物什。

此香名为“绮”，只要燃上一支，能解绝情丹之效，便会令服过绝情丹之人心不由己情难自抑，陷入对往昔之情的追忆中，并生绮念，将眼前虚空认为成是那令其难忘之人，然于未服者，它不过是一支普通的香罢了。

他瞟了一眼周遭之人，发现一个小侍卫的神情有一分慌乱，似陷入了什么思绪中，又迅速恢复如常。

他便是当年的守夜人顾晚，在娵訾死在他怀中后，他便踏上了一条复仇之路，那是一条不归路，在墨离被满门抄斩后，他又潜入实沈侍卫的阵营中，在他们中间埋伏着，一直伺机寻找着刺杀实沈的机会。

一方面为自己心爱的女子报仇，一方面完成她来不及完成的使命，若是她泉下有知，想必亦会欣喜。而他此生能为她做的最后一件事，恐怕就是这件了，为此他不惜以往后余生去完成。

值得吗？在他的心中，她就像那片凄迷而神秘的夜，值得他用尽一生去守护、去珍藏。久而久之，亦不知他是在守护，还是在赎当年的罪、圆当年的愿。

实沈燃起那香，顾晚便痴痴地失了神，在他眼前出现了一缕笑容多有留恋与不舍。他扑向光柱中的她，她噙着泪欲推他出去，他虽亦感到那火焰灼热，却始终不曾放开她，她一笑间的留恋令人心碎，他轻声诉着如初话语：九卿笙澜，心棠未然，无论冥界三途，只要你在，我必相随。

她垂眸，终是不再推他，他只听得耳边疏狂风声，才惊觉自己从百丈灵鸾台上跌落，他心头一凛，原来那终是幻象罢了。

不过即使在最后一刻，他亦没有后悔扑进那道光柱中，哪怕他的一世缱绻只能在那一瞬企及幻象中的温软，他觉得也值了。

只怨这现实为何如此无理残忍，还不如就让他在那幻影中沉沦，也算去得完美。可叹天意终是难逆。

在无烬的心神中，亦有思绪如潮翻涌出那段成灰化烬的过往。

我还汝债，以是因缘，经百千劫，常在生灭；我恋汝心，我怜汝色，以是因缘，经百千劫，常在缠缚。

穹顶之上似有一条巨大的鲛尾将她环绕其间，她看见了那熟悉的面容，却说着她听不懂的话。

前世因今世果，前世夙缘，今生情劫，谁又能懂得且行且珍惜？

析木声线喑哑，让她本能地泛起一丝心疼，但最后一丝理智告诉她这是幻象，不得信，不然神识皆会被它搅乱。

她心中两股念头相互抗衡着，她知绝对不能被实沈看出破绽，否则他定会让自己生不如死，以他这种残忍的性子。然而哪怕眼前是个假析木，她亦想至少问一问他还好吗，再在他温暖的怀抱中留恋片刻。

但她不能这样，因为她不再是当年那个少女了。如今，她心知肚明在这乱世之中，唯有权力得以使她立于不败之地，而不是贪恋什么儿女情长。

无烬面色沉静而淡然，然而她藏于衣袖下的掌心却已浸满了冷汗。她的眼神撞上他深不可测的眼底，瞬间有如茫茫大海上的一面孤帆，再也寻不得踪影，她沉着言道：此香甚是好闻，不知是以何法炮制？

她永远参不透他的所思所想，在这一点上，她便早已输得彻底了。

他竟未识破她，她暗松一口气，不过这意味着她从今以后只能逢场作戏虚与委蛇，活成她曾经最为厌弃的那种人的样子。

实沈走后，她一遍遍近乎疯狂地责问自己。如今这绝情丹之毒被解，让她依然去装作无情，谈何容易。她扣上房门，将头埋进鱼池之中，窒息的痛楚让她本能地清醒着。她待的时间一次比一次长，似乎这样才能让她保持清醒，似乎这样才是她对一切的某种救赎。

她索性将整个人浸入巨大的鱼池中，任凭那些不知忧患的鱼儿在她身边来去，她甚至奢望着自己是它们中的一员，她开始放弃呼吸。在她失去意识前一秒，那个人拉住了她。很多年后她回忆起那个人，那件天青色衣袍有如最明媚的白昼，撕碎了她生命中所有阴鸷的云翳。

多年以后，她无比感谢那一道灵魂尽头的光，如同落在她彼时心头最晶莹剔透的雪，映出她一片相思玲珑。

第十七章　荼蘼花落

当时无烬堪堪被池子边缘那个人拉住，然而她浸满水的衣衫太重，反而把他也一并带入水中，她未看清那人面容，只望见一片星云。

在水底他看着意识有些模糊的她，眸中一沉，随手捏了个诀将她护在怀中一同跃出水面。出水的那一刻，她衣袂在空中翻飞出一道水花，一头青丝却无力地逶迤着，漾起了一泓清澈涟漪。

两人稳稳落于地面，他使了个小术法弄干了他们的衣衫，随即扶着她斜倚在一旁：皇后可有大碍？

她在意识模糊之间看见了那面容与析木生得一般无二的人，心念不觉微微有些踟蹰，她眸色一软，又想起再像他也绝无可能是他，复收起了一闪而过的细碎温柔：你是何人？

臣乃宫中画师星纪。

他一怔答道，神情像个犯错的孩子，让她不觉从心底盈出几分心疼来，却又迅速正色。

星纪，她听说过这个名字，当年十二岁的他以《天岁倾歌图》闻名于世，而如今天岁已覆，那幅画亦是只能聊作史料凭吊过往，昔日繁华今朝已是一片荒芜，恰如这一场浮生无常，如风前絮般的我们终是不可能留住任何零星悲喜，一切终将化作连江点点萍，而后顺水逐波归于尘土。

她直直地望向他，他的眼瞳幽邃得如同一口无波的古井，然而在那一汪幽邃的星辰下，她却望见了他眼底深埋的那一抹温暖色系。

似乎有几分似曾相识。

缘何来于此处？

王上命微臣于此呈上这幅墨竹图，其实王上本欲呈墨梅图，然而微臣自幼不擅画梅，每有梅者，便以同属四君子之属的竹代之，还望王后见谅。

他将墨竹图双手奉上，无烬却未接过，她的心中有了一个疑虑。

为何这名满四海的宫廷画师竟不会画梅？而四君子中他又为何不以兰、菊代之，而偏生要用这竹？她想到彼时析木在幻象中与她言说过的竹屋之语，这其中又有什么联系？

星纪告退后，她开始细细厘清这一切，方觉乃是自己思念过度，才会将万事万物皆与之联系在一处。她心灰意冷复百无聊赖地翻看着那幅墨竹图，见竹叶纹路栩栩如生，这于世闻名的大画师果然名不虚传，她指尖轻轻地摩挲着其上纹路，忽见叶缘枯槁之处的纹路有异，原是有一行小字密密匝匝藏在其中。

她细细辨认一番，上书“玄安元年初春于澜澈斋焚香恭绘”。

澜澈斋？她心有一念油然而生，那枚不知何时起便一直戴在自己颈间的铜质印章，那枚以檀木珠为链，其上浮雕着九天星辰图的铜质印章，内容好像就是这两字，是篆体变形的“澜澈”。

这两字是为何意？为何这与自己素昧平生的画师竟会以这两字为斋名，是巧合还是冥冥之中的天意，还是有什么说不清的过往。

她暂且不去想了。自己目前面临的最大困境便是这实沈现在并未识破她的绝情丹之事，而自己此番异样已被人告知与他，那她总不可能今日这样、明日那样，暂且就一直假装绝情下去吧。

她让侍者谎称自己因小产打击过大而失去了一部分人之性情，此后便继续着那天的所言所行，所作所为，实沈为了试探她，特意寻来前朝宫闱秘闻的话本与她看了朱砂析木之事，末了她只淡淡一句道：此二人一人贪嗔一个痴傻，不知缘何竟能登上如此之位。

无烬将每一分情绪皆处理得惟妙惟肖恰到好处：依奴家之见，还是王上身姿潇洒，勇武果决，怪不得那先王根本不是王上的对手。

她要一步一步打消他对自己的试探与疑虑，再一步步利用他对她的信任，或是将他直接除掉，或是在有朝一日她大权在握之时，再像他当年折磨她时一样，让他亲眼看着自己最珍视的东西被她毁掉，她要让他生不如死。

望见他正踏在那摊已然干涸的血迹之上，她心中早已将他剐了千万遍，实沈，你在这座曾有一个生命被你亲手杀死的高台之上，肆无忌惮地残踏着那个无辜的生命，还佯装善人与我谈笑风生，你日复一日面对着这个现实，午夜梦回之时，你的良心会安吗？

还是说，你早已没有这所谓的良知了，一心只为名利而活？

她一念沉着而镇定，演得太过于惟妙惟肖，骗过了实沈，亦骗过了自己的心。

他却继续试探着，将锦履移开，看见了那摊干涸的血迹，他看着她言道：来人，这王后的寝宫之中怎能有如此不祥之物玷污，速速把它刷干净。

无烬之所以一直留着那摊血迹，是因为她要以这丧子之痛时刻让自己保持清醒，她要让自己明白自己如今人微言轻无权无势，连他和她的孩子都护不住，她每看见一次那血，心中便痛上几分，对他的愧疚亦更盛一层，她要以这种愧疚来逼着自己清醒。

而他却连这唯一的一点凭吊与留恋，那个孩子存在过的证明都要抹掉吗？然而此时她若是想留住它，只能形如不动声色地继续胡诌。她眉头一蹙，做出忍痛的样子：王上，那物什便任它在那里好了，奴家近日这头不知怎么，总是十分疼痛。

她趔趄一步扑在他怀中：许是风寒之故，王上可否将那常备的风寒之药与奴家服下？

他一怔，以唇探上她的额头，复而沉声道：头痛？那必是因为寝宫之中不祥之物邪气所致，来人，叫你们将它处理了，还不快去？

左右两边的侍者闻言皆拿出水瓢等准备清理，正在候着他最后一步的命令。

无烬心念一转，复行至门口道，头痛较屋内更甚，定是因为门口有邪祟之物，此番看来应是那盆蒙莪之故，命两位侍者将蒙莪拿走。实沈却叫住他们，沉声道，将水瓢与绸缎递与他，他亲自清理。

侍者分外奇怪，只见他们的王接过那两件物什，将水瓢中水倒在那摊血迹上，又将绸缎覆于其上，那素白的缎子浸了血污，再也看不出原来的颜色。

就像这绝望世道中，失掉本心万劫不复的他一样。

她在门口扶住门框，浑身不住地颤抖着，只听他在屋内道：将这不祥之物送到典狱司，与犯人尸身一并焚化。

她死命咬住嘴唇不让眼泪掉下来，实沈走至门口，抚着她的发丝：你可是害怕了？这不祥之物我已为你除了，你可安心否？

无烬努力控制着自己，她极自然地答道：实沈，你可真好，我这下便安心了，省得一天到晚因得邪祟作祟，连头都痛得欲裂。

他走后，她疾步回到房间，在鱼池无波的水中死死地盯着自己的倒影，倏然间一滴泪落入水中，搅出了层层涟漪，她的影子扭曲、变形后断裂，变得狰狞而可怖，似真似幻又总是看不真切。她的影子好似魑魅一般，让她不敢相信那竟是自己。

她咧嘴粲然一笑，一滴泪从她单边勾起的嘴角边滑落，撕开了倒影中华美的穹顶与蔚蓝的天幕。

这灵鸾台，囚的不是那上古神鸟鸾，而是如今的她。此刻她总算知晓了实沈取名的用意，她不过是他囚于笼中日日欣赏的一个玩物罢了。

如今，她定要做一只冲破牢笼的鸾。为了自己，更为所爱。

无烬看着一池光影狂乱，艰难地动了动唇，忽然笑了。她笑得肆无忌惮而疯狂，笑得仓皇而绝望，她笑着看自己的倒影被狠狠撕开揉碎，原来在不知不觉间，她早已泪如雨下。

她才发觉自己的手不自觉地死死握住胸前那枚印章，力道大得甚至连手心都沁出了血珠，那血珠渗在纹路中，将那九天星辰图的苍穹染得浓艳而炫目。

甚至不经意的某个瞬间，若是细细看着她的眼眸，总会从那表面的阴鸷与仇恨下读出或多或少的一两分令人心碎的，绝望的温柔与缱绻，一如当年那个渡月河河畔的少女。

那神情却总是会在被留意到的一瞬，被她以那种独当一面的气势与波澜不惊的绝情完美地掩饰过去。

她骗自己那个无限深情的少女早就死了，然而那不过是拙劣的自我欺骗罢了，在那些无尽长夜里，她从未如此清楚地感觉到她。

然而如今，那个无限深情的少女终究是真的灰飞烟灭了。她是无烬，更是沧溟国的无烬皇后，在她的眼中，只有彻底的绝情，虽然她终是被“绮”解了绝情丹之效，然而真正的绝情丹是她那颗彻底绝望的深情过的早已残破不堪的心。

此后缘起缘灭，都是无谓挣扎。

直到一年后的那天，她熟稔地为他找到心疾之药，牧云堂中，他问她，当时那绝情丹是不是也放在这里。

她顺口一答，是啊，随即她便意识到自己说错了，可是早已来不及了，实沈将她逼至墙角，眼中是一抹玩味的笑。观望着她的慌忙掩饰。

他说，这一年以来，你演得不错。他轻轻擦去她额间铅华，露出了那枚印记。

她一下子崩溃了，失声哭喊，其实你什么都知道了对不对，其实你那次试探我的时候就知道了对不对。心念一转，原来自己这一年以来自以为精湛绝妙的假装，才是无谓挣扎。她的所有伪装，瞬间彻底崩塌。

实沈浅浅一笑，那笑容竟无一丝温度，他言，就算你骗过了我，你又能把我如何呢？这沧溟国的王本就是我，你如此这般苦心孤诣不但奈何不了我，我还能顺便得到你的投怀送抱，也是幸事一桩。

她不发一言，只是怔怔地站在那里，眼中的光似乎一下子熄灭了。此前是因为与阴影抗衡，这道光才有存在的必要，然而如今她所有的煞费苦心竟全成了他局中的一步棋。何谈什么光，她的整个世界皆被他笼罩在无尽黑暗中，只不过在那永夜里的一丝萤火，她却拼了命可笑地去捕捉，天真地以为那就是光。

他笑了，那笑容，她看不懂。他说自己不过随口一提，没想到她竟和盘托出了，他道这么多年了，她还是如同那个双颊绯红眼神游移绾着同心结的少女一般不染尘埃，他的眼神中甚至涂上了一道鲜血淋漓的伤痕，然而她却依然只是怔怔地站着，她甚至连痛的力气都没有了，若是说她麻木，其实她早已不知何为麻木了，若是上天能再度赋予她一种名为麻木的感觉，这怕是对她最大的恩赐吧。

他离去的背影不知缘何，竟让她隐隐觉出几分落寞来。他知，他夺走了她的一切，他恨当年那灵犀阁阁主救不了他至爱之人，又让他服下往生随他同去。然而此后在他得知她们本是同一人，只不过这人偶只是盼兮为历劫化出的一个劫数时，他说不好这种感觉是爱还是恨，然而再往后，他一开始千方百计要以她星月石做成医治雪鸾心疾的良药，此后在那千钧一发生死关头，他牺牲了雪鸾，只为护她一命，这心迹应是十分明显了吧。

他在那时，为了那儿时的心结，为了替他冤死狱中的母亲讨回公道，亦为了得到他终其一生无法企及的她，他决定去打天下。

那时宁氏在狱中，即将被押赴石室的她与他道别，年岁尚幼的他亦觉察出有些异样，隐隐的不安让他思索着这会不会是此生最后一面，憔悴的宁氏此时已染上了严重的恶疾，见着自己的孩子，她一想到这无忧无虑的稚童以后应托付给谁，孩子是何其无辜，不觉两行热泪滚滚而落。小实沈伸手为她擦泪道：娘亲怎么哭了？

娘亲是为你高兴，我的儿子又长大了。以后你定要好好念书习字，博览时政，争取早日成了这片土地上的王，好一改这当朝皇帝昏庸无能的统治，娘亲无论在哪里，都会为你高兴。

他又伸手为母亲拭泪，母亲却将他的手拨开道：脏，沈儿赶快和叔父回家去，此地寒冷阴湿，待久了难免要生病。

她拼命压抑着自己的泪，不想让这一幕给孩子幼小的心灵造成阴影，小实沈不明白是怎么一回事，只知道娘亲在哭，家中从来不哭的大人们亦都在哭，他左看右看，突然感到了一些从未出现在他的人生中的情绪，那是一种极度的不安，像一根芒刺般将他幼小的心划上了人生第一道伤痕。他放声大哭起来，一位叔父看了一眼他母亲，迅速带走了他。

小实沈拼命回头，叔父的大手却捂住了他的眼睛，他听见了母亲撕心裂肺的号啕与拼命喊出的那句“昏君灭，吾儿王”。

她想让他成为拥有至高权力的王，她想让他推翻这吃人的暴戾君主。

那句话一直死死地刻在他心里，他知那些人对母亲用刑了，而后再将她弃置暗室，不过几天，她便会因伤势过重恶疾缠身而惨死在那里，狱卒只消报一句“病殁”便万事大吉。

甚至根本不用上报，谁会在意一个小小犯人的死活？

那天他不停地哭，回到家后，他高烧了三天三夜。子时前后他做了无数个噩梦，有关于自己的，也有关于母亲的。那些始终没有哭出来的东西，全都融进了他的生命里。而在梦中，他无数次猜测着母亲是以一种什么样的神情说出那句“昏君灭，吾儿王”的。

可惜他再也看不到了，这么多年以来，那个从小缺乏安全感的孩子，一定活得很孤独，内心也很痛苦吧。他恨元昭，恨昭帝，恨析木，更恨自己。

他夺走了朱砂的一切，包括她最珍视的惜诺，他在这以后便只能让她恨他，让这无边恨意将她禁锢在这浮世间。他只能给予她仇恨，宁愿让她以复仇为理由活下去，也不愿让她离开这个世界随析木与惜诺同去。

原来最可笑的那个人不是她，而是他。他以为她输得彻底，殊不知输得最彻底的那个人原是他。

她是他的天堂，却亲手将他拉入地狱。

第十八章　物是人非

那天黎明之时，她站在那百丈灵鸢台上，推开门任由冷风灌进来，只有在那些风如此真切地划过她的发梢与衣物，砭入她的肌肤与五脏时，她才能微微有那么一丝感受到她还活着。

但是有什么东西在心底暗暗滋长，那感觉十分陌生，她竟出乎意料地如此迷恋着这种感觉，尽管它似乎要将她粉身碎骨，她却依旧沉沦于其中，难以自拔，越难以自拔越是迷恋，便陷得越深。

那是一直深埋她心底的心魔，析木消失在无尽黑夜的那一幕，终是成了她的心魔，并且那心魔一直滋长着，枝繁叶茂，见血封喉。而她迷恋这种窒息的感觉，也迷恋那在窒息中一瞬的清醒。

只有这样，她才知自己是活着的，她才能通过些许迷离的痛楚，感受到那虚无缥缈的诗韵。

这一年以来，唯一伴她左右理解她的人便是星纪，只有在那时他才会脱下那件宽大的星云色斗篷，露出他在众人面前一直掩藏着的，那与前朝帝王析木生得一般无二的面容。她才会卸下心防伪装，将无情一面撕下，神情一如当年那个渡月河河畔的少女。

而如今，就算是在他面前，她也依然将自己伪装起来，她的神情从最初假装的阴鸷，到如今竟全然看不出半分从前模样。只是彻底的残忍诡谲与眸色深处埋着的麻痹与绝望。

那天夜半她又被一个心魔所致的噩梦惊醒，在梦中，她的血一点一点溶在秋水潭中，把那潭水染得绯红，她亦随之跌入那团绯红之中，化成了一摊白骨与血水。她心头一窒蓦然惊醒。醒来时，星纪在旁边守护着她的眼神，似子夜之时的阳光。

无烬却全然感觉不到一丝暖意，这些天她常在枕下藏着一把锋利的琉璃匕首，此刻在神志昏沉间，她竟将他当成了自己苦苦摆脱不得的心魔，拔出短匕便朝他心口处刺去。

那一下刺得太温柔，有痛的感觉却找不到伤口。因为真正的伤在灵魂深处。

他本能地一偏，她的匕首没有命中心脏，却贯穿了他的左肩。他一怔，随即笑了，是忍着痛挤出的一个宽慰的笑。

因为他看见彻底清醒后的她眼中的盈盈泪光，以及她眸中涌起的心疼与愧疚，那种明明伤了他，却有如伤在己身的愧疚，因为被她所伤的人是他。从彼时灵鸢台一吻，他便在神佛前许下誓言，在她的已经背负太多的生命中，绝对不能出现哪怕一丝因他而起的内疚。

无烬为星纪处理那伤处时，她能感到他因为疼痛，全身都在微微颤抖，她心头蓦然一窒，望向他的眼神中充满了关切与担忧，以及深深的内疚，她恨自己，这心魔让她日复一日地越来越难以控制自己，再这样下去，只怕她亦会与析木归于一处，而这不正是她心底的祈愿吗？

然而她不可以，她越来越憎恨自己，甚至恨不能再刺自己一刀，好将那心中炽烈疼痛消融些许。她变了，变成了自己最害怕的样子。

望着他星辰般的眸光，她只能咬牙将那些情不自禁泛起的愧疚强压下去，他却敏感地捕捉到了她眸色的细微变化，亦堪堪压下那汹涌的疼痛，朝她报以牵强的一笑，那一笑似是在说这伤无甚大碍，她却敏锐地感觉到他笑容收敛之时牵动伤处后的微微一颤。

眸中泛上一丝酸楚，原来经过这一年，他们已能默契得将对方心思猜透到这种地步，皆是小心翼翼地在保护着对方。

他的弱不是真的弱，而是一种保护，“朱砂”二字，始终是他的软肋。

数日后，皇猷之宴上。

实沈似是看出了什么异样，无烬在他身旁时，他亦一言不发，只是沉下眸光看着手中青铜质的觞。

这种宫廷大宴，在一众歌舞姬献毕僛絚之技后，他自然是要请出那远近闻名的画师来撑场面，好在众臣面前彰显出他清高的性情与独具一格的雅趣。

这幅春日桃花尺幅，却唯独缺了一点缇红。他寻遍匣中袖中，那缇红竟不翼而飞，然而这画上之物主为桃花，缺了这主色怎能成画？

实沈似看出了他的窘迫，他环视四周宾客，打开身边金丝掐花镶有五色奇石上附精美象牙的笼子，抓住其中那只形似鵷鶵的五彩大鸟，他将它掐得很重，它半张着鸟喙，羽毛在他的指腹间一起一伏，似是在竭力地呼吸着。他以指甲划开它的颈子，接了一酒觞的鸟血，又将它锁回了笼中，他看向星纪：早便听闻汝旷世奇才，自命不凡，如今以这鸟血，可否作出图上桃花图与众人一观？

星纪见了他的荒谬残忍，只觉一阵翻江倒海几欲作呕，然而还是接过了他手中之觞，以兔毫蘸血为墨，在纸上淋漓挥洒出数片错落有致的花瓣，竟似采撷桃花留于纸面一般。

少顷，飞来一只白蝶，无声地停落在画面上。

众宾客皆纷纷喝彩，星纪却无半分得意之色。

这时，在众人未曾留意的角落，那只五彩大鸟蜷缩于笼中气息奄奄，实沈趁众人未察觉之时，命一位侍女将它拎出去埋掉了。星纪一直看着这一切。多么讽刺啊，以一鲜活生命所绘之景，能不栩栩如生吗？这根本无关乎自己的画技，而是因为那片刻之前还生龙活虎的鸟儿，此刻已将其生命祭了这张尺幅。然而如今人们却以这幅画的生机为称赞之处，而忽略了那已然瘞于尘土之下的鲜活生命。

这是何其荒谬而讽刺啊，然而如今却多得到处是如此之人。

他收敛了神色，复平静望向众人，直至实沈请他离去，少顷，一众管弦丝竹之声喧嚣起来，瞬间将那丝沉寂一扫而空，就似什么也没有发生过一样。然而无烬却不见了。

那丝竹之声欢快，正预备着带给所有人那对春日生机的一分欣赏之情。

宴席散后，实沈却单独找到了星纪。

他将他带到了宫内不为人知的秘室之中，穿过层层冰帘，拉开厚重而嵌满符文的金属质铸花门，他看见无烬被缚在秘室尽头的华表之上，那白色的石柱映着不知从何处而来的一束白光，显得她脸色尤为苍白，七重纱衣之上蜿蜒的鲜红血迹尤为刺目。

她见是星纪来了，虚弱地抬起了头，挤出一个无力而宽慰的笑，随即眉头紧紧一蹙，似是牵动了伤处一般，那个笑抽搐了一下，在她如画容颜上凝结。

实沈挑起她的下巴，玩味地看着星纪，在她眼神的暗示下，他迅速隐去了眼中的关切与担心，复一如既往做出那副漠然神情。实沈将目光从星纪身上拉回到无烬身上，眸中微有讽刺与怜悯。

他朗声道：听闻，汝自幼擅书画，又以《天岁倾歌图》闻名，昔日亡国不复存在哉，今日汝既能以鸟雀之血作画，不知可否再为我沧溟作一幅《沧溟春月图》，可好?

星纪一怔，他问道：试问陛下可否命人呈上笔墨，微臣乃懦弱之辈，不曾有陛下之英勇气概，故不敢再以鸟雀之血为墨，还望陛下见谅。

实沈眸中微有怒意，他冷哼一声，从袖中拿出一把利刃，斜斜靠在无烬藕白色的手臂上，微微一用力，那血便顺着刃尖蜿蜒下来，他阴鸷一笑：朕没叫你用什么鸟雀之血，今日，朕只准你用她的血。既然方才那桃花图如此精妙绝伦，此番同是以血为墨，于你又有何难？

他顺手折下秘室墙上的一块玄冰，以那冰中天然的孔穴作容器接住她的血，将它递至他面前。

星纪握着笔的指尖有一丝不被察觉的微微颤抖，他以意志将那丝颤抖强压下去，在纸面上以她的血徐徐绘出了沧溟皇城之景观，他用尽毕生的气力在保证不被实沈识破的同时，凝聚心神绘得迅速，他担心再迟一会儿她便撑不住了。

他已经失去过她那么多次，这一次无论他是析木还是星纪，他都无法忍心让她再一次消失在自己面前，承受那种再一次失去的痛与绝望。

少顷，便已绘毕，那《沧溟春月图》一花一木，一人一物皆极栩栩如生，从皇城朱门至寻常巷路，不带一丝含糊，而他竟用了不到半个时辰便绘成了这一切。

这寻常人少说也须月余之作，他竟在如此短的时间内便已绘毕，免不了大伤元气。在实沈满意地拿画离开后，他生生咽下喉边一缕腥甜，便为她处理伤处，撕下自己袖边轻柔地覆在她伤口，微微施了些力以确保它能将血止住。

实沈本想将无烬囚于此处任其自生自灭，而星纪并无甚异常，他应是会先行离开，却不想在自己离开后，她的一滴血落在上方的繁复符文中，竟启动了机关，做成一心囚之阵，如今是无人得以进入，亦无人得以出去了。

心囚之阵有九九八十一门，其中仅有一道生门，若误入其他门，轻则功法尽散，重则灰飞烟灭，而若入生门，则得以顺利离开毫发无损。

此时星纪无心去顾及这些，看着被自己从华表上松绑的无烬竟从那白玉石上软软地滑了下去，逶迤出一道长长的血迹，他心头一窒，迅速接住了她，却不慎被这突如其来的变故与她不轻不重的一撞弄得一个趔趄，他的衣袖尾端被那扇门散出的气泽生生烧成了灰烬，堪堪差了一两步，她便将他撞到那扇门之中了，他却什么也没说，只是用双臂牢牢地固着怀中那全身脱力的人儿。

他察觉出她的异样与那一身酒气，实沈这个阴险之人竟将她弄醉了缚来此处，心思何其恶毒狡诈。

她早已不是那个小女孩了，若是他不略施伎俩，她如何可能随他来于此处?

星纪抚上无烬微微濡湿的额头，她却反过来抓住了他的手，欺身扑了上来，将他反扣在地面上，不由分说地看着他眸光中那抹似曾相识的墨色，将他的手按在自己心口，另一只手抚上他的鬓发，俯身覆住了他唇畔那抹温热血迹。

他眸色一凛，随着她唇间那抹炽热的不断游走，他的态度从一开始的震惊、错愕与推拒到后来渐渐顺从，再到后来他眸中竟亦浅浅覆上一层迷蒙水雾，那层水雾映着七重纱衣如霞如火的她，渐渐也映得他眸色越来越幽邃，越来越炽烈。

那一瞬他犹豫了，她贵为无烬皇后，醒来时一定会记恨他一辈子的。他害怕，他怕这一年多以来好不容易滋长出的这么一份浅情，将会因为这一刻的荒唐与迷醉而彼此瓦解。

他顺势推开了她，她微微喘息着伏在他胸口，醉眼迷离地凝视着在她面前交错重叠着的他的眼眸，才惊觉他领口已被自己方才情不自禁地扯乱了大半，在这心囚之阵中微有暖意的昏黄光晕下，她再度循着自己心之所向，情难自抑地抚上他分明的锁骨，那莹白指尖轻轻扫过，如雨落湖心惊涟漪，他心中再度波澜汹涌，她撑在他身上，风光旖旎之间，他凭着最后一丝理智问道：你知道我是谁吗？

她贴着他的唇瓣声线喑哑，气息轻轻吹拂着他唇边绒毛，却将那丝丝缕缕的涟漪漾成了惊涛骇浪，如同一朵红莲蓦然绽开在他心间：星纪，这三千浮世间唯一的星纪。他眸光星星点点聚敛出破碎的温存，只听她声音越发喑哑低吟道出些许残破音节，小鹿般的瞳中光芒在那一瞬间绚烂而温暖，他亦浅浅呢喃了一句什么，她早已将那七重纱衣铺在两人身下，覆住了地面上那些坚硬的沟壑与符文，此刻那一些看不真切的图案尽显在第七重纱上，那件衣裳左边为沉黑，右侧为嫣红，左边绘着忘川之景，右侧却染着忆川之形。忆川水之纹与忘川恰恰相反，而这件衣裳竟同时绘有毫不相干的二景，是为何意？

他们再也无暇顾及这些，他似终于撑到了极致，心中覆水难收的汹涌情绪如一片波澜壮阔的炫目深海，像湮没迟暮最后一丝余晖般淹没了他仅存的一念理智，他护住她的后脑勺，那泓青丝缭乱在他指尖，漾起一抹夹杂着清凉的温热，他将她反身扣在阵法中的地面上，动作谨慎而轻柔，轻轻扫过她的唇畔，那若有若无的气息让她几乎感受不到他的存在，一泓涟漪似温软而迷醉的星夜在心间蓦然绽开，逐渐蔓延扩散至她的全身，她将他垂下的一缕发丝绕在指间来回拨弄，半闭着眼声线细微而酥靡：“那你可知我是谁？”

他眸色沉黑如墨：朱砂……

朱砂。

她感受着这两个音节，他轻拂在她周身的气息，他脉搏真切地存在，以及一切忘与忆之间的种种缘聚离分。

一念沉沦。

第二日，他为熟睡的她穿上衣裳，而后自己将那九九八十一扇阵门一扇一扇地试过去。

有数次他都险些被卷进那些暗藏绝境的门中，终于他试出了那扇生门。他抱起熟睡的她走了出去。

两人的影子，缓缓消逝在那一片春和景明之中。

一切的一切，皆被永远掩藏在了门后。

第十九章　云中谁忆

无烬在浮浮沉沉之间做了一个梦，她梦见一只深陷囹圄

的小狸奴兽，星空般的眼瞳绝望地看着她，她看见它眼角竟有两行清泪，不禁欲救它出来，在她伸手的一瞬间，狸奴变成了星纪。

她猛然惊醒，手中无意识地紧紧握住她胸前那枚铜质印章，摩挲着九天星辰图的细密纹理，感受着残余的那丝温润气息。昨夜发生了什么，此时她早已一片空白，或是说她假装自己忘了，但是在这片刻熟悉的暖意中，她敢确信这印章一定是他的物什。

但是它是何时何地，被他以何种方式挂在她颈间的，她不愿再想，一念无助在心底悄然蔓延，随之而来的便是更为深切的恐惧。她不敢去猜，她怕这世上每一次相逢都是为了告别。

别想太多，别说爱我，我只在你怀里一夜寄托。

但不知何时，她犹豫了。难道这一年以来的陪伴与支持，那些涉世同舟生死相候的过往，那一丝一毫细微之处她自己都不曾觉察到的百转千回的情愫，都不算是爱吗？

那到底这世间何为爱？她到底在怕什么？

她不知她所爱是谁，只知她一如既往地恨着实沈。她以欢沁蛊在星纪不注意之时掺进其杯中，那只玉杯乃是实沈所赐，她知他若一旦中了这“欢沁”，众人第一个怀疑到的便是实沈，然而那自小以擅书画闻名的才子，在当今之世无辜地被国君所害，众人会如何看待他，一旦他因此失了民心，便离失天下亦不远了。

欢沁蛊之效，会令人相思无解神思尽乱而殁，而解此蛊的唯一方法便只有……

无烬却终是在那最后一瞬以他唇畔残余蛊毒让自己亦染此毒，在她覆住那抹温软之时，她没有一丝犹豫与迟疑，望着自己缠乱他发丝的指尖，她眸中泛上一层清冽水雾。看着他眼瞳之中的烟烟霞霞与深深压抑的痛楚，她只觉自己心中，那方才服下的蛊毒亦在悄然弥散。

脑海中半分清明不再，她心神之中仅余一念。

半浮半沉间她做了一个梦，梦见他以这艳烈红纱为证将它做成霞帔，许她十里红妆。

不知不觉间，她在冥冥之中循着自己的心迹，来到了那个她从未去过，却似曾相识的地方。

她站在那断崖边向崖底望去，那云雾缭绕烟烟霞霞，一眼望不真切，恰如这世事迷局间她进行雾霭般的心迹。疏狂风声从她耳边掠过，勾起了几世以来一些被遗忘被深埋的记忆。

这忆川有飞瀑，下有一涧，涧中之水得以忆情、忆念、忆一切贪嗔执妄。她知，这一步若是踏出去，她便能忆起这几生几世以来，所有该忘的，不该忘的，该忆的，不该忆的。

这一步踏出去，便无回头之路，她能承受得住吗?

她握住胸前那枚印章，似是有了无尽的勇气，她在最后一瞬间听见有一个声音在后面唤着她的名字，她转头还未看清是谁，那人的声音便在她向后仰去时，随着千般过往一同湮没在了疏狂的风声中。

唇边一缕浅浅的嫣红向上飞去，融在无数的尘雾中，她闭上眼，却在最后的余光中，看见了头顶那个玄色的身影，神色已是心痛如狂，绝望而彻骨。她从来没有在那个人的眼中见过那样的神情。

实沈最后说了一句什么，她听不清了，风从他的唇边带走了声音，她依稀辨出一句："你若敢忆，我必……"必相随？好像是这句，她又转念一想，自己未免也太过天真了，他是沧溟国的玄帝，怎会擅顾这些儿女私情？

但在她这一生中，她从未想过，他亦会随着她跳下来。

雾霭昏昼为证，那一刻他早已做好了就此与她一同赴鸿蒙的准备。

衬着那幽深阒然的天幕，他试图抓住她，却只撕下了她衣服的一角，他再一次随着那抹纱一同坠落，终是将她揽在怀中，在阒黑的天幕与幽邃的水涧之间，耳边是凝固的风声，她深深闭上了眼。

碧水像无数至寒的冰刃般割开她的肌肤，她却放弃挣扎，安然沉落，那至寒的水冲散了昨夜迷醉的温存，让她瞬间无比清醒，她感到那些水再度撕碎了她的神志，在无比清醒中她从未如此真切地感受着窒息的来临，死亡的逼近，她终于知道了当年析木的无助与恐惧。

在通往灵魂尽头的路上，每个人都是自己的摆渡人。

而如今她这一叶小舟，在一瞬间被忽然涌入的那些蚀心刻骨的记忆掀得支离破碎，再也拼凑不回从前的形状。

恍然之间，眼前是当年那个被弃置荒芜后山的无助孩子。

前尘之中他如何擅用禁术，渡她再入轮回，是为前一个他。

以及人偶与老者的那一段过往。这一世他倾尽所有，她却再也不会给他那个弥补亏欠的机会了，他唯一能做的，便是以无边的恨意逼着她活下去，是为后一个他。

还有灵犀阁中的白夜与盼兮，在最后一瞬她终是弃了阁主的身份、地位、无上荣耀，追随他同赴黄泉奈河。

前尘往昔，今生此世，她心中始终有两个不灭的影子，只不过如今一个成了她的忘，另一个成了她的忆。

这无所依靠的小舟顺水逐波，最后的最后，她方知原来爱是最温存的恨，而恨呢？

许是这世间最决绝、最苍凉的爱吧。

原来析木的记忆转到星纪身上后，析木本应神魂俱散，却因执念太深而将他残识依然汇聚成形，他时常在宫中来回游走，有时与她相遇，有时与她擦肩，有时他的魂魄从她身体中穿过，但他们阴阳相隔看不见彼此，只能一次次错过，直至他再难聚敛那最后一丝残魂。

幸而有星纪代替他来爱她，他们本是同一人啊。

澜澈斋，曦微澜，暮澄澈，原来他一直在用这种方式提醒着她。然而自己心底对他是何种情愫？原来她在那天便早已堪破了这一念似曾相识，只不过如今才肯大胆地去证实罢了。

心神一凝间，她的意识渐渐消失，任凭自己坠入冰冷而炫目的蜃景般的涧底，那些浮光掠影倒映着虚像中的过往，她想起彼时他也是以那件大氅这样环住她，那池水冰冷彻骨，她却诡异地觉察出了一丝暖意，眼前恍然一团极柔极暖的融融微光，黑暗埋葬过往，碧波封印了满眼泪水，她沉沉地昏睡在涧底最深处，那无昼无夜的一汪永寂中。

她再次醒来时，听见身边有人道，这忆川之水将她的记忆搅得有些散乱，她很快便会忆起那前世今生之间所有往昔，但在这三日之内，她将什么也不会记得。

她一转身，是一条似曾相识的长街，街边尽是月令花，还有小贩在售卖一种用萤火做的提灯，身边人谢过那个江湖术士，将一盏提灯从小贩手中买来递给她，他向她道，在灯上写上所念之人的名字，捉七七四十九只萤火虫放进提灯中，便得以实现愿望与那人团圆。

我没有什么所念之人，要不还是你来写吧。

她黑白分明的眼睛如此清澈地看着他，不染一丝尘灰与杂念，他微微一怔，面前的她如同一个初生的婴儿一般。她将灯递给他，发现了他眼底一闪而过的落寞与苍凉，便甜甜笑着与他道：这灯本就是你买的，若你怨我抢了你的灯，我现在便将它归还与你可好？

他极小心地接过她手中的提灯，生怕打破了这份宁静与美好，他在其上缓缓执笔写了两字——“朱砂”。

她凑过来眨了眨眼，向他问道：“好美的名字，可是你的心上人否？”

他粲然一笑：“我生生负了她那么多次，如今，应是连心上人都算不上，只怕已成比陌路还要陌路的人了吧。”

她试图化解这略显感伤的气氛，朝他再度浅浅笑道：“那你叫什么名字？”

他默了半晌道：“你且唤我沈念吧。”时至今日，他变得如此卑微，甚至觉得连自己的名字都不敢与她提起，他怕那个背负了太多人鲜血的名字会玷污了她如此纯净无瑕的心灵，他多么想让时间永远定格在这三天啊。

她再度朝着他笑着："那不如我也将你的名字写于灯上吧，既然你与她不能相守，那我为你了却一个残愿，你觉得如何？"

她从他的手中接过毛笔，在那提灯上犹豫了半晌："你的名字该如何书写，我好似忘记了。"他微微有些怔然，将她的手握在自己手中，一笔一画地在灯上书上了"沈念"二字。

看着她眸中笑影，他亦随之笑了。在这一刻，他是多么希望就此将这时间拉成永远。他携着她穿梭于街道之间，又到了渡月河河畔的一片荒芜的月令花丛中，衬着月光与星辰，那些流萤从花丛中纷飞出来，两人很快就捉到了四十九只，他们目送着那灯缓缓上升，在不经意间，实沈眼中充满了难以自抑的千般情愫，她却丝毫未曾察觉半分。

他始终不敢告诉她自己的真实身份，他怕这三天一过，她便什么都想起来了。他想过，若自己永远是沈念，只是沈念就好了。可他的仇恨、他的身份让他必须跋涉于雾霭昏昼中，然而本该无情到底的他，却挡不住那份执念。

那份终是成了他一生恩赐与劫数的执念。

这三天太短太短，如今他又重回王座，她亦归于宫中，然而在很久很久以后，每当他想起这三天，他便已觉得此生无悔。

世说忆川之水，得以忆情，忆念，忆一切贪嗔执妄。朱砂忆起了那么多的过往，而他却只忆起了她的前尘，如今，他情也是她，念也是她，一切贪嗔执妄皆是她，而他却终究成了伤她最深的那个人，本是捧在手心都怕被微风伤到的人，如今他却一步错，步步错，亲手将她推进这世态炎凉颠倒苦海，亲手铸成了她此生所有的劫数与苦难。

他怎可能不想回去，但时至今日，他还能回得去吗?

此生注定做不成那个以爱让她铭记一生的人，那便以恨为刃，在她心上刻上那道鲜血淋漓的印痕。

这样至少在她心中还有那么一丝位置是写下他的，这便足够了。

身作方舟魂渡彼岸，杀人太多会忘掉自己，却始终忘不了她。

那天星纪来到无烬所在的灵鸾台，他看见了她一直未曾取下的那支银簪，银簪之上他和她的血交融得像一株红莲一般绚烂而粲然。她微微醒转过来，按住他的手不让他继续再看下去。

她额间那抹幽邃月牙，越来越浓艳而沉郁，原来他就是他，他一直未曾离开过，然而就算有他，有她，这岁月亦未必安然。

肆意沉沦一番，她伏在他肩头歇气的时候，却渐渐卸下了平日里那一层假面，哭得像个无措的孩子，他将她紧紧揽住，而那触感却变得如此不真实，似指尖一缕一触即散的清风。

原来如今她这缕本该早已消散天地间的魂魄，被实沈堪堪留住后，元气本就不稳，然而忆川之水正是一切度法的克星，如今，她每与他接近一步，便离灰飞烟灭更近一步，因为他作为生魂的体温会冲散她这缕残魄，用不了多久，她便会消失在无尽夙夜之中。

她常常笑他痴，笑他在这世道下还存着那样一颗善心，直到后来她才明白，从始至终他所求仅是当年她与他言说过的岁月安然，而并非什么平天下登王座之类的远大抱负。

无烬鼻头微微一酸，他感受到她的啜泣，将她揽得更紧，她感受到了自己是如何以一种缓慢而可怖的速度消融的，但她没有告诉他，只是任他揽着。

比起那虚无缥缈的余生而言，她更想切切实实地且歌且行，更想与他走完哪怕所剩无几的寥寥浮生。

哪怕这一刻她灰飞烟灭，能死在他怀中，她亦觉得此生无憾而圆满。她这样想着，又急忙收敛思绪，她怕自己不经意间流露出的细微神情，敏感如他，定会觉察出这丝异样。

翌日，实沈看见了无烬。他冷声道，还以为她死在了秘室中，说着便将一碗以景泰蓝工艺镶于碗壁的羹汤递给了她，他道此乃滋补良品，你前些天元气大伤，不如尽快喝一些此汤以恢复元气。

她品了一口，便觉异常，忙问道这是何物。

他笑了，纵然她找回了所有记忆，那笑容，她还是依然看不懂，他眼中瞬然之间血色疯狂，这便是你孩子的血，便是你死命护着的那个孩子的血，味道可还好？

那时他不是命人将那物什拿去与犯人尸身一同焚化了吗？为何又会出现在这里？他似是看出了她的惊慌与惶惑，徐徐道，如今这天下一草一木、一花一树皆为我所有，我向那侍者要一点血，有何奇怪？

她的惊恐，作呕与绝望在他面前再度暴露无遗，眼泪顺着不小心倾洒而出的血水一同流下来，她疯了一般地嘶喊着，望着实沈离去的背影，她浑身不住地颤抖着，眼底蓄满了一层冷如寒冰的恨意，将她的泪复死死凝固在眼眶里，在她情绪完美掩藏的同时，亦撕扯着她内心那道她以为早就不会痛的旧伤。

那心魔在她心底悄然生长着，长出剧毒的荆棘将那颗心腐蚀得千疮百孔，将之拉杂摧烧，当风扬其灰，却始终扬不去那份痛苦，反倒令它愈加鲜明。

自己早已没有心了吧，那颗心早已被腐蚀殆尽了吧，那为什么还会痛苦？

她渐渐开始连星纪都不认识了，她趁他醉情于她最放松警惕之时，在他身上设下了傀影之术，她为他做出了一个名为巫婴的分身，让他假称是自幼习巫术之人，入天堑塔为沧溟卜卦，并将自己日夜无眠苦心绘制的蛊影之咒趁卜卦之时，让他镇于天堑塔内。

这天堑塔是为一国之魂，她若是欲动摇国根倾覆时局，将那一国之首从王位上推下去，以天堑塔为突破口无疑是最好的选择。

她以为他心地纯良，那么轻易便被骗过。殊不知他早知那分身之事，亦知她的动机、目的与全部野心，但他却不曾拆穿她哪怕半分，许是太爱，她让他做什么他都会愿意做。就算有朝一日她欲剜出他的心，他怕是亦会毫不犹豫地甘愿奉上。

他知她现在早已是半个疯子，但这又何妨，允许她背负一切的同时，就不允许她反抗，不允许她还击？哪怕她用错了方式，但因为那个人是她，所以他亦心甘情愿陪着她一同疯下去。

她让他万劫不复，却又甘心沦为她的信徒。

直到那一天，他在天堑塔内发现了重伤的她。她在某一个墨蓝的夜趁无人之时，试图拔出塔最顶层用以镇国的斩魂剑，那剑牢牢地插在阵法中心，周围密布着铁索与层层叠叠的封印，她却不管不顾疯魔般地强自冲开那一层层金光弥散的符文印伽，死命地拉扯着那柄斩魂剑，那剑略微移动，天堑塔亦微微摇撼起来。

她使出周身气力预备再给予它最后的致命一击，然而正当她凝神时，那周围的铁索却感受到了这个闯入者的气息，它们将她从斩魂剑边狠狠撞飞出去，她落入地上一团金光中，那金光乍起，她心口闷痛连连咳血，血迹在地面上汇成了更多的光，她却不管不顾依然死死地盯着那阵法中央的斩魂剑。

七重纱衣被风吹拂得呼啸，唇边一丝腥甜被席卷而过的风带走了最后一丝温度，冰冷而使她感到凛冽剧痛，却让她不由得为之疯狂，为之痴迷。为之诗兴大发。

她再度冲上前去，拼尽最后一丝力气死死抓住了剑柄，那带着倒刺的铁索向她狠狠打来，将她的手腕剜得仅剩皮肉与身体相连，然而那可怕的执念，绝望与痴狂却让她几乎感觉不到哪怕一星半点的疼痛，身体终是因失血过多昏迷过去，她强凭意志死死睁开眼，却仍是控制不住自己的昏迷，在最后的最后，她带着绝望、凌厉、愤怒与深埋的不甘被铁索缚在了剑上，那七重纱衣带着恐惧与震惊被铁索缚成毫无生气的残破布屑，她执着最后一丝残念挣扎着，挣扎却显得那样无力，她昏死过去，任凭那铁索越勒越紧，那些倒刺闪着凄厉而残忍的光深深刺进她的皮肉，每一处伤口皆血流如注，她几乎已然成了一团绝望的火，以生命泣诉着所有终被祭奠的过往。

他赶到时，眼中所见正是这般景象，他知那铁索若不饮饱鲜血，定是不肯轻易松口，然而无烬已然虚弱至此，再这样下去，她恐怕要撑不住了。来不及多想，他徒手握上那闪着凌厉寒光的铁索，一面让它吸噬着自己的血，一面用另一只手将无烬从中救出。

好不容易才将她从中解脱，然而在他将她护在怀中准备离开之时，那些铁索似是还不死心，向他们发动了最后一轮攻击，他单手敛起气泽击开那些铁索，却引得四周的印伽朝他们聚拢而来，他将她的头按在自己胸口，将斗篷一旋，那气泽便将印伽生生弹开，斗篷复回到自己身上，将她护在他胸前那一方温暖坚实的天地之中。

他怕那阵中灵物再度发起攻击，便撕下自己衣服一角，将方才自己掌中的伤口一咬牙死死一划，顿时血流如注，他以那衣物吸满了血，朝另一端死命掷去，果不其然众灵物闻血而动，他携她伺机脱逃。

在塔下，砖块碎瓦纷然落下，她在半浮半沉之间本能地拼着最后一丝力气以七重纱衣为甲将他护在身下，那碎瓦砸在纱衣之上却被反弹成万千碎屑，纱衣坚如磐石，那是穿着之人的心念所化，仅余披宇的尾端如旌旗般迎风摇曳在清冷而幽寂的一轮皎然中。

她终是用尽了最后一丝力气，在挡住最后一块落下的碎石后，她无力地瘫软在他身上，在昏昏沉沉之间再度睡过去，或是说她意识已然全无，陷入了一种看似睡着实为昏迷的状态。

人为什么凭感动生死相许，为什么有勇气万劫不复？为什么这世间终有一瞬间得以跨越千里星辰，逆行天命轮回？

在很久以后的某一刻，她终是知晓了答案。

第二十章　逢山鬼泣

也许在她潜意识深处，她是爱着他的。但是如今这权力与天下才是她想要的，她从未后悔过。

但为何在那昏沉之间，她下意识地护住了他？她不知道。

灵鸾台上，他以度法为她治好了那一身的伤，她在此间一直沉睡着，她做了一个梦，梦见他终是离她而去，一步一步踏进潜意识尽头那一团柔光中，她在梦里绝望地唤着他的名字，半梦半醒之间，有人拉住她的手，轻柔地抚上她的青丝，在银簪之处微微一停。

蓦然惊醒，泪水成灾，身边却已然空无一人。

巫婴彼时按照无烬的指示略施小计，将实沈囚在了水牢中，他未曾告诉任何人的事便是，他将那蛊影之咒略略改动，把星象命定之王的名字由无烬改成了巫婴。

在某个瞬间他蓦然醒悟了，这王权富贵本该是他的，只能是他必须是他。她可以毫不留情地利用他，他照样也可以，也可以以她作为一枚棋子，纵然他爱她，但在如今这动荡时局之中，还有什么爱情可言？

那一日，众人皆道如今王上已然失踪月余之久，当起天堑塔卜出一位温和明润，清远光华之人暂时接管王位，以防国中无主，外敌伺机而入。她在塔下等了很久很久，但在灵婆报出那个名字，让他三日后行登基之典时，她震惊而愤怒地愣住了。

怎么会是他？

她在盛怒之下拂袖而去，找到了角落正比试着仪典华服的巫婴，她一把夺过他手中的华服，又瞬间敛起怒容，携着他的手走了出去。

沧溟之地，东为忆川，西为忘川。

她带他来到了忘川边，像个孩子一样对他笑着，笑容之下却藏着一层森然而诡异的别样寒意，她向他徐徐道，语气有如在对待一个稚童一般：我们来玩一个游戏好不好？

她以白绫缚住他的双目，向他道：“你在原地旋转十圈，然后向前走，中间不可以偷看，一定要走满十步，不能犯规，要不然你就输了。”

他按照她的话旋转了十圈，她竟从中读出了几分告别的意味，那一刻他蓦然死死地攥住了她的手，似是余生都不愿再放开。她却在一瞬的倥偬后猛然抽离了自己的手。很久以后她才知道，原来当时她是在怕，怕自己难以自抑的抽泣被微微颤抖的指尖毫无保留地，赤裸裸地传递与他，那样的话，只要他有哪怕一瞬的不舍，她强自维持起来的一切便会轰然崩塌，再也狠不下心来。

他唇边的弧度浅浅，映着他身后的光，她透过那丝光，看见了他满眼清泪已然将那白绫浸得湿透。

他转过身一步步向前走去。

十，听闻忘川之水，在于忘情，所忘皆所见，所见皆所忆，然而他知自己仅为傀影之咒所化一傀儡，一旦从这里跌落，他便会灰飞烟灭，散作烟尘，消失在天地之间。

九，若是有元有神之人从这里跌落只是会失去记忆，然而他呢，他甚至连个人都算不上。

八，他想起她的笑，那个笑在他脑海中重现了一遍又一遍，她若一直是当年那个小女孩就好了，可笑如今沧海醉过几樽，桑田耕过几轮，往昔也只不过是个往昔罢了。

七，如若时光能够重来一番，那将会是什么样的结局？所谓浮生不过是场幻梦，唯吾所爱不朽。

六，据说人在临死前脑海中都会出现所谓“走马灯”，虽然他不能算是个真正意义上的人，但若是他亦有这种感觉的话，她便是自己此生所见的最后一个人了，如此一想，甚觉圆满。

五，他伸出手本能地向前摸索着，似是感觉到了什么，蓦地一颤。

四，他继续绝望地胡乱摸索着。

三，他的手指伸向眼上的白绫，她的心在那一瞬揪得僵紧。

二，他勾起唇角笑了，那笑容让她不敢去猜度白绫之下的眼神。

一，她望见他终是没有摘下眼上的白绫，血红的夕阳映照着她的残生，以及他的死期。

那一瞬她想起了那某个夜晚的粲然月光，她忘情地揽住星纪，轻轻抚过他映着荧荧微光的背脊，却突然心念一窒竟将他的背脊划出了一道血痕，幸而并不太深，却依然依稀可见从中渗出的大颗血珠，映着绝望而浓艳的一轮月色。

她有一瞬的失神，随即笑着道："如若我现在杀了你，你会怎样？"

他眸色微微一沉，声音喑哑带着些许的鼻音，仅回答了寥寥四字。

心甘情愿。

她的神情掩映在月色下他阒黑的影子中，谁也看不真切。只能从那细碎光影之间看见她再度抚上他的伤痕，轻轻摩挲着将那些血珠在皮肤上晕开，随即她按住那伤口为他止血，那指尖宛似弹拨在他的心弦之上，惊起了最原始最真切的那一泓心湖水影。

死亡本是轮回的归宿，因所爱而无畏。

一语成谶。

他真的是心甘情愿了，还来不及触及那池水的前一刹那，他在空中散作了无尽的烟火，化进溟蒙的水雾里。

是啊，他只是一个傀儡，但他永远不会知道的是，那道状似洒脱的光中，在他身后忘川之上的无烬正绝望地妄图抓住哪怕一星半点的他的气息，他亦永远不会知道自己周身四散的忘川之水，有哪几滴夹杂了她的泪。

他亦不知，那一刻迟暮余晖拖长了她的影子，她抬头望着太阳，从那落日最后的余光中生出了一个黑点，越来越大。

是夜，灵鸾台的鱼池中，她将自己沉入其中，安然地放弃挣扎。那匆匆赶来的星纪连忙随之跳进鱼池，将她再度救起。

她的头无力地向后仰去，他抱着她坐在石阶边，她微微睁开眼，望着无忧无虑的游鱼，竟看得有几分痴了。他低头看着她的反应，她却顺势钩住了他的脖子，双唇准确无误地印上了他的唇，她突然感到自己体内似有什么东西蓦然从她的生命中抽离，她才想到许是因忆川水之故，然而她依然将他揽得更紧，在她猛然一拉中，两人顺势滑入了鱼池之中，星纪信手捻了个诀将水向四周排开，分出池底的一方空间来，他在回应之中感受到了她的异样，那些事情，她从未与他言说过。

那便暂且不去顾及吧，在清冷的碧水与绝望的缠绵中，她亦觉察出他似与往常有些许不同。今日那傀儡本就是吸人之阳寿所化，她不觉泛上几分心疼，将自己的动作放得更加轻柔缓慢了几分，然而这烟雨蒙蒙却比狂风骤雨更加乱人心弦。

这样她便可以快些消散在这无尽夙夜之中，来弥补，来偿还，偿还她的亏欠，救赎她的罪过。能与他共赴鸿蒙，她亦无惧了。

她将下巴抵在他肩头歇气的时候，他轻轻唱起了那首熟悉的歌，声音极轻却倾入她心。

越荒壑，霜天色，披风雪一蓑，相顾恍若隔世，眸底泛十里烟波……她每一次都能准确无误地对出余下的部分，他亦知她每次也皆是通过这首歌，才准确无误地找到他。

也许，实沈被毫无生气地缚在水牢中后，她略微仁慈地给自己和他都留了条后路，关掉了水牢中的机关，他可免去夺命铁水，却依然免不了少顷便要被那彻骨冰水折磨上一阵。

而这时，她是时候该实施第二步棋了。她知那水牢基本无人知晓，如今她尽可以安心排练仪典，静待两日后自己以巫婴这名登上帝位。

你化作了漫天烟火，我变成了你，你是否早已猜到这结局了？

不过，我喜欢这样的收场。

然而此刻水牢之中的实沈，他的仇恨与身份让他不得不卷入这场迷局之中，任何一个皇权的建立背后都是尸骨如山血流成河，他与无烬来自两个敌对的政权，他们的立场天然就互斥，他害死惜诺不是个人行为，是在维护政体稳定的层面，根本不能以是非道德来评判。

他的错误不在此后种种，而在当初那一眼惊鸿扰浮生。

于公，他平乱世，将四分五裂的国度重新聚敛。

于私，在这场战役中他牺牲了自己的爱情，为此以半生仙元赎罪。

儿女情长让位于家国天下，此后他开疆拓土平定江山，沧溟如日中天，万国来朝，众夷归化，福泽百姓深远矣。

无烬从一开始就失去了仇恨的资格，她注定是一件天若献给沧溟的祭品。早在那丝深埋的情汹涌而发前，他早已负了她，无法回避，无法解脱，是只得将错就错下去了。

血腥与阴谋，尔虞我诈，尸骨如山，他从小的生存环境中本就没有一丝正常的爱，他亦在这条道路上越走越远。

可无烬不知，他四处征伐，率领众起义军攻天若之时，所过之处尸横遍野，荒草无生，却唯独留下了那渡月河。

这已是他作为一个王，留给她最大的宽恕与仁慈。

他明里宽恕了她，留一片她记忆中的地方，暗中何尝不是宽恕自己，放过了自己的记忆。

她不敢再想下去，亦不愿再想下去。她伏在星纪肩头，一想到两天后的登基之典，她觉得这次自己又负了他，自己再这样下去，还要负他几次？她轻声和着他唱的那首歌，不知不觉竟带上了几分哭泣的意味。

卧冰河，寂寥色，倏忽入眼天光，依稀梦外烟波……

她哭得慌乱而无措，不自觉地紧紧攥住了他的衣裳，他不知此时该说什么，是一念起抑或一念灭，怕是这一念一去千万里，踏碎星辰山河，盛世烟花亦追不回来了。他只是无言地揽着她，直到晨曦撕开那惶惑无措的夜，斜斜地曳在二人身侧，那一缕光中，是千万点纷飞的微尘。

登基大典上，她着一身红黑相间的黼黻与华琚，腰间佩玉乃是上好的雩桴之石制成，两肩上以金缕鳞翼为饰，眉宇间英姿飒爽，全无半分萦扆鞶躄的女子之态，眉间一点月牙再度被她完善地以猫眼石护额遮盖，一头青丝盘束于头顶，正预备着戴上那顶象征着无上权力的冠冕。

她伸出手握住权杖，侍者递给她一柄雕饰极精巧的虎牙匕首，她划破了自己掌间，血盈盈而落顺着杖柄滑了下来。

起初的担心被那只腾空而起的金色巨龙打消无遗，那一刻看着盘桓于殿内的万丈光芒冲破天际直上九霄，她才惊觉，这本该是自己应成为的样子，面纱殷红飞扬着，一如既往地遮掩住她的真容。

她一步步走上王座，那龙椅上是一条做工极为繁复华丽的巨龙，它的乌珠是黑曜石制成，上有镙钿嵌花，鳞片皆是黄金打造，上有一丝丝栩栩如生的纹路，那龙须乃是以数根白虎之须拼接而成，其下龙口内乃是集了上古百种瑞兽之牙，早以雀羽金翎擦得闪着森白的寒光，象征着至高无上地位的龙珠颔于其中，如万千霓光般，每个角度皆是一幅旷世画作，整体又浑然天成，毫无矫饰之迹。

这龙珠如此眼熟，她又想起当年的那幅，她有幸见过的《天岁倾歌图》，其上的笔触，画风，那些交错的枝节，瓦缝的参差，不正是他所熟稔于心的那种处理方式吗？然而与稍显生涩，画面工整中透露着稚拙淳朴的《天岁倾歌图》不同，这次她所看见的这枚龙珠，在极尽婉妍华美的表象之下，却好似覆了一层化不开的云翳一般，其下掩藏着深邃的权谋、隐秘的欲望，那心头难以化开的执念便是那层云翳，她对他的一切皆是那样熟悉，所以便能轻易看透他那些小小心思，但她还是依然不曾相信，她不曾相信她的他会这样。就算后来她相信了，她又能如何？把他彻底除掉？她并非做不到，只不过她虽一次次欲置他于死地，却总是在最后一刻下不去手，让他一次次劫后余生。

只因他是他，所以他进，她便是他的剑，他退，她便是他的盾。他暗藏祸心又如何，她万劫不复又如何？自己如今力挽狂澜一步步登上这个位置，或许只是为了有朝一日，她能死在他的手里。

深夜梦回时，她设想过那个画面，自己虚弱地倒在那个人的怀中，她沾满鲜血的手颤抖地抚上他的脸庞，他却将那定在她胸口的匕首刺得更加深，她能如此真切地感到自己那颗挣扎跳动的心连同走马灯般忽然出现忽然消散的记忆被剜得血肉模糊粉身碎骨，他死死地将匕首带着那丝她参不透的情绪转动了几圈，她早已被疼痛所麻痹，竟已不会再痛了，只余一阵无边而彻骨的绝望像那冰冷池水般泅遍了她的全身，视线渐渐模糊，她所见的最后一幕，是他星辰般的眸子，带着一丝令人心碎的留恋与温柔，以及她永远也参不透，更不想参透的那丝情绪。

记忆里最后一个感觉，便是自己唇畔一触即逝的那丝温热，她觉得欣慰而熨帖，在最后一刻，她并不孤独。

每次醒来，她皆泪水成灾，脑海中无数次闪回着那无尽黑暗中最后一道光。她不懂如今她还为什么要这样，她像一个疯子一样时哭时笑着，世人皆看着她众说纷纭，有的冷嘲热讽，有的面露同情，他们都在看她，她却很孤独，是梦中从未企及的那种孤独。

如今，她顺利坐上了这个位置，然而这一切的一切，真的是她想要的吗？也许她想要的，从始至终不过一个他罢了。

她想要他是她的，遇见他是她的开始，也是她的结束。

这样想着，她才发现，原来自己也会像曾经那样被温润心思感动，也许只有在这一刻，她才算真真正正地活着。

这期间，她为沧溟所做的一切，全都随着那段过往，一同埋进了厚重的史书里。她在治国之余潜心编撰了一系列《江山记》，将那些治国安民的新政，自己的远大抱负与理想，以及深埋心底的那份如初之情，皆被她以那些仅存的细碎温柔织成了这样一张梦网。

她将一切琐碎之物，奢靡之财尽命人散去，分别散与天下穷苦百姓，那实沈在位期间随随便便一只金镶玉掐丝烛台，都能抵得上寻常人家一辈子的粮饷。

身为巫婴的她，未如那些史书上常载的君主一般命人大肆修建行宫花圃一类建筑，唯独在正宫的南侧起了一座南宫，用以聊作书斋与藏书阁，在无政事缠身之时，她便常至那处继续编撰她的《江山记》，目光不经意间，恍然如渡月河河畔的那个少女。

但在你留意到她的那一瞬，她那丝温柔便瞬间消湮，复是一副沉静而面无表情之态。

玄安三年，乱军夜袭，宫中之人尽数被逼至断崖之间的铁索桥边，那铁索桥已然摇摇欲坠，一面是皇城，一面是聚集了无数黎民百姓的市井之地。偏生此时众多将士皆以为实沈已死，纷纷追随先主自尽而去，巫婴几乎是以一人之力力挽狂澜，将数千乱军层层逼退至仅余三百，然而这三百幸存者却并非等闲之辈，个个骁勇善战，眼见她快要支撑不住，星纪亦助她击退乱军，却终是力不从心，节节败退。

自己已经身中数箭，而这三百乱军竟毫无退减之意，直逼铁索桥而去，意欲攻入主城市井，那那些无辜百姓怎么办，还有，她的星纪怎么办，自己今日已做好了最坏的打算，但她不能让他一同去白白送死。

她心念一转，忽生一计，转向星纪冲他浅浅一笑，那一笑忍着巨大的痛楚，但她还是尽力地笑得那样美，尽力地将那些带血的凌乱发丝拨至耳后，她知这也许是他此生最后一次看见她笑的样子，所以这一次她定要成为那一抹惊鸿，永远驻留在他的记忆中。

她向他道，你去桥另一边，帮我防着这些乱军，别让他们侵扰百姓。

他最后一次听了她的，信了她的，他以随身佩剑斩除桥上乱军，他们一个接一个掉进桥下云雾之中不见踪影，他毕竟是个书画之人，见不惯那些血腥场面，她看见他的身形在风中险险一摇，差点跌落桥下，不由得呼吸亦随之顿了一拍。

在他踏上彼端地面的那一刹，他看见那风声与云雾之间的她，她忍痛击开不断扑上来的乱军，又挥剑死死地斩着那经过一番厮杀后仅剩寥寥数根的铁索，他看见她手中长剑与铁索相击，激起了划破迷雾的重重电光，那最后一根铁索终是断了。

那残破的桥从一端渐渐分崩离析，伴着惨叫与哀号声落入层层云雾里，断崖之上暂归平静。她周身是血，染尽那在风中翻飞的猎猎红纱，疏狂风声中那抹仓皇的红让他的眼底不由得一润。

他现在才明白过来是怎么回事，她哪是让他去防乱军，她分明是在护他，只不过他后知后觉，在思绪无声翻飞之间，他读懂了她为何要作如此之语，因为她知，怕是只有这样，他才肯走。

若不是为了她，他只想与她同留在这一端，这点心思，她早就猜透了。

眼中湿润模糊了他的视线，那一抹惊鸿身影却被他看得分外清晰，他看见她在厮杀之余，转头向他说了几个字。她本想说让他快走，因为她不想让他看见自己粉身碎骨血流满地的样子，但又转念一想，这个世界上还有他，她怎么可以放任自己去死？

话到嘴边还是变成了那句他如今在风声中依着她口形读出的：这一战为你，等我回来。

这一战为你，等我回来。

是啊，如若不是为了他，她大可以于那山崖之上直接祭出杀阵，将那些乱军与他一并除了，只消她信手捻一个诀的工夫。

但她偏生赤手空拳，以一人之力徒手斩杀众多乱军，周身所携只有一把长剑。方才她不是没有想过祭出杀阵，但那诀已然被她捻于掌心之时，她回望之间望进了他清澈如星辰的眼底。

那一眼，她便转了念，此前一切尽数全盘崩塌。

他在那彼端久久失神，怔怔地凝望着那一身刀光剑影的她，在最后一瞬才堪堪祭出杀阵，那断崖之上转瞬便只剩她一人。

她强撑着自己脑海中最后一丝清明，透过有些模糊的视线，她看见他消失在彼端人群之中，在确信他不会看见后，她放任自己重重地倒在了夕阳之下那血海与红云交相辉映的断崖中央。

玄安三年四月，星纪隐，人以为殁。

第二十一章　半世晨晓

他暗中珍藏着她当年那支银簪，有时思念堆积到了极致之时，便取出来看看，又极小心地放回匣子里。他知，虽然她变着方法意图置他于死地，但总是在最后一刻狠不下心来，他哑然失笑，以她的性子，在那断崖的另一端，她在没有他的世界中，又将生出如何一番造化？

光是想想，便觉十分欣喜。她的音容笑貌印在他心间，似那初春桃花，不染一丝尘埃，在他心里，她永远是当年那个天真的少女。

他拿出他置于众多书籍上方的那一幅卷轴，那是彼时他为朱砂所作的画像，当时心底便已有一番惊鸿，如今承了析木的记忆，那画像上丹唇外朗明眸善睐的女子，更是乱他心曲。

他想着，如今的巫婴，竟亦活成了当年析木的样子，也是那样骄傲而膂烈，再看当年画面上那个眉宇间隐隐透露出稚气的少女，不觉已然逐青山越万岱，有一些东西就那样消逝在他的生命中，任凭他逆天命穷追也是再难以追回了。

不觉一滴泪滴落在那画像眉心之间，他神色微凝，忙拿起身旁的兔毫笔欲将那泪蘸去，但兔毫笔之上却带了些许上次未洗净的残色，那抹浓艳的红在泪中晕染开来，似搅动着一条织锦，渐渐融入泪中，竟好似她眉间一点朱砂一般。

手中的笔微微一停，他凝神端详着眼前的这一幕，那滴泪晶莹而沉郁，在阳光的折射下，幻梦般的虹霓与蝃蝀浅浅地刺痛了他的眼，一阵风吹来，桌上的纸纷扬飘落，仅余她的画像依然不动于桌面上，在一室凝固的光晕与静止的纸面中，他好似看见了往昔，盈烁光晕中的浅浅倒影。

思绪回到现实，他轻叹了口气，便复将那画卷起，置于书籍之上。

朝廷内乱，囚于水牢中的实沈借机出逃，他向天下宣布了他的归来，巫婴最恐惧的这一幕还是发生了，整个沧溟全听说了此番传闻，他们众说纷纭，也暗中揣测着这如今一山不容二虎，谁会是笑到最后的那个人。

他自然听说了这个消息，奈何唯一的铁索桥已毁，他只能连夜快马加鞭绕过极荒芜之地锡凉城来到宫中。

他假称使臣顺利蒙混过关，在灵鸾台下，他见到了一身玄袍的巫婴，她刻意地死死压制住眼中不经意间泛起的那一抹欣悦与缱绻，复不带一丝情绪地望着他，那目光似一把冷如冰的刃，斩断了一切温绻思绪。

她让他为她去取实沈的首级，他明知此去恐怕再无归路，却还是毅然前往了。

然而实沈素来有浅睡的习惯，仓皇中他只削下了他肩侧一块皮肉，那长剑在距离他喉间仅余一寸之时被另一柄剑狠狠弹开。实沈遽而起，命人追捕刺客，他仓皇出逃，躲入灵鸾台的地宫之内。

巫婴在他身后将门紧紧掩住，地宫内漆黑一片伸手不见五指，如今这世界上唯一一个能够帮助她久居王位的人竟也失败了，她趁暗摸索着，那唇边的声音把她自己都吓了一跳，她听见自己绝望地叹着，狸奴有九命，十则死，游鱼有七刻忆，八则忘，而吾身应历何番劫数，方是终了，方可解脱。

如今自己这残破一生，比那逐波的浮萍，那被涟漪揉得粉碎的鱼影，怕是还要再不堪上几分。

她感受到那悄然滋长的东西攫住了她的心，让她竟觉无法呼吸，无法痛楚，甚至连害怕的气力也已然全无，她听见自己不受控制地颤声道："你以为我想要的是什么？"

她的手不受控制地攫住他的咽喉，她不知是何物在控制着她，亦不知她应如何摆脱这种可怖的控制，她只觉得自己掌间那抹温热微微滑动了一下，他有些震惊而错愕地开口，声音竟带上了几分她与他皆未曾料想过的颤抖。

巫婴王？巫婴王，您疯了……

话一出口，他便觉有如万钧雷霆击在心间。

巫婴有一瞬倥偬，曾经有一个人，对她说过同样的话，那感觉让她恨至如今，可如今连他也觉得她是个疯子了吗？

她心下一凛，竟将他的咽喉扼得更紧，他感受着这往昔轻抚他鬓发的手，如今却要置他于死地。他心下的绝望与迷醉化为震惊与错愕，随即变作黯然与沉默，沉默之中蓦然迸发出一种他不知该如何形容的情绪，后来他方知那是一种比绝望还要绝望的世间至苦。

在这种情绪的作用下，他忽略了她指尖那丝犹豫而迟疑，那些拼命与这不由自主的思绪相抗衡的愧意与内疚，仅感受到了那丝微乎其微的恨，生存的本能却将那丝恨在他心中逆发成了恨意汹涌的海洋。

他拿起手中长剑，不慎触及了其上残余着的实沈的血与肉，那久违的仇恨与快意让他痴狂，他将那些血污涂遍她的口中、衣上、每一寸肌肤，他觉得在那一瞬间所有的恨与绝望似将他逼成囚徒，他疯了一般地向她喊着：“尝尝吧，这不是你最想让他死的那个人吗？如今你可满意了？巫婴，你到底要什么？你到底在干什么？”

他的反常激起了她本能的一丝理智，那柄长剑横在两人之间，她带着一身血污从潮湿的地面上挣扎起身，打湿的头发凌乱地披散在华服之上，她以剑柄将他扣在自己身侧，微微发红的眼睛在幽暗的地宫中借着一丝光亮映出他们此刻狰狞而可怖的脸颊，她的舌尖扫过他的耳畔，似乎这样能让他听得再清楚些，她的气息吹拂着他的鬓发，带来一阵彻骨的寒意。

那你到底在干什么？

她以手背狠狠擦去唇边实沈的血迹，想到曾经实沈亦这样逼她去服下惜诺的血，她不觉一阵森寒，心中似有冰凌碎裂一般，狠狠地刺入她的脉搏，将仅剩的苟延残喘的生命凝成了千年玄冰。

他倏然一抖，她手中长剑掉落在地发出凌厉一声，惊醒了执迷着的他，是啊，他到底在干什么，在漆夜中他摸到了她手臂间一片濡湿，那并非实沈的血，而是她的血，是他方才不小心伤到了她。他将手掌覆于其上试图帮她止血，掌心却感受到了那汩汩流出的温热液体，似乎在冥冥之中一寸寸倒数着她的生命，似乎自己的残生亦在一丝一毫之间随之逝去。星纪终于感受到了那种痛，那种比伤在己身还要痛的痛楚。因为，是他伤了她，他怎会伤她？

如今是玄安十年，七年了，距离上一次离别，已然过了七年了。七年之久，再一次相见之时，却道故人心易变。

或许变的不是故人，而是自己的心境，自己的所求。

几天后，人皆传，离奇失踪的实沈回来了，同时归来的还有无烬皇后，然而他们的那位温润如玉、光华清隽而又骁勇善战的君主巫婴却再度下落不明。

有传闻道玄帝此番乃是携皇后远渡重洋，半途遇风浪而奇迹般生还归来。亦有人言巫婴乃是被玄帝所杀。

无烬没有带走南宫中的任何一样物件，她仅是取走了自己七年以来编撰的那套《江山记》。

在那套书中，不仅是她从政治国之日志，其中更包含了她的欲与念，她的爱与恨，她的幻梦，她的执迷，她的彻悟，她的隐秘的依恋，她灼热的野心与她亲手所化又亲手毁灭的一切。

是她命那水牢前的看守者们将实沈释放的，此后，她虽留了那几人性命，却割去了他们的舌头。

从此，与巫婴王有关的一切从尘世之间灰飞烟灭，尽数被她埋葬在了厚重的史册里。那个永远掩藏自己真容的红衣王者，终是消失在了无尽夙夜里。

她曾十步杀一人，却终究败给了他那一个眼神。

那时，他取出常携带于身时刻不离的那幅卷轴，将它摩挲了一遍又一遍，最后一遍感受到她彼时的青稚气息，那恍然间的温绻让他无比地怀念与留恋。

然而第二日，他却将那卷轴进献给了端坐于王位的实沈，仅声称此乃自己命人寻得的前朝莫妃之像，便不再多发一言，径自退下了。

敛起匍匐于地的朝服，他的容颜依旧掩于宽大的斗篷之下，无人能猜透他的表情，他只觉仿佛身边环绕着许多的时间缝隙，一不留神便跌落进去，跌进无边无际的曾经里，看到那些往昔最至真的美好历历在眼前，伸手不可触摸。

那些日子消逝得很快，但记忆却长存萦绕。

一瞬恍然，那些情景依然历历在目，如此清晰。但在他一步步走出大殿之时，这些情景便一点点地湮灭了。无论怎么努力，他还是只能眼睁睁地看着它们从记忆里消失，不留痕迹。

他不仅遗忘了幻梦，还遗忘了那些往昔，更遗忘了遗忘本身。

任何事物皆有缝隙，那些曾经的记忆穿过如今的记忆迷局，它就像一张空虚的渔网，不断地被塞进化作孤岛的鱼儿，又不断地让它们飘出来。

他默默唱着如初的歌，却不知道那声音是谁的。

只有他自己知道，他有多么爱她。

他不知的是，那个他记忆深处的人儿当时隐于七重纱幕之后，在影影绰绰间看见了一切，但他不知缘何，竟未曾看见她。她不动声色沉静而端庄地立在那里，却抑制不住那泪顺着下颌滑落，沿着纱幕滑出长长一道坠落的轨迹。

也许很久以后，方才知道这一道轨迹，便是那个人的心痕。

星纪知实沈的软肋与铠甲皆是朱砂，如今若实沈当真中计心神大乱，他便得以借机登上那他早就企及已久的帝王之位。

十二月，一年一度早已排练许久的九天祭典启幕，这是上古时期一直流传下来的传统。宫中对待其是相当一丝不苟，看似简易的一个仪典，却已然用了一整年的时光打磨而成。

第一幕乃是宫中众舞娥呈上的那曲《粉蝶儿》，她们执着红牙板，腰肢袅娜，徐徐道出唱词：欲说天机，奈尘寰，世人不信。只因他夙缘无分。恋浮华，贪俸禄，气神亏损。贩尸骸，迷了本来心印。悟罢回头，乐清闲，莫劳方寸。好参求妙灵玄牝，炼纯阳，惊宇宙，一声雷震。恁时节，向众渺一念空凉。

竟是言着众渺仙山之道。

一歌姬自队中向前，徐徐站至最中央处：世情不爱谁浮荣，利与名，两关扃，识破归来，林下傲余生。万顷烟霞真良侣，猿鹤老，水风清。任教千骑走尘缨。掩柴荆，坐忘形。一味奈情，斜日照窗棂。试问知音何处也，银汉合，远山青。

这一众僸絚之人，为何会懂得如此之音？实沈不觉好生奇怪，一种诡异的不安攫住了他，为何这欢声笑语普天同庆的九天祭典上，竟会有人唱出如此歌谣，自己如今统治的沧溟，连同这个双手沾满鲜血的自己。真的成了一个千夫所指万人憎骂的地方与人了吗？实沈心念一凉，自己当真就是这样一个十恶不赦的人吗？

他拍案而起，那丝撕碎他最后神志的愤怒与不安，从往昔的儿时一直蔓延至如今，这么多年以来，他才是那个最亟待人保护他的那个无措的孩子，他的心智在某种层面上永远停留在了宁氏与他诀别的那一刻。如今，他深埋心底的情终于汹涌地迸发出来，那苦苦压抑着的嗜血与残忍，那灼热的渴望与隐秘的欲念，在心底蓄积已久，他知，它们一旦爆发出来，便会将他撕得粉身碎骨，直至万劫不复，直至他终被这丝看似绵薄的情从王位上生生推下，死得凄凉而孤苦。

他仰首大笑数声，满座哗然，他祭出身旁长剑，杀进那歌舞姬队中，瞬间台上染尽一片逐渐弥散开的绯红。

那血被弥散得面积愈来愈大，他的眸中见到血色，便愈加被映得疯狂而执迷，那绯红在他眼底映成了一抹永不熄灭的火。

他想起儿时与母亲告别时的痛哭，眼泪充满了双眼，叔父为他擦去眼泪后，他感觉周遭的一切都十分陌生，他不知自己为何在这里，为何哭泣，感觉一切都极为陌生，让他感觉不到自己的真实存在，那种恐惧至今依然囚禁着他。

始终无法摆脱的恐惧，使他近乎癫狂，他只觉周遭一切皆在扭曲，旋转、封锁、断裂，他止不住它们，却妄图阻止着，阻止着它们将他包围与撕裂，阻止着自己已然灰白的鲜红血液侵蚀着他的心神，阻止着目之所及处的一切灰白。

无烬哭喊着冲上前去，将他的头紧紧护在自己胸前，轻轻抚着他的后背，在他耳边轻声说了些什么，有一瞬间他停止了挣扎，紧接着他的肩膀在她怀中微微颤抖着，她感到胸前一片濡湿，他的手下意识地环住了她，紧紧地抓住她的衣角，像个犯了错的孩子。

他肩头的玉珠与流苏亦随之簌簌地抖动着，她低下头去，却始终不敢看向他，她害怕望进他那深不可测的眼底。

她不知，他手中那柄长剑已然顺着她的纱衣上升，抵在她后颈之间，只要她往后一倾，便可随时取她性命。她亦不知为何，自己要这样执着地护着他，任凭乱军与侍卫将那些箭射穿她的纱衣，刺破她的皮肉，直入她皮肤与骨髓。

她感受到自己温热的血，化在他冰冷的泪中。那温度，可否能让他的心田亦温暖上哪怕半分？

他身后是为九天祭典而布置的五彩经幡，经幡后乃是一口巨钟，她以自己的身体将他死死地护在自己与巨钟之间的狭小空间中，她不知自己为何要这样做，她不是早就打算杀了他吗？而此刻这是出于怜悯？不，他绝对不会需要任何人，尤其是她的怜悯。是出于同情？不，最值得同情的人本该是她，如今深陷困境的她，她确实不知自己为何要这样做，她只知道，如若她不这样的话，每次在余生中出现关于他的记忆，那悔恨将会成为她生生世世的梦魇。

身后，有剑尖曳地的声音缓缓逼近，她听出那无比熟悉的声音，原是斩魂剑，竟有人拔出了它？那是何人？

还来不及思索，她便觉得自己的身体被什么冰凉的物什贯穿而过，带着一丝犹豫，一丝粲然，一丝决绝，还有一丝绝望得令人心碎的留恋与温柔。

刀光掠过眼眸，留下那永不磨灭的倒影，五彩经幡映着血色记忆，月色照不醒千载执妄中的迷梦。

那斩魂剑正正定在她的后心，然而执剑之人却依然在死死地加重力度，她在半浮半沉的痛楚与麻痹中，认清了那熟悉的力道，她不知是痛得已然麻木，还是自己不会痛了，她竟觉不出一丝疼痛，只是如此鲜明地感觉着那剑锋挑破她的筋肉，刺入她最坚硬的骨骼，再带着一丝温存的余韵与绝望的残忍狠狠搅碎了她那依然柔软着、跳动着的一抹温热。

她又觉出自己怀中之人一声闷哼，鲜血与她的血一处蔓延在两人的衣襟上，他周身倏然一抖，半昏迷着的她像一只残破的人偶一般倒在了地面上，那剑受地面之力将伤口直直划开，更多的血翻涌着，与那些歌舞姬的血流在一处。

半浮半沉间，眼前一片血色，她只知一众人叫喊着王上遇刺了，七手八脚地将实沈抬了出去，他手中的剑滑落在她裙摆之上曳出了一道血痕，随即她便沉入了一片无声无光的世界，只知他的血有两滴滴落于她裙摆之上，似盛放得绝望的曼殊沙华。

无声无光，无昼无夜中，那个她无比熟悉的身影立在亘古的黑暗中，他知若欲杀实沈，只有一并杀了她。既然她身为巫婴之时亦有篡权夺位之念，他将她一并杀了，有何不可？那心中毒草继续吞噬着他，如今，只有这皇权，这天下才是他真正所求。

可是，那心魔原是他在这七年之间，参着上古典籍，亲手日夜苦修将她心中之魔渡至己身的啊。

他听见有什么倏然一动，她在昏迷间已然发不出任何声音，只是艰难地浅浅勾起一侧唇角，竟似是一抹笑颜。

他怕是生生世世都参不透，在那抹似笑非笑背后，无烬在想着什么。

在这世间我所承受已太多太多，没有热爱没有善待亦无眷恋，我选择毁灭，能死在他手里，许是上苍对我的最后一点恩赐吧，就在这一刻，想起种种往昔，一切的欢乐与悲伤，恍如走马灯般历历在目，那些曾经拥有的，那些从未拥有的，大概下一秒，我就要消散在这孤冷的永寂中了，所幸在最后的最后，我才明白自己想要什么，我才明白这一切不过是一梦成魇，这一刻好似他在这梦魇中的心路清晰得如此真切，好似听见了他的呼唤，他落在我眉间的泪滴，从彼时的温绻到现在的空凉，终于一切回归平静。

但我突然发觉，我耿耿于怀的是乱世红尘，视而不见的是心中暖意，我突然感觉到了那往昔的一切缱绻，我突然想要醒来。

她睁开了眼，一切沐浴在纯白的柔光中。祭典用的石青、绛紫、鹅黄、绿松石蓝与牡丹红交织在一处，透迤在所有的物什上与两人的青丝、肌肤、衣袂之间。她的指尖轻轻摩挲过他唇瓣，抹开了那抹色彩，宛似凝固的河流，又似在无声地流动着。

那缭乱的色彩在唇间一触即逝，她倾身向前，本能地含住了那一丝无尽黑夜之中最后的执念与暖意，似夏夜的稚童，捉住一只蝉，便以为捉住了整个夏天。

她告诉他，她已把悲伤与黑暗留在了上一次生命里，波澜已尽，今生唯愿……

唯愿……

她却只能在远方的沙画被风吹散的那一刹，亦化作三里清风随着细碎的沙卷向远方。就像那华美得倾心而惊心的沙画，徒留一瞬惊鸿。

那沙画被称为坛城，据说世上万事万物都是根据一个坛城形象的原始结构所塑的，此结构，其中之人又看不见。这都城是一个坛城，以皇宫为中心，皇宫也是个坛城，以祭坛为中心，祭坛又是个坛城，以坛城本身为中心，那坛城又是以何物为中心呢?

坛城处处皆是中心，使乱化治，使执化释。

过眼繁华，三千世界，不过一掬细沙。杀死她的不是他，是她的权欲与执妄。

再见了，世界。徒留五彩经幡逶迤，埋葬一段过往。

血色天边，唯愿随沙同去，以水收敛这一世悲欢。

第二十二章　晨钟暮鼓

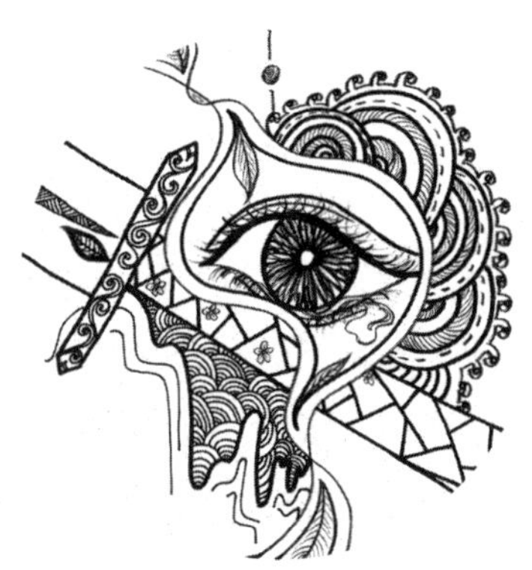

他站在融融灯火里，恍然似一道纯白的光。

无烬，谁都不要相信。

他顿了顿，那秒钟的时间被拉得很长，随即勾出了一抹不像笑的笑。

包括我。

此后，不知是谁，永远地消失在了谁的世界里。随水逝去。

十几日后，实沈被牧云堂堂主险险救活过来，眼见稍有好转，堂主让他多出去散散步，倒有助于尽快恢复。

那是一个夕阳西下之时，天色昏黄而明澈，空气中的清冽气息让他的思绪飞到了多年以前，仿佛昨日他还是个孩子。

他竟活下来了，那受了斩魂剑重伤的他，竟然活下来了。

然而无烬呢？她受的伤比自己重得多，但以她的修为，那伤远远不会致命。他醒来的第一句话，便是问堂主，她在哪里。

堂主沉默了许久，叹了口气摇了摇头，他已然明白了个大概，却依然百思不得其解，为何她竟……他始终不曾知，她因忆川水之故，让本就不稳的仙元重创连连，若是从今往后不接触任何人也罢，但一旦接触了人，他们的体温都会加速她的消失。

彼时她已是以心神定力强撑着留住一念残魄，自然是经不起斩魂剑之伤，便直接灰飞烟灭了。

她愿同他共赴鸿蒙，她做到了，他却失言了。他希望而奢望着她没做到，亦以梦中无数次的粉身碎骨来赎这罪。

他在那堂主的陪同下，登上了曾经她在他面前跌落的城楼，在脚下是疏狂的风声与若有若无的战马嘶鸣声。天色渐暗，漆黑垂死的夜染尽了天幕，堂主点起了一盏提灯。

他走在前，堂主执灯随在其后。他的步履沉着而镇静，甚至平静得有些可怖与异于寻常。他命堂主稍候，他去城楼边上览一览景色，堂主应了，便只是兀自立在那儿待他回来。

倏然之间，灯竟熄了，他听见衣袂擦过的声音与什么物什疾速坠落的声音，他心下一窒，慌忙点灯，却不慎将那灯油洒得到处皆是。

好不容易那灯复被点亮了，他忙寻找着王上的影子，周遭却空无一人，他似突然意识到了什么可怖之事，慌乱地叫喊着四下张望，却不慎将手中的提灯掉落于地面上。

那火苗沾了油，迅速地毕剥着燃烧起来，他慌忙喊着来人，却无人在此时过至这边。火越烧越大，渐渐蔓延至整个城墙上部，亦映得护城河中波光粼粼滚动。

实沈原是跳下了城楼，当年朱砂便是从这处坠落。然而他此生若是七重纱幕，她不过是一朵纱上绣花，点缀在他缤纷缭乱的过往，静静地凋谢了芳华。他是罪大恶极，然而他真的是十恶不赦的人吗？若是那般，他完全没有理由将恨意加与己身，若是他当真铁石心肠，为何那一瞬她竟感到了一片濡湿，感到了他将头埋在自己肩上，抽泣得像个无助的孩子？

他终是任月光掉色，谁能换一世无过？膂烈孤傲如他，纵然如他所认为那般一世无过，然而他就算不会错，亦会悔。

他念了她一生，但这亏欠早已还不清了。

那他便以自己的一生去还。

人生而无情，何苦赴情海。世说人性本恶，善者伪也，谁言人本无情，深情者伪也。但所谓情，是有惯性与本能的。

他爱她曾经的青稚容颜，亦爱她如今历尽沧桑的面容。

在坠入护城河前的一刹那，他望见燃烧的城楼，宛似星夜的焰火。那些焰火倒映在她眼中，而她眼中的柔情千种浅浅折射出他的影子，他与焰火化在一起，注定在那一瞬的绚烂后成灰化烬，万劫不复。

那幽深的水湮灭了一切，他的泪水淹没了眼眸，那沉黑的桎梏，他挣不脱，亦不想去挣脱，任由自己坠入时光深处，尽头的微光埋葬了过往，封印了他的泪，将所有往昔葬身河底。

他却感到莫名的安心与熨帖，好似落花重归大地，好似亡鱼重回渊洋，好似一切回到了生命之初的原点。

意识消逝前的最后一瞬，他倒带了这终是未曾参透的一生，一幕幕在脑海中如走马灯般闪过，最后的最后，定格在了她那抹笑靥之上。

她从光中而来缓缓转向他，淡淡地带着三分错愕于欣然自唇间唤出他的名字。

实沈？

实沈死了，可是沈念还活着。

思绪恍然，又至如初天灯之下，一切却在至美之时轰然消湮。

她是他唯一的光，而如今又是谁人将它陨落。

这一切的本质是什么，是大有还是虚无，抑或这一切，本就只是这一切而已。

他向河底坠去，循着那些往昔。若他只是那个沈念，就好了。

这一夜，被火光波及的众人皆葬身火海，唯他葬身水源。

也许这世间比死更可怕的是孤独，能挡住孤独的却是爱。但他的爱早死在了她消散的那一刻，他这一生，怕是到死都是孤独着的。

玄安十年十二月，玄帝崩，传闻因天干物燥城上失火慌乱之中投水所致。诸王作乱，史称沧溟事变。当年她殉了天下，如今他殉了她。

实沈的尸身被打捞出来后，大家发现了他胸前的衣襟上藏有一个卷轴，因巨大的冲击力深深地刺入了他的胸腔，那护城河水本身不足以令人死亡得如此之快，他的致命伤乃是在此处，这个卷轴所致的贯穿之伤。

执事将卷轴取下，在众官员面前缓缓展开。那竟是当年的那幅朱砂画像，他到死一直埋藏于七重纱幕后的秘密，此刻被赤裸裸、血淋淋地公之于众，带着一丝残忍的美丽，在他早已枯竭的心上滴下血痕。

边缘已被血水浸透，却仍不改当年颜色。

无尽，无烬，那洪荒野火葬送了唯一的尽头，从此她纵然百转千回，却再难留下哪怕一丝的灰烬。

澜澈斋中。

他的发丝竟在一朝一夕之间白得胜雪，却依然面不改色地端坐在那里，他手中执笔所绘，乃是一个女子的背影，七重纱衣迎风纷扬，不用说，那女子便是朱砂。

再看周遭，他已然绘了无数幅，每一幅都是她。

第一幅她执粟米布施于鸟雀，是为无量心中不害之悲心，第二幅她浅笑怡然，是为无量心中无嗔之慈心；第三幅她披蓑笠戴粗衣，是为无量心中平等之舍心；第四幅她面含喜色嬉笑于秋千，是为无量心中庆悦之喜心。

另一边，四幅乃是她所作之布施、爱语、利行、同事四摄，再望周遭，乃是六波罗蜜，施予、持戒、忍辱、精进、禅定、智慧。

阖眼，恍然入华严境界之四法界，理法界中浅浅映着虚浮的她，事法界中她变得稍淡了一些，理事无碍法界中的她仅余一丝微渺呼吸，而事事无碍法界中，她却再也寻不见踪迹，生生地消失在了他的世界中。

他一惊，伸手想抓住她，却倏然惊醒。他想，幸好这是一场梦，幸好她还在。蓦然想起，她已不在了，在这真切现实中，她亦不在了。

他疯了一般地嘶喊着她的名字，可是却再也无人回应了。皇城中，应是在后山为王后立了新坟吧，然而如今那仓皇出逃的他，怕是早已失去了祭扫的资格。于他而言，回到皇城等同于自投罗网，如今众人皆在捉拿那个刺客，他去，就等同于送死。

面对一些人的离开，我们唯一能做的就是编造一些减轻痛楚的理由。使他们最后一丝留恋与温存恰恰落在自己身上。

星纪起初是这样想的，后来他觉得，她一定不想再见到他，她一定会恨他生生世世，他便不再这样想了，继而继续绘着她。

他有时妄想着他本不该哭泣，因为她从未离去，他身边每一缕微风皆是她。他又惧，因为他惧着风会带走她存在过的证明。

惧着所有知晓她的人皆死去后，就再也无人知道，她来过这个世界。所以，他不能随她同去，他要尽可能活得长一点，权当是为了她而活着吧。

但他不知，她到底还愿不愿意让他记得他。与此同时，他能感觉到心魔的力量在他的体内日渐强大，蠢蠢欲动。

他的记忆，一遍遍在倒转，似有什么在操控着他的思绪，让他几乎万劫不复，又被迫残忍地清醒。

就像一只将要被制成裘皮的狸奴兽，挣扎地转过脑袋，看着自己血肉模糊的身子。

在迷茫、绝望、无尽的踟蹰与缠绵中，他听见幻境中的她冲他喊得撕心裂肺：你还想让我死几次？还想让我死几次?

他不知自己是以何种心情将这句话说出口的，亦不知这是否成了一种自我救赎，或甘愿的万劫不复。他只感受到自己的喉头在动。

死到你决定活下去为止。

青丝如雪般狂乱地飞扬，那些光影落在了他触不可及的，南渡北归的梦里。他觉得自己成了亘古星辰的罪人，被流放于此，一流放便是生生世世再难回头。

可怜有时参不透，有时参太透。可怜终究是一个痴情，一个情痴。

后来，在某一天澜澈斋竟传出了叩门声，那声音不急不缓，不沉不浮，却有几分分外的熟悉与亲切，他开了门，只是惊得怔怔站在那里。

那门外之人竟是朱砂。

一时之间千般思绪翻涌，他勉力让自己维持着近乎残忍的理智与清醒，又在心底企图让时间永远凝在这刻。因为他怕，他怕这又是一场梦，他怕她再度消散于此，他怕这也仅仅是他因思念过度所生的一个幻影罢了。

但在她的指尖触及他鬓发的那一瞬，那触感又是如此真实，真实得让他怀疑眼前这一切本应是真的，但他又不敢如此认为，他怕当他终究意识到这一切皆是幻境之时，对他的打击更大。

她似是敏感地觉察出了他所思所想，踮起脚尖倾身在他唇间浅浅一触，浅笑嫣然：这一次，不是梦。

他却感受到了她浅笑之下令人心碎的千般思绪，本想将她顺势揽入怀中，却不知为何，他心念沉沉一凝仅是浅浅说了一句：你是如何复生的？

她依然笑靥灿烂，却带了一丝粲然与无奈，徐徐道：我便是这星月石，这星月石便是我。

因了这数年修道与彼时那度法之效，她的星月石已足以再度凝结她的残魄，作出与先前一般无二的人形。

他复看向她眉间，那沉郁的蓝紫月牙已然变为了幽邃的，带着一丝血色的朱红之色，竟宛似那幅画像，原来自己在冥冥之中，便早已循着她心迹的牵引，预知了此番种种。

她复道，这星月石数年之间，已经沾了太多太多的血，如今我便是它，它以自身凝结了我的残魄，便不复存在了，也免了世人妄念于此，互相怨怼杀戮。

他的手微微颤抖着，抚上她的眉间，洇着一丝说不出来的复杂情绪，她顺势握住他的手，直直望进他幽邃如墨的眼底。

她感受到他眼底无比熟悉的那一抹悱恻与温绻，以及他掌间自己无比留恋的那丝温度，瞬间情难自抑沉析出清泪一泓，满溢在她的眼眶中，溶落在脸颊之上。

真好，原来你还在这里。

第二十三章　江山此夜

他一只手抚上她的鬓发，感受着缭绕于指尖的那些温热而真实的触感，另一只手扣住她的背脊，将她紧紧揽在自己怀中，感受着她的心如此真切的跳动。他看向怀中的她，发现她亦正看着他，眸子有如小鹿般清亮而澄澈，一如当年渡月河河畔那个一笑无瑕的她。

她觉得自己心底某一处似乎泛起了一层酥酥靡靡的涟漪，那涟漪逐渐弥散至四肢百骸，融融地化开，她竟似一个小女孩般，又有了如初那种微微的期待与踟蹰。她欺身向前本能地留恋着他唇齿间的温度，唇瓣却被他蓦然含住，他的神情宛如终于得到一串糖葫芦的稚童一般，细细地吮吸着，回味着，却又不敢太急太快，生怕这串糖葫芦吃完了，就再也没有了。他尽可能地将动作放得轻柔，纵然因此他必须压抑住自己心底那千般翻涌的思绪。朱砂自然而然地闭上眼睛，却从睫羽的缝隙中望见他眸光中揉碎星辰般的丝丝温存，似一壶清酒缓缓化在她早已酥靡的心田。

她全身脱力，有些头晕地倒在了他怀中，似乎在温绻着那丝余韵，似乎这一刻，她想拉成永远那么长。

他信手捻了个诀将门扣上，猝不及防她这么一倒，两人一同跌在了地毯之上，衣袂翩然曳起的风吹落了短瞬时光，凝固在空中。

那竟是他一直以来所绘的回忆，皆是她，从角落处的一张她方看到，那枚写着“澜澈”二字的印章，果真是他挂在自己脖子上的。

但她难以忆起，亦无暇再管那段往昔，她只知此刻得以沉溺其中，醉此一盅，便足够点染这江山此夜，乱世繁花。

他一头如雪的发丝一如当年一般，将她桎梏在这一方小小天地之中，她的声线喑哑而酥靡，低声唤着他的名字，带着一丝微微的鼻音，她再度闭上眼，双手情不自禁地环住了他的背脊，却在那一瞬蓦然加重了力道，竟将他的唇珠咬出了一丝微微的血痕，化在了她的舌尖。

冥冥之中她感到了一丝不安，此刻这不安越发真切，像这化在她舌尖的血一般，沁入了她的心田。

他似乎读出了她的不安，复沉声向她言道，那丝熟悉的感觉让她有些微微的倥偬，我连那一念残魄都是黑的，唯独心尖上一点血还是红的，用它护着你，我从始至终，都愿意。

她轻轻一颤，渐渐收起那些弥散思绪，任由他的唇一路向下滑去，她只是愈加紧地揽住了他，心中似有一朵初春桃花幽然绽开。

窗外，是一树绯色的繁花，在这不合时宜的深秋盛放，弥散在碧水青烟，摧横飕风中。

是年十一月，有乱军袭长风城，见一段城墙已坍塌得残破不堪，仅余中间一块被火奇迹般地留下了，那是披发执槌于城上的娵訾，已然肝胆俱裂，其状极惨，却依然被一件残破不堪，染尽星辰风沙的大氅所覆，才免于将这凄惨之状公之于世人。

乱军见此状，议论纷纷，皆不敢擅自攻城，恐遭天之谴责，四下商量一番，掉转马头退去了。

天下再度久旱不雨，他冥冥之中是想以她为祭开启祈雨之阵的，这样他便能以此为由登上帝位。

他想要的，从始至终是这王权天下，还是唯独那一个她？

他不知道，只知在某一瞬望进她清澈如水的眸底之时，他又心软了，并为自己的卑劣想法在心里将自己千刀万剐了无数遍。

她敏感地觉察出了他的异常，但在与她解释之时，那一念敷衍与油然而生的愧疚，正缓缓地将心中那棵剧毒枝叶滋养得枝繁叶茂，并生出更多的毒液，将这养着它的心房腐蚀得血肉模糊，鲜血与毒液一同蜿蜒，滑落。

他知那是正在愈加猖狂着的心魔，澜澈斋中，夕阳西下，华灯初上，他一夜无眠，她一梦成魇。

那一天终于到来，一国无主内乱，他出现在朝廷之上，她亦随他而来。他一袭银白衣袍如夜空中好似回忆的疯狂落雪，衬着一头银白发丝缭乱而绝尘，她依旧身着七重纱衣，脂粉未施却仍是绝代芳华。

朝廷之上已全然无昔日祥和景象，众人厮杀作一团，血溅在四周的墙面与窗棂之上，屏风被刀划出长长的伤口，似死亡般地倾倒于地，又被刀剑掀起的风吹拂得挣扎起身，却终是被千万只战履踏得粉身碎骨。

果然他一出现，便成了众矢之的。他是亡命天涯的刺客，沧溟的将士与百官饶不了他，他是先王的画师，袭城的乱军亦不会放过他。

不知是谁一声令下，那刀光剑影齐齐朝他飞来，他却本能地挡下那些利刃，将一柄穿过腕骨的长剑以另一只手死死握住，他怕它伤到身后的她。果然，纵使心魔的力量再强大，爱依然有惯性与本能。他下意识地将她死死护在身后，难道事到如今，他还意识不到自己心中那份情吗？

又是一柄长剑，直直地划破他如雪白衣，挑破他的筋肉，那骨骼在巨大的冲击与压力下瞬间碎裂，剑尖直直刺入了他的那颗依然痉挛跳动着的心，他只觉一阵闷痛无法呼吸，无法思索，竟然连恐惧的力气都没有了。只知神志像不受自己控制一般，他的手颤抖着死死握住剑柄，微微用力，那刺入胸腔的长剑被自己生生拔了出来，伴着骨头断裂的一声脆响，登时血流如注。斩魂剑？是何人会得到它？

半浮半沉中，他望见那几个大臣向她伸出手，道要带她回去，他们本以为她早已为玄帝挡剑而死，却不想再度见到了那个鲜活的她。

他执着地挡在她身前，将她带走？不就是为了全你们的殉葬之礼吗？他手中长剑一挥，剑上鲜血结作冰凌，如毒镖一般射向周遭众人。

谁也不许动她，你们若是敢上前，我见一个，剐一个。

剧痛使他的脸色变得苍白，而那胜雪白衣已然被鲜血染得斑驳，那嫣红粲然似踏雪寻得的一剪寒梅，茕茕孑立在其间。

神志渐渐不再受自己控制，他颤抖地抬起手中长剑，带着绝望、缠绵、痛楚、粲然、凄凉、悲苦、决绝与深藏其下的那一丝嗜血的权欲，此刻众人已不知不觉厮杀至天堑台上，他的剑锋对准了朱砂，他知，这一剑若是刺下去，一切便可以结束了，从今以后，他便是那个名正言顺的王，便能遂他所愿一统天下，成就这千秋大业，便能安然此生，无须颠沛流离四海漂泊。他早已神志不清了，早已忘却了自己的生命已然进入了倒数。

在他心中的这一切幻境，不正是他梦寐以求的吗？为何此时体内竟有股力量与心魔抗衡着，让他本该将那一剑刺向她，却迟迟下不去手。

他千般思绪将血翻涌得滚烫，不知是极悲还是狂喜，是爱还是恨，唇畔一抹鲜血随着瞬间凝滞的呼吸似欲挣脱束缚般喷涌而出。他重重地颤抖了一下，终是将那剑向前刺去。

几乎是与此同时，她亦向前靠去，剑锋划破了她的七重纱衣，她却在它撕开自己肉体的那一瞬感觉不到哪怕一丝疼痛，她拼命地去找寻那一丝疼痛，感受它，触及它，迷恋它，让它变得愈加强烈而鲜明，她妄图将自己生生撕碎于那痛楚之中，又在自己沉溺其中之时逼迫着自己残忍地醒来，如是反复几番，她越发迷恋着那丝更甚的痛楚与绝望，甚至感受着他冰冷剑锋之下，仅余的那星点温柔与缠绵。她朝他艰难地一笑，粲然道：谢谢你，救了我。

她将他死死地揽住，一下子撞进他怀中，将剑柄抵在他胸口，随着她将他揽得越紧，那剑便刺得越深，她近乎痴狂地贪恋着这血色的温绻，贪恋着自己渐渐衰弱下去的微弱呼吸，这种极度虚弱所致的半浮半沉间融融的感觉，贪恋着他温度渐失，带有一丝血腥的气息与他胸前衣襟上微微黏腻濡湿的赤红液体。

朱砂在一颤之间抬起头，因为那难以抑制的剧痛，她的睫羽似一只残破的折翼蝶般微微颤抖着，她索性闭上眼，用尽了毕生最后一丝力气，微微倾身含住了他的唇瓣。她舌尖扫过他的下唇，紧接着便变作不带一丝踟蹰地吮吸，此后她痴狂般地死死咬住了他的唇，似乎要将他永生永世侵占，揉碎在自己身体里，她贪恋着他唇间那浮世之终的最后一丝温软与暖意，不知不觉他唇间的血迹已然斑驳，与他喉中鲜血交汇一处，她才惊觉自己口中亦尽是血，有他的血，亦有她的血，但在这最后一刻，那丝温绻的腥甜成了她对这浮生的最后一丝留念与眷恋，最后一念执妄与贪恋，她最后一次肆意贪恋着那属于他的余温，那丝痛楚中的诗韵，绝望中的情真。

光阴肆意。她艰难地捻出最后一个诀，将两人带至忘川之畔。

追兵以瞬行之术赶来，以为他已死，便将他从半昏迷的朱砂怀中放至那一匹红得似天边最艳烈夕暮的锦翎之上，那锦翎乃是以众多鸟羽勾织而成，质感却如同薄纱一般。

她却突然在他将被众人带走的那一刹，从昏迷中蓦地醒了过来，她颤声正色道，你们谁都不能带走他。她匍匐着将自己的身躯以那为棺的锦翎与他环于一处，双臂微颤地环住他，她眉间一蹙，像是在忍受着巨大的痛楚，却生生勾起单边唇角挤出一抹不像笑的笑，似牵动伤处痛楚更甚，她将头紧紧地贴在他胸前，好似借他一丝余温，便能让这痛消减些微，随即她往旁浅浅一靠，携着他一同坠入了忘川的云雾之间。

那艳烈锦翎在两人头顶翻飞，衬着风声疏狂，人间仓皇。呼啸的风带走了一切存在过的证明。她将他死死揽在身下，锦翎翻飞宛似她的双翼。

时间本就没有长度，色相生灭，活着与死去同时，过去与未来无序。恍然间，她分不清，这是瞬时抑或永远到达了终点。

她感觉不到自己的存在，星纪的存在，那悲凉风声的存在，忘川之水的存在，周遭一片虚无苍茫，她不知他是活着，还是死了，自己是活着，还是死了，她不知如何从此间超脱，她不知如若自己记忆消逝于此，那她与死去有何区别，她亦不知此番是苦海抑或解脱。

从崖上向下望去，似有一朵浮世之间最凄艳绝美的赤色之花，如水弥散在忘川之中那些纯白的雾霭里，渐渐地再难寻觅，就好似这一瞥芳华从未路过这个世界。

欲来观世间，犹如梦中事，人生自少而壮，自壮而老，自老而死，又入轮回，又入又出无穷矣。生不知来，死不知去，蒙蒙然，冥冥然，千生万劫不自知，非真梦欤？

庄生梦蝴蝶，孔子梦周公，梦时固是梦，醒时何非梦？

一时一刻皆如梦，是幻，是幻，万法皆然。

可怜，未至黄粱梦已阑。其中执妄间情多。

你不是爱着眼前这个人吗，我让你看着她死。星纪，我未放过你，我放过的是这所有的缱绻，亏欠、羁绊、绝望，此番忘了你，也是放过我自己。

她凭着仅剩的一丝力气勉力开口：但我以星月石之名诅咒你，永生永世无有老去，无有死亡，无论以何法，都会永世记住这番情与念，这番贪嗔痴妄。

她拼尽最后一缕呼吸，仿佛要将此生之苦难悉数传递。

她扯出了一抹笑，那抹他永生永世都参不透的笑。随即带着笑意，她缓缓地阖上了眼睛，与那艳烈锦翎和残破记忆一处，葬身在了无昼无夜，无忧无念的忘川水底。恍然，似有熟悉的歌声传来。

曾经的她，虔诚地期待并相信，爱是恩赐，是救赎，是她永寂残生中最后的一道光。恍然间，在最后的走马灯中，往昔的记忆最后一次沉淀，原来事到如今，只剩下一场华丽的满眼苍凉。

那彼时斩魂一剑，是她刺向他的，她只是不负相思不负信仰，尽最后一丝气力尽了杀死弑君者的使命，也是期待着他会躲开，他会轻易地躲开，然后让她死在他的手里，了却圆满一生。

却不想完全可以躲过那一剑的他，却偏偏选择被她刺中。

他偏生将那银白雪衣染成了红袍，一如当初，她将那素纱染成了最后的霞帔。

光芒悉数湮灭，生命只是一场执念拼凑的幻觉。

她不过是个出色的优伶，在别人的故事里感觉着自身的悲喜，只是演着演着，不小心就入了戏。也许从始至终她爱上的，不过一个爱情本身罢了。

但又是什么，让她此番随他一同坠入这忘川？

因为这一场执，一场念，无法狠心辜负，所以纵使坠落也是一生。

艳烈锦翎归于沉寂，只余他昏迷于水边巨石之上，手中还紧紧地抓住她纱衣之上的一缕残片。那柔软的质感似残存着她的余温，恰似彼时她温润缠绵的呼吸与倾泻如瀑的那一泓青丝。

他从昏迷之中再度残忍地醒来，竟毫发无伤，只有那白衣之上一身彼岸花般的血迹凭吊着此前发生的一切。

有歌声自邈远之处传来，是那首他无比熟悉的旋律，无比熟悉的声音：

待至雪沸时，

故人循约来，

眸底泛十里烟波，

染长天双鹤，

卧冰河

寂寥色。

他下意识地轻声和着，似乎这两人冥冥之中的约定此时能再度灵验一次，只要再灵验这么一次，就好了。他此生便别无所求了。

那份情似罂粟，似鸩酒，明知有毒，但还是使人成瘾，沉湎其中，深陷其中，贪恋着那一念欢愉，欢愉之后的痛楚与难以自拔让他彷徨，却依然甘愿再度沦陷，更甚于前，直至如今万劫不复。

倏忽之间，才惊觉自己的声音全然不似歌声，竟似破碎的音节一般残缺而不堪，伸手触及眼旁，有什么东西悄然流淌，随水而逝，竟是满脸的咸湿之痕。

另一边，玄枵趁乱正蓄势待发，临行前他做了最后一件事，恍然间亦如当初，月色皎然，桃花灼灼，幻景中的宣洛立在一艘竹筏上，缓缓融进那一片花雨中。他面对着幻景，弯下腰去，手执桃花环虔诚地跪在地面，无人听清他说了些什么，但从他的表情中，隐隐显出了愧疚、弥补、悲思、偿还、同情、尊严与祝福。

他祷告毕，庄严地将花环抛进了涓涓河流之中，那涟漪漾起其上漂浮着的些微桃花瓣，宛似他的心痕。

那是爱吗？似爱而非爱，参不透的才是参得最透的那一个。

没有后悔，只有若不相逢。

他见幻境中此时阖目的她依然潋滟着当年那凤冠霞帔，遂自己亦换上大红喜服，权当了却她最后一个心愿。

此后，两人素衣蓼华，似寻常过日子一般，那时他看着她夕阳下的剪影，竟有几分希望，希望着只此一瞬，便是一生。

倏然之间，幻境之中千树桃花尽数凋零，他望着踏着残花枯枝而来的她，听见她在自己耳边的仇恨与诅咒，让自己永生永世，都不能与所爱在一处。

宣洛，你可知，我只爱过你一人啊。

她说，自己可以为他再做最后一件事，实现他最后一个愿望，他默了许久，没有选择。

宣洛突然转身，欲从河边飞瀑中跳下，一地桃花瞬间纷飞得凛冽。他终于说出了那最后的三个字：不许跳。

这便是那个他的最后所愿罢了。

为什么他没有说出她心底一直在冥冥之中期望的那三个字呢？难道时至今日，他对她依旧只有偿，只有悔，而没有哪怕一丝一毫的爱意吗？那她宣洛此刻跳与不跳，又有什么意义可言？

他久久凝视着她跌落的方向，试图抓住她，却仍是选择了放弃，他不能随她同去，他要顾全家国。他的视线渐渐失焦，模糊的光晕中潋滟出了如初的倾世桃花。他一下子从幻境中被狠狠抽离，蓦地跌落回现实之中，在那一瞬他竟感同身受了她的绝望与无助。

最后一瞬她在幻境里笑了，徐徐道：我骗你的，谁让你之前总是骗我呢。我还等着与你一同饮桃花酿呢。

他望着自己面前盈盈立着的她，一下子把头埋进她怀里哭得像个被吓着了的孩子。

但那又如何呢？就让她死在最美好的青春里吧，以后学会懂事了，要面对一切黑暗，也许死对她来说反而是最好的结局。

她在那夜托梦与他，道这一生我曾三次倾心于你，一次在九曲洞中，一次在月白天幕之下，还有一次便是弥留之际将死之时，一次便是一朵，恰好三朵花，务必放在我的坟前。

她又道若你多年以后走完了这渺渺一生，不求与我葬在一处，只求君名刻于我碑上，与我名并排一处。

她又道此乃自己平生最后一愿，若君不愿，则将名字刻入史笺，我不会嗔怪于君，只求玄枵你好好活着，平顺安稳，成一番宏图伟业。

十一年九月，玄枵起兵平乱军，终胜六王联军于锡凉之野。

冥引元年，也是玄安十二年，一月时玄枵登基，改国名为冥洛，改元冥引，是为冥洛国之宸帝。

他终是以她之名，封了一国之名，亦算是对她的一种偿还吧。而她会见到吗？

是年二月，他与蓁蓁大婚，赦天下，封蓁蓁为元渡皇后。

遂祭宗庙，尊先帝实沇于庙堂，众人以国丧之礼奠之。

世说宣洛本为洗梧神女，因强以自身修为化灵犀阁镇乱世，故元气大伤，只得跌于红尘之中贪嗔痴傻，才会心甘情愿如此痴心于玄枵，生生牵扯出这如此一番夙缘来。

这正是为何当初她得以不费吹灰之力便探寻得了灵犀阁中千般过往的机缘所在，但她缘何从未与玄枵言说半分？

这一世的洗梧神女，当真如此痴妄。

至于灵犀阁中诸般过往，倒是得知那偶有的几句是关于它的。

一是这夏莲与慕萧终是为了平他们复生后所处的那连年乱世，一个散了魂，一个化了长安灯，双双祭了自身性命，方又换得一世安稳。

二是那金鲤童子复生后，果真失去了全部记忆，然而彼时有一朵雪花落于其案上，他因那时借雪女之元丹复生，遂多少仙元有些不稳，只能记住一件物什了，以往他素来只记着自己，可不知缘何，如今见了这雪花，心中竟分外充盈着一丝别样的欢喜，他便将它记住了，却再不记得自己是谁，逢人便问，人皆訾议其疯癫不堪，是为市井之中一大笑柄。

又且说那匿于城外郊野的岚裳，她疯疯癫癫地跳下了忘川，也不知她是如何寻到的，从此她便只言一语，从白昼开始在那水边林间坐到子夜，就喃喃着那么一句话：还想让我忘什么，还有什么可以忘。

其实本没有任何人想让她忘记什么，忘与不忘皆取决于她自己的心，心若安稳，则处处皆是乐土。众渺仙山是那花自寒所立，这又是后话了。

那西域的神秘国度因天灾倾覆之时，缪华自不再任官职后便回乡日夜守于当初蓁蓁在上面献艺的那艘画舫之上，最后画舫因年久失修被官府凿沉，他随着那半生未离开的画舫一处，殉船于大江之底。

传言道，是因他贸然以禁术寻她，才导致了这天灾。

他是笑着死的，因为他到死也不知，当年身边的那个坚忍少女，那个他以命相护的少女，死在了不久后的一场宫变之中。

星纪再度率维护旧政的起义军攻打皇城，众人都不会相信这个面覆银质镶图腾面具，一头如雪般银丝飞扬的神秘人物会是当年的刺客，只觉得这栉风沐雨赶来的，带着一丝骁勇而略显恣睢的翩翩君子，定是旧政的某位势力极大的拥趸者。

他早已弃了澜澈斋，仅携了必要的笔墨纸砚若干，将其余物什一并随历史尘封在那“澜澈”的牌匾背后，只余一壶清酒，一身尘世风沙，一生浪迹天涯。

正殿被起义军团团围住之时，那玄枵与元渡皇后亦被困于其中，眼见双方都在拼尽全力寻脱身之法，星纪心中忽然盈上恣睢一念，他想再度试一试，人在生死关头，究竟会如何选择。

他遣开周遭将士，分别递与两人一人一柄长剑，徐徐正色道：“你们尽可以互相交换武器，若用得不称手还可以再行调换，我这里还有很多。活下来的那个人，我会放他一条生路，保他一世荣华。”

一只黑鸦如离弦的箭般从殿上呼啸掠过，双方蓄势待发，正预备着展开最后的攻击。蓁蓁本以为玄枵不会伤了自己，却不想他仅仅迟疑了片刻，便挥剑刺向自己，看来是天真的她多虑了，素来帝王无情，怎会因她而心软？

她招招避让，玄枵却剑剑致命，终于在他的剑贯穿她手臂之时，她苦笑了一下，一双星眸忍着剧痛盈烁着些许水痕，看向眼前的他：“你就这么想让我死？”

她一引手中长剑，那长剑贯穿了他的左肩，鲜血翻涌而出，她执剑的手不禁有些许微颤，终是将剑掉在地上，他亦双膝一软跪倒在地，却依然将她揽于怀中，轻声道：如若我不这般，你如何才能杀了我？不杀了我，你又如何能活下去？

他将她的青丝抚顺，另一只手放在她身后轻揽着她的背脊，在说这些话的同时，他拾起那掉落于两人身后的长剑，趁她不备之时，缓缓地将袖中类似浮梦散的那种具有麻醉效用的药物抹于剑尖，在不知不觉间缓缓地带着一丝温柔与悱恻，渐渐刺入她的后心，紧接着贯穿胸腔，她感受不到哪怕一丝疼痛，只觉眼前恍然似一团极柔和的光，她便逐光而去，依稀这个将她紧紧包围着的温暖怀抱，让她觉得很像一位故人。

她甚至在最后一刻还怀疑，那一丝酥酥靡靡被弱化得所剩无几的痛楚，只是她心底暗生的一分情愫罢了。可笑她终是死在了眼前这宸帝为她亲手编织的这个童话里。

四周一片鲜红，随即坠入黑暗，她一直往下坠跌着，那黑暗亦愈加纯粹而逼仄，恍然之间在它的尽头却是一道幽微的白光。她望向那团光，坠向它，逐着它而去，那光中似伸出了一只手，她好似回到了儿时，那样从云梯上摔下来后，极轻极轻地落在了那个人怀中。如若重来一次，她一定倾尽毕生，将那一瞬成就成万里星辰。

起义军被围剿，星纪侥幸逃脱，元渡皇后被依国丧之礼，葬于城郊之西陵。

原来那蓁蓁的一生中有两个人，前一个他为她覆天下，后一个他为天下杀她。

玄枵继续稳坐王位，冥引二年，星纪寻出当年所绘的朱砂之像，那眉间一点朱红仍栩栩，画卷外侧却沾染了些许凝固的深色血痕。

他带着一丝执迷般的决绝与必然，在那早以为已被麻痹的尘封往事再一次撕碎他的记忆之时，他将那画卷紧紧贴在最温热、最柔软的心口之处，再一次感受到那丝若有若无的缠绵气息。

他见到了渡月河，还有那些不知名的河流，那城与城之间相隔的万丈悬崖，他无论见到了什么，都试图从其上一跃而下。他早就想随她同去了，只不过，在那些粉身碎骨的痛楚中，他清楚地感到自己的意识或四分五裂，或随着肉身一同血肉模糊，或被残蚀得所剩无几，但他再也没有模拟出过那天她的心境，是痛楚？是决绝？是绝望？他穷尽一生，亦无从参透了。

此外，他再也没有见过忘川。

无有老去，无有死亡，无论以何法，都会永世记住这番情与念，这番贪嗔痴妄。

那是她在这世上，留给他的最后一句话，然而一旦被那斩魂剑所伤，甚至连哪怕一念希望，奢望，都不会留给他了。

而本来存于星月石中的一线生机，也被她化为了这个诅咒，她最后的机会因此烟消云散。

她让他永远记得，以此作为这世间最毒的酷刑。

从前，他以为忘记，是这世间最悲凉、最无奈、最凄苦之事。

但现在他终于明了，原来忘记不苦，记得才苦，才是世间至苦。

他想，这样也好，权当作对她的一种偿还，权当是在痛楚之中一次次救赎自己，涤清罪恶。

这世界上大多数的情，皆是用以对抗虚无的方式罢了，最后亦终化为虚无。却不想，这一场生生灭灭的春秋，终究是梦而非戏。

那只是一种命定的救赎罢了，在水中是那样宁静而幽寂，与死亡具有同样的本质，只不过换了一种过程与方式。

那一瞬，他感到手中剑锋刺穿她皮肉之时，自己的千般思绪中夹杂着一丝对失去的恐怯，如今，却成了谶。

生命让人足够强大，足以面对死亡与身外世界。

但是他不惧死，他惧的是这永生。

久而久之，他亦不知自己是在找忘川，还是在赎罪。

冥引三年，城东立娵訾衣冠祠，香火终年不绝。

星纪由起初夺权争利，到如今在力不从心或是深明大义后，他反而淡然了，释然了，常在云游四海之时亦顺带着画一些画，那些风土人情，自然景观皆得以入画，而相思更得以入画。

唯一不变的两点便是，他还是时常画着回忆中的她，那种记忆带来的蚀心刻骨让他感到陶醉与迷恋，让他欲罢不能，似乎这样他才觉得自己是真真切切活着的。

但他惧，惧这份蚀心刻骨于他而言的含义，好似饮鸩止渴，好似令人成瘾的剧毒罂粟，直至万劫不复再难回头，直至药石无医。他知自己必须忘，他知不应执迷，但他做不到。

不过他还是一如既往地尝试着。在渡月河底他带着一丝归属感地放弃呼吸，却依然还是活过来了，只余剧烈的痛楚陪伴着他，在极寒之城中他从冰川之上一跃而下，却终是如此真切地被耳边摧横飓风唤醒。

那天他亦被斩魂剑所伤，为何还是不能与她同去？他在疏狂风声中一遍遍地拷问着自己，这是为何？那是因了她的恨，在她生命尽头以最后一丝气力写就的诅咒，承载着的东西，怎能被轻易解除？

他不想解除，他不愿这样，如若哪一天他真的连这一分属于她的东西亦无法留住，那他才是彻彻底底地死亡了。

可是这不正是他想要的吗？但他想忘是因为他的执，想念却是因为他的情。

后来，他在西域锡凉之郊寻得了数名歌姬，一颦一笑皆像极了彼时的朱砂，但是再像她，却不是她了，再也不会是她了。

是年，他再度起义，却被生生刺穿在王座之上，不知从何而来的一抹艳烈锦翎一如当年，覆住了他，覆住了那些赤红的血，覆住了那些权与执与欲，覆住了一切过往。

恍然间，分不清瞬时或永远到终点，本以为自己死了，却不得不再度残忍地醒来。

他本想代她得到她想要的那一切，本想这样，无论她看不看得到，他都会依着《江山记》中她所愿，为她重新化出一方长治久安的盛世。但他却无法做到了。

玄枵任宸帝的第三年，其归乡，立贤女碑于旧居之南，以志宣洛。他终是将名字刻于史笺，而非镌在她坟前，然而那三朵桃花此时正茕茕孑立于她的名字旁。

自那以后，他却再也不敢看上哪怕一眼。

冥引四年三月初三，烟华海八百衣冠冢终落成。

第二十四章　乱我心曲

是年，星纪建无念寺于郊野，常于平日行布施之事，散发粥粮等与百姓，人皆曰如今有善行者，不知何人，银面白发，因未曾落发亦不知其是否为僧，总之乃是一大善之人，且温润如玉，清远光华。

家家户户，传着他逸事的，有：上去好奇而询问的，有。道他实为上古神祇的，有：传他面具之下真容的，有。甚至个把不知谁家的闺女，吵吵嚷嚷非他不嫁的，亦有。

他常言，须依心舟，乃能渡到彼岸，方离苦得乐。

却早知自己心中所驻非舟，乃是魔。不过这些日子以来，他逐渐学会了如何去控制它，如何去压抑它，虽然过程极为痛苦，但他必须这样做。

他已经伤过她一次了，他不能再放任自己去伤这个她生活过的世界，这也算他所能做的，最后一丝偿还与救赎了吧。

既然永生，何不利用这悠悠漫长岁月多行善事。

常人理解的“有”为实在的“有”，而世间这诸般生老病、怨憎会、爱别离、求不得其实并非实有，而是空幻的。空，是破除这芸芸众生对“有”的执迷，倘能照见五蕴皆空，人便自然得以度脱一切贪嗔痴妄。

世事无常，此种无常正为规律，可叹大多数人理解不了，总是妄图追求生生世世，永恒永远，如寿比南山，海枯石烂之徒。然而常事与愿违，是为行苦一桩矣。

心无挂碍。无挂碍故，无有恐怖，远离颠倒梦想，究竟涅槃。

那天，星纪拈卷读经，却正好有此番话语映入眼帘，恍然间那渡月河河畔的少女音容从脑海中一瞬闪过，他却依然不动声色，继续读经。

凡尘千念，唯情独苦，倒不如以出世之心观照人生，无我，无我所，因此心无牵挂，放弃执着，放弃妄念。

颠倒梦想，是错误的想法，是不现实的想法，故称为妄念。世人皆生于妄念之中，欲望为妄念的动力，执着为妄念的助缘。欲望推动了妄念的产生，执着又将其不断枝繁叶茂。

执着有多深，妄念便有多荒诞。终化妄境，难以解脱。

当灭执着，灭除烦恼，灭除牵挂，灭除恐怖，灭除妄想，灭除痴念，方可得。

那天晚上，他做了一个梦，梦中的朱砂依然身着那极尽婉妍的七重纱衣，站在忘川之上，那疏狂风声吹得她七重纱簌簌飞扬，逆着日光，折射出些许浅浅光晕。

她向他徐徐道：若能照破无始无明，如风扫浮云，霜消杲日，虽寂照如初，而复非寂非照，虽非寂非照，而复恒寂恒照，是为无念也。

他一惊，这寺名便为无念寺，难不成她知道了？那她可知，这“无念”原是化用她彼时名字中的“莫念”之意？只不过“莫”乃一瞬，“无”乃亘古罢了。

心神再度一凝，莫不是到如今，自己还念念无忘，勘不破这浮世浮生吧。

他不禁嘲笑自己，先前见三界九类芸芸众生，沉沦苦海，轮回生死，当起悲悯之心，令其灭障碍而出离。可自己不还是一样，教别人时教得头头是道，振振有词，如今试问自己，当真彻底连根斩除了那份情吗？

何苦如此，伪装得绝妙，却终是瞒不过自己的心。

微尘空寂，无有实相，并非微尘，强名之为微尘。微尘既空无所有，其所积累之世界，亦当然空无所有，世界并非世界，强名为世界罢了。

而为何如今自己将这心中之情，偷梁换柱，强名为无情？

本是心有所住，为何强作为无所往？

又是一年三月初三，他至烟华海八百衣冠冢祭拜先士，在那青烟袅袅云雾缭绕之中，他似乎找到了冥冥之中某种心迹的契合。

他将过去那幅她的画像缓缓点燃。一阵风吹来，火势越来越大，他久久地凝神着，看着那些尘屑散作星星点点的飞灰与残烬扬风天际，久久地围绕于他身侧，迟迟不肯散去。

手执那《江山记》，其上她的文字，他早已熟稔于心无数遍，此刻他终是将那些素宣一页页地撕下，虔诚地将它们一张张放入火中，目光中参不出什么情绪，却早已是个未亡人了。

一切过往，一切执念，一切情深，一切爱恨皆随风卷去，此时此刻，他真的要放下了，他真的要堪破这一切了。

在某一瞬他望着不断扩散的火焰，忽然想纵身跃入火中，以自身为引，焚尽这苍凉世道，焚尽这痴妄执念。他想焚尽一切。

但他终究没有那样做，他亦不知自己为何没有那样做。

那一念如梦然，梦时觉有，醒时则无也。如幻师为幻事然，幻现种种事物，而实无事物也。如水中之泡沫然，阳光映照有如蜃影，心生贪嗔，而实非蜃影也。如阴影然，物在影在，物无影无，物既是空非有，影亦是假非真也。如雾露然，空中清净，则雾涌腾，不久消灭，即非常有也。如霹雳然，突现突灭，突此突彼，无影无踪也。

一念起，一念灭，不过弹指一挥，须臾而已。

烟华海上有鹭鸶，迎长风而唳。

烟华海周有八功德水，一者澄清，二者清冷，三者甘美，四者轻软，五者润泽，六者安和，七者饮时除饥渴等无量过患，八者，饮之定能长养诸根四大增益。

又有七宝之池，一为金，二为银，三为琉璃，四为玻璃，五为砗磲，六为赤珠，七为玛瑙。池为莲池，其中众多莲花是为死城者之化身，视其功德如何，而花色香气亦有微妙之不同。

他回到无念寺，继续行善布施，冬送温粥夏有祛暑茶，无一日停歇过，民间又有传言，他是为上古神祇所化。

这一待，便是五百年，他依旧是如初的样子。

依然是月令节，这个习俗竟被留存了这么久，连他自己都感到有几分不可思议，依然是闲步至渡月河河畔，在那热闹的灯花市井与小贩的吆喝声中，他望见了河畔戏台之上的那一出折子戏。

三途河畔，一花一叶相错开，陌上两端，一步一叹年华断。

那红衣人偶唱起了唱词，她一头青丝之中，隐隐有一绺墨蓝之色。那木质的人偶眼眸绘得精巧，栩栩如生好似真人一般，转过头看向身旁一身蓝衣的人偶，那蓝衣人偶便开口亦和道：君若凋零不再，何惧黄泉忘川随，几度悲欣不过萤灯一盏，风吹浮光散相思入药来，我在纱幕之间，守你一世长安。

这两个人偶，为何好生眼熟？她是谁，他又是谁？

那老板敲着锣，咿咿呀呀地招揽着客人，他忙拽住老板，便问道："你可知这两人是谁？"

老板将手中锣又一敲，便摇头晃脑道："自然是那宫廷画师星纪与无烬皇后了，好一段宫闱秘史，独家演出，在别处官人您可看不见！多亏了您的粥，不然我叔家三姨娘的二儿子的同窗的堂哥的小娃娃，真真是差点没被饿死！快，不收戏票钱了，上座上座，好戏要开场咯！"

他在失神中被老板推推搡搡地塞进了包房中，眼前一片红绿，那丝绸锦缎与当作道具的木架被模糊、缠乱作一团，时间恍若静止了，明明戏台上依然在唱着，他却听不见哪怕一丝声音。

只能听见自己的心跳，竟有那么几分乱了节拍。他极力控制住自己的情绪，本以为如今过了五百年，他早就可以将那一切视作过眼云烟一笑置之的，却不想心中堆积的那份情竟有增无减，此时更是如潮翻涌，带着那恍若还在眼前的缠绵温度。

那温度浅浅映出往昔，被封尘了五百年的往昔。

自己的眼中竟逐渐模糊起来，折射出千万迷蒙的光点，把眼前景象聚敛，撕碎，再聚敛，再撕碎，如同那总是令人眼花缭乱，心迷神醉的万华镜一般，那些景物在视野中扭曲着，缠绕着，将五百年来的离愁思绪缠作茧。

一瞬间光影狂乱，他任那些记忆侵蚀着他，冲刷着自己心中的礁石，将那些巨大的礁石击碎，归于泥土，再终归于沉寂。

他没有想到那心魔会随着封尘往事再度鲜活起来，撕碎他所有的理智、坚持与牵强。他没有想到，本想无情无欲到底的他，在这五百年后的故地重游中，却还是会有当年的那份初心，翩若惊鸿。

台上那折子戏，从来都是只截了最美好、最圆满的一段，而忽略了背后的那些撕心裂肺、鲜血淋漓，正因如此，才总是圆满得倾心而惊心。

那戏唱毕，已是子夜之时，众人皆渐渐散去，街道上亦渐渐消逝了人烟，星纪却依旧怔怔地坐在那里，在不知不觉间，他已泪流满面，眸中浅浅映着那夜半的漫天盈烁星辰与远处几盏暖黄色的天灯，眸底却是一片冰冷，如同千年玄冰般的孤寒，那种怅然若失的冷，才惊觉渡月河河畔，早已寻不得当初那七重纱衣的青稚少女。

他失焦的目光重新有了焦距，定格在那渡月江畔的月令花丛中，不合时宜地幻想着她还在，不合时宜地幻想着这一切只是飞跃山河的大梦一场罢了。

但在梦的背后又是什么呢，到底这场春秋大梦从何而起从何而止，它的尽头，是否亦只是满眼炎凉。

后来的后来，世人皆把我们的故事当成了传说，但是我亦无惧，因为我还记得你。

他继续四海云游着，似要将世间万物皆作那一出折子戏。他置身于云诡波谲的世间，听惯了繁华至荒芜的誓言，但冥冥之中，他总是在寻着那个命定要与他成就一出对角戏的她。

不会早，也不会晚，相遇于时间的荒原，而此前经历的所有，穿过的一切，便终成虚空。

他沉着而温柔地救赎了自己的记忆，也泅渡了自己，没有哪怕一丝的凛冽，有凄艳火焰燃烧成了那心中的一点朱砂，似疼痛在肌体里的刺青。

他又无数次梦见过她，她在梦中或贪嗔或欣喜，有时着七重纱衣，有时一袭红衣，鬓上依然戴着如初那支银簪。那抹银中掺杂着血色与锈迹的颜色刺痛了他的眼，脑海中再度逐渐翻涌起那些被他死死压制住的记忆。

他知，她身后有太多言不由衷的选择，那些选择不是一个女子所应承受的，只不过因为心中执妄，看似伟大，却悲哀得无法成声。

她有过一个天真的故事，然后顺利地过渡到一份涉世风雨同舟携手的深情，并在余生里，终得宿命的认同与时光的加冕，却在那本以为来日方长之时，乍然离场。

她不过将初见止于一瞥惊鸿，并以这份惊鸿之姿世迤逦过滚滚红尘。

那眉间一点朱砂，有如一只储存光阴的琥珀，浓缩了世间的冷暖，凝结了缠绵的爱恋，其中有多少过往似糖，甜到哀伤。

她容颜之间是不着痕迹的沧海，心中有天际般的暗澜。她深知自身的承担与经历，所以心甘情愿地爱着这份空阔的爱。她舍得交付，同样也舍得等待。

这世间之情被她堪得如同一个谜面，在她用尽半生猜到谜底之时才方知一切皆已变迁，岁月早已换了谜题。

他不知，那时她虽在剧烈的痛楚之中，却早已冥冥间认出了他。但她不可以认出他，因为只有彻底斩断情丝，才得以避免那命定之中的毁灭，那个柔弱的无烬皇后要在权欲世界中求得生存，心是一座堡垒也是囚牢，要隔绝那些执妄，方得解脱。

那红墙绿瓦本身便是画地为牢，要活得不遗余力，就得学会舍弃一些锦上添花的东西，比如葬在心底的那份情。

心底的那份情似剑，生生拔出是殇，默默忍下成冢。

那些幻觉般的爱与曾经，如梦魇般纠缠心底。

人活着总归是有执念的，或深或浅总归皆是执念，若无执念，要么是身心已死，要么便是万事皆空，不再执着。

在她作为无烬的那段生命中，那情谊不过大梦一场，她在其中粲盛而卑微，实沈的情于她只是华丽的诱惑，经不起时间的推敲，必然跌落凡尘，粉身碎骨，万劫不复。

他从城楼之上纵身一跃，她那无尽残生，便被他亲手祭成了烬。

她以命化成的那丝余烬，终是被他扬风天际，散作尘沙。

而在最后的最后，星纪亲手以斩魂剑杀死她之时，那剧烈的痛楚将生命的波折隐隐约约地沉淀，细小而残破的记忆瞬间鲜活，她觉得自己再次回到了往昔的相知与相与，却发现事到如今只剩一场美丽到残忍的满目疮痍。

光芒悉数坠落，只余那执妄终化为苦难。

星纪的梦中，在那亦真亦幻的七重纱幕间，温存如锦帐般铺陈在幽静的一轮皎然下，那生命中缺失的光阴，流连于散落的纱衣，散开的青丝，微颤的冰肌玉骨之间，换得云涌夙夜，浮生半世沉沦。

一时之间，竟突然以为也许这样柔软而温存地相偎相依，便足以弥补生的裂隙、死的无依。

他沉醉于其间荒芜而明亮的深情，所以终究难逃千帆过尽后的幻灭。

但他心底依然虔诚地期待并相信，爱是恩赐，爱如拯救，可以宽恕生命的卑微，可以救赎行将就木的灵魂。

那浮生中一点朱砂，她的月下笑颜有如漂泊流年中忽然闪现的一座孤岛，但无人提醒他这座岛上暗藏着什么，亦无人舍得拿走他生命中那本该属于他的沧海碧落。

他似一个戏中人，每一场欢喜哀伤都是发自内心的着意。只是命数之中幻相太多，而戏既已开幕，便无法逃避，只能带着注定粉身碎骨般的必然纵身其中。

若能糊涂一点，也便可就此得过且过。

但他偏偏太过认真，每一幕都演得尽心竭力。

因为太过入戏，终究万劫不复。

如若生命仅仅是段折子戏，只把那最圆满的部分仔细地唱过一遍，纵然累极，却也许能终得解脱。

可它偏生是一本大戏，中间那跌宕曲折，颠倒梦想太多，但他依然带着一次次的献身与必然，在红台之上将那万事歌吹唱得鲜血淋漓。心上的伤深深碎裂在心底，以相思处处入药，带着缠绵的暗涌，深邃而轻盈。

他倾注毕生孤勇孤注一掷在这疯狂的飞雪之间，只为那个卑微而执着的自己与覆在她眉间的依稀风雪。

恍然之间，又是五百年。

他已在那无念寺有千年之久，这期间他云游四海，那六合八荒千般盛世奇景，无一是她，无一不似她。

无一不是她。

如今，记得那段往昔的人，随着朝代更迭，流年更替，只余他一个了。只有他还记得，他觉得自己之所以苟延残喘，全是因为那段蚀心刻骨的记忆与彼时她散尽魂魄凝作的那一个诅咒。

似有一个声音带着一缕无比熟悉的气息，在他耳畔冥冥道，此间无一是忘川，无一不是忘川。

他一惊，蓦然回首。

如今，千年已过，这世间一切万般更迭，现在早已无人记得曾经千年之间的那一段往昔了，他忘与不忘，皆是解脱。然而若是他忘了，那这一段历史便被彻底地掩埋在了尘灰中。

在回首之间，他却看见了她，她的身影似真似幻，竟以那赤色锦翎为衣，浅浅地笑着，无瑕笑容不染一丝浮世尘埃，缓缓地自那记忆深处向他走来。

他心底尘封的痛楚再度鲜活，那个红衣身影向他缓缓而来，潋滟出心湖深处那一道惊鸿涟漪，她坐在他身边，身影亦虚亦实，向他缓缓道：将这一切皆说与我听吧，我陪你，一起忆。

我陪你，一起忆。

倏然之间心神一凝，似乎有什么跨越千年而来抽丝剥茧般地层层划开他鲜血淋漓的心迹，每一道伤痕，都痛得如此鲜活而真实。

朱砂再也难以抑制自己心中之情，她欺身将他死死揽于怀中，一抬头，眸底星光恰好触及了那低着头望向她的他。

随着她唇间一抹温热的肆意游走，那跨越千年的思绪再度重新鲜活得艳烈。

他抚过她那同样炽烈而绵软的锦翎红衣，她的青丝绕在他指间，那触感是那样温热而真实，在粲然的天幕与脚下空寂缥缈的断崖之间，他如此真切地感受着他所熟悉的那每一寸尘封的回忆。

她将他的手拉过去贴在自己唇边，轻轻呢喃了一句什么，他反握住她的手，拉至自己颊边轻轻吻过她的指尖，心中淋漓一片，冥冥之间契合着早已融入他生命的那部分她。

崖边两人所处的巨石之旁，是一棵娑罗树，那一树花叶摇摇曳曳点染出氤氤氲氲之间的狂乱光影，细碎地铺洒在两人身上，将那往昔与如今之间所有的温绻皆化作了千万迷蒙的光点。

倏然之间。

时间凝固，那怀中的红衣一抹化作尘灰，随风卷去远方，亦带走了他此生全部的眷恋与希望。

那是她最后一丝神识所化，这千年以来，她常凝着这最后一念神识，经过他所处的地方，默默看着他的一言一行，甚至光是坐在无念寺的房檐之上，听着忽起忽灭的声声佛铃，知道自己周身气息中有那么一丝一缕是属于他的，她便觉好生欢喜。

而如今，那日鱼池之畔，时光停格，她化为烟尘消失在他身下的一泓碧波之中。

那天，城楼之上，她散作万千光点消融在他怀中。

那夜锦帐之中，她在一瞬间，消失在了无尽夙夜里，徒留那一抹锦衾之上一点朱砂，温绻着时光中的些微余韵。

那时渡月河河畔，从此轮回百转只余他，再无她。

上次她因忆川水之故，接近他时便已是几欲消散，而这一次她本就只是一缕残识所化，如此这番近了人的元神气泽……

他恍然，这最后一抹温绻，本就是她用以与他道别的。也是解了此前那个诅咒。

此番她言与他一起忆，然而如今她真真正正地再也不会回来了，那最后一丝残识亦消散于天地之间了。她又怎能忆？

转念，他于那断崖边缘巨石之上以随身笔墨疾书《朱砂笺》一首，便是这之前道尽浮世千更万迭，轮回缘起缘灭的绝唱诗篇。

他执笔抒写着，看不清他的神情，却好似抒尽了他的一生。

以这平生鲜血化墨，任由她笑靥化作千里无尽烟波，掩埋他这个未亡人。从前他的身世清白，却算计利用过她，如今他纯善表象下藏着满身黑暗，却只想给她一念光明。

一篇挥洒毕，他极轻极轻地笑了一下，那笑容自己都参不透。既然她记不得了，那么如今，他便随她一起忘吧，但他甚至早已失去了陪她一起忘的资格了。那便追随着消散的那抹鲜红，随她再纵身跃下一次。

所忘皆所见，所见皆所忆，她因那忘川之水忘了一切，但唯独记着他。他并非她彼时所见所忆，却是她心海中那早已植根的一抹星沙。

心中蓦然一痛，似牵动着些许细碎温存，他知那是未解的心魔。

进一步无一是你，退一步无一不是你。他将如何以这千年后的身，去面对那千年前的情？

他在炫目中擒住那抹鲜红残影，也许如今这抹残影只是一个梦罢了，也许此生万千劫数，也是过眼繁华间的诛心一梦罢了。他携着那抹残影，从熟悉的断崖边缘纵身跃下。

一朵至美的红莲消湮在纯白的雾霭里，他与那抹残影在天幕与乱石之间肆意地旋转着，凄惶的风声中，残影亦渐渐消湮在雾霭中，怀中只余空凉的摧横飓风。似梦非梦，似幻非幻。

他知，人总是在将要坠地的那一刹那，才清醒。

终是一点朱砂，乱我生世心曲。

第二十五章　江山记

终止之处交于余烬，

如云涌夙夜冰冷下那道防线。

温柔于心间眼底，

冷漠自怎堪圆，

湖畔天灯，

明灭燃得情钟。

迷途之中可有人落拓，

言笑晏朱砂一点却也，

记错。

意充朽木点心火，

扬汤止沸俱看破。
鸿蒙，
心间灼灼温热，
除却假面难言剩仇怨。
寥落窥你双眼，
大雨滂沱淋不湿这所求。
默默紧扣温柔的心弦，
无畏命运变迁。
生死长夜，
共抵风雨无边。
君心非我终独我而眠，
千万年早已烧成洪荒野火，
也许我们的夙缘，
此别。
银台红烛黯，
萤灯，
献你无畏幽寒。
沉黑如墨是你的魂魄，
是羁绊的永远。
煎熬悱恻天下无人念我，
初生鸿蒙为相遇零落。
烈火焚心几颗，
借半灯献我喜乐灾厄，
这传说终当笑谈，
散过。

——《烬》

七重纱相思翻涌，
那一瞥惊鸿扰浮生。
怎忍心舍你红尘中，
心头血冰封沸腾，
借由承诺贪恋，
厮守余生。
散尽辰光聚敛破碎残魂，
心有清泉一泓，
情深灼温，
堪不破前尘中失真。
何所执何所妄念终成烬，
一杯敬轮回残忍。
忘川引重逢如初见，
我生而为你为心化执念。
心中弦缠作锁链，
梦为心囚谁为情囚痴缠。
灯火缱绻风涟湮灭，
谁道一语成谶，
念念终不朽隔浮沉。
萤火吞噬，
过处翩若惊鸿。
情字空泪却囚天地鸿蒙，
七重纱成灰化烬。

——《情囚》

早已在那一明一灭的灼热之间成灰化烬，
唯余那，
当年塔下盛开得恍如回忆的曼殊沙华。
依然如初仅少了一颗似泪的朱红露珠，
不知遁向何处了，
应是，
匿于七重纱幕后，
算起来是，
见证了这一代繁华的落幕。

——《江山记》

终

2019年3月13日